隠されたパンデミック

岡田晴恵

幻冬舎文庫

隠されたパンデミック

目次

第一章　Xデーの到来

◇春——遅々として進まない新型インフルエンザ対策

新宿から私鉄を1時間程乗り継いでいくと、線路に並行して広がる田園の中に、緑豊かな秋川渓谷の森林が見えてくる。春先の、煙るような雨の中、桜並木の木々の枝先は、あと半月もすれば、一面が桜の名所となるのを感じさせていた。

永谷綾は、電車を降りると、激しい水音のする方を振り返った。並木のすぐ向こうには秋川上水が流れている。国立伝染疾患研究所は、この駅からバスに乗り換えてしばらく行ったところにあった。

国立伝染疾患研究所ウイルス部長の大田信之は、車で駅まできていた。部下の永谷綾をひろうと、研究所までの15分かそこらの短い間に、てっとり早く、仕事の指示をする。鳥インフルエンザウイルスの感染拡大の状況やウイルスの遺伝子変異の情報、そしてその対応についで、綾に矢つぎ早に説明した。研究所のオフィスにつけば、分刻みのスケジュールが待っている。そこでは、大田の仕事に割って入るかのように電話が鳴り響くに決まっている。邪魔されずに肝心な指示を出すには、短時間であっても、車中でのディスカッションが有効だ。

永谷綾は、余計なことは言わず、しかし、ポイントをずばりと指摘してくる。行動力もある。永谷綾は、部長職の大田にとって、信頼できる部下であった。そして何より、綾は新型インフルエンザ対策を進めることに信念を持って取り組んでいた。新型インフルエンザの犠牲者を減らし、被害を最小限度にするという職務への責任感を持った取り組みを、大田は好ましく思っていた。

大田は仕事の指示が完了すると、昨日の新型インフルエンザの対策会議を思い出して、苛立つように綾に言った。

「まったく嫌になるな。このところ、新型インフルエンザ対策が、足踏み状態で動きが鈍い。去年はそうでもなかったのにな。強毒型H5N1型鳥インフルエンザから新型インフルエンザ発生のリスクが減っていないことが、わかっていないんじゃないのか。マスコミの報道も減っている。このまま対策が遅れて、時間切れで、H5のプレパンデミックワクチンが国民に間に合わない状態で、新型インフルエンザがやってきたら、すべてフェイタル・ディレイ（致命的な手遅れ）だ」

大田がそうイライラした様子で語ると、綾は、ちょっと緊張したような声で返した。

「今、楽観視が出てきたのは、H5N1型鳥ウイルスの感染事例や死者の報告数が減ってきたからなんです。そのせいで、『H5N1』は新型インフルエンザにならないんじゃないかって、そんな予測をする先生もおられます」

綾の言葉を大田が怒鳴るように遮った。

「馬鹿な！　インフルエンザのウイルス学をわかっていない奴だから、そんなことを言うんだ！　だいたい、本当に感染者が減っているのかどうかも、わからんじゃないか。観光や経済に影響するという理由で、イメージ戦略として、報告しない国もある。それに、検査体制のない地域で死人が出ても、ノーカウントだ」

「わかっております。しかし、そういう楽観視の風潮があることは、対策の推進には足かせになります。新型インフルエンザ対策には、財政出動が必要ですし、もともとワクチン政策には、本省（厚生労働省）は後ろ向きです。それを対策推進のギアにチェンジするには、政治力と、そして一番大きいのは国民の世論です」

「その世論を起こすためにも、もっと〝書かねば〟ならないな」

綾は、今、執筆を依頼されている本に、科学的な内容をまとめた本と、一般読者に向けた対策本の2冊があることを説明した。

「石波出版の本か。うちの祖父さんが、東大出て、大学の教授をやってた時にやはりその出版社で書いていたんだ。とにかく、早くまとめて持ってきてくれ」

大田は、科学書に書くべきポイントを、早口で言う。綾はそれを必死で書きとめる。

「新型インフルエンザで予測される状況と被害を書きます。早急にまとめます。石波出版の本は先生と共著ですので、よろしくお願いいたします」

綾はそこまで、一息に言って、頭を下げた。「わかった」というように大田はうなずく。

研究所の門が近づいてきた。研究所の手前には、療育センターがある。ここには、障害のある子どもたちが、バスでたくさんやってくる。病院の施設には、長期に入院している子どもたちもいる。

療育センターの前で、大田は車のスピードを緩めた。綾は、センターの窓を見上げながら、障害の内容や程度によっては、新型インフルエンザは健常の人に比べて重症化しやすいことを思っていた。この子たちのためにも、早く新型インフルエンザ対策を推進しなければ。ワクチンの確保や製造体制を充実させなければ。……新型インフルエンザ対策の遅れを大田に言われ、綾はせっぱつまった焦りに襲われた。

一方、大田は、綾にひととおりのことを伝えると、これで一仕事が済んだとばかりに、次の仕事へと頭を切り替えていた。

研究所に着くと、永谷綾はラボ（実験室）に入るために、入り口でＩＤカードを通し、パスワードを入力した。ピッピーという甲高い音をさせてドアが開く。

綾はさっそく実験室のキャビネットの前で国家検定の準備を始めた。

「国家検定」とは、ワクチンを一般に流通させるにあたり、その安全性と有効性を前もって検査するためにやる国の試験だ。

綾は、5項目の試験の責任者となっていた。今日は、まず、そのための準備をやってから、その後、今朝、大田から指示された新型インフルエンザの報告書に手をつけなければならない。

頭でその構成について考えながら、綾は実験器具を取り揃えはじめた。

綾は〝文章で詰め将棋をする〟。これは役所の中では有名な話だ。

大田も、綾の論理的思考に立脚した文書を高く評価していた。科学論理の上に積み上げられた彼女の文章には、一分の隙（すき）もない。科学的な根拠と論理、想定される事象、危険性回避のためにすべきことなどを、理路整然と書く。そこには、一貫した論理性があって、およそ女性の思考とは思えない印象だった。

国の医療行政や感染症の対策などで、〝やる〟という方向がなかなか定まらず、しかし、このまま放っておけば重大な被害を出しそうだという事象に対して、専門家委員会や検討委員会が開かれる。そんな場では、いわゆる御用学者によるどっちつかずの議論がまかりとおることがある。参加している委員の多くは、はじめから役所によって結論の決められているシナリオに沿って、会議を流す。

ある若手の委員は、かなりのやる気を持ってその会議に参加していたところ、会議の後に役人に呼び止められ、「これ以上、ご発言がはっきりしますと次回からはお呼びできません」と釘をさされたという。

普通の理屈や一般的な常識で考えたら、およそ理解できないような論理が展開する議事録、過小に見積もられる被害想定、結論が先送りされる報告書……。そうこうしているうちに、対応が遅れて、世間では被害が拡大したり、被害者が救済を待たずに亡くなっていくのだ。

綾の書くものは、そんな事なかれ主義の役人たちのすることと真逆であった。心臓を一突きにするかのように本質をついてくる報告書は、役所という組織の中では、やっかいな文書と見られている。

そんな調子で本業のかたわら、新型インフルエンザについて説明する著作を世の中に出版するのだから、役所にとってはたまらない。だが、綾には、新型インフルエンザが社会に与える影響を国民に知らせ、そして、現在の対策の不備を明示して、国民の理解を得たうえで、世論を動かし、対策を進めて行こうという意志があった。そうやって、国民に新型インフルエンザ対策の啓発をすることは、今、遅れている新型インフルエンザのワクチンの備蓄や製造体制などの対策の整備につながる、そう思っている。

そんな綾を象徴するエピソードがある。

2年前の春のことだった。通勤途中で乗り換えるJRの駅の広場で、綾は、衆議院議員の末吉紀雄が、国会報告の演説をやっているのに出くわした。旗をくくりつけた自転車の前で、マイクを片手に声を張り上げて、外交政治について説明している。末吉の声が朝の広場に響き渡っていた。その声を聞きながら、綾は、「そうだ！　新型インフルエンザ対策は国民の命の問題だ。国会議員の為すべき仕事でもある。役所の動きが鈍いなら、国会議員に理解してもらって、政治力で動かしてもらうのはどうだ！」とひらめいた。

綾は、末吉の演説が終わるのを駅前の広場で待った。末吉の視野に入る場所に陣取って、末吉を見つめる。誠実そうで優しい表情が、綾に勇気を与えてくれた。この人は、わかってくれるかもしれない。演説が終わって、ビールケースから降りた末吉に、綾はいきなり駆け寄ると、

「先生！　そんなくだらない話より、今は新型インフルエンザ対策です！　私はウイルス学者で、新型インフルエンザの対策をやっている永谷です。新型インフルエンザ、H5N1型

の鳥インフルエンザは強毒型です、ワクチンも足りないです。直近の国民の命の問題、新型インフルエンザ対策をお願いします」

とまくしたてた。末吉は、一瞬きょとんとした表情をした。

「今の話、くだらなくはないんだけどねえ、僕も僕なりに一生懸命なんだよね」と苦笑しながら、でもすぐに「話を聞きましょう、君が大事だと思っていることを話してみて。僕も勉強しよう」と綾に微笑(ほほえ)みかけた。

この末吉は、その後、何度も新型インフルエンザ対策について、国会質問をし、厚生労働省に対策を促すように働いた人物である。野党であったから、なかなか結果を出すことは難しかったが、真摯(しんし)な質問態度は、聞いている与野党を問わず、国会議員の新型インフルエンザの理解を促していくことになった。

新型インフルエンザ対策を始めるきっかけになった、このときのエピソードを、末吉は、同僚議員によく語って、笑わせている。

「駅前で、辻立ちしていたら、必死で言ってきたんですよ。彼女、超党派でみんなで新型インフルエンザ対策やってくれってね。最初の一言のパンチがすごかったんですよ、僕の演説の後に、くだらないことばっかりやってないで、新型インフルエンザ対策をやれって、言ってきたんですからね」

国会内での新型インフルエンザという問題の存在の浸透には長い時間が必要であったが、勇気ある彼の第一声は、その後の政治の動きの伏線を産み出した。しかし、与党プロジェクトチームが立ちあがって、それが活発に動き出すまでは、ワクチンや医療体制の確保に向けた具体的な対応は、なかなか進展しなかったのである。

役所仕事というのは、問題が起こるまでは、「検討中ですから」「今後検討する予定です」「部署が違います」「所轄ではないから」と、対策も対応もしないのが慣例のようになっている。厚生労働省は、年金問題だけでなく、薬害エイズ問題、肝炎問題、原爆症の問題から、近年は雇用問題に至るまで多くの問題を抱えている。ここに新型インフルエンザ対策の遅れというさらなる懸案事項が加わるのだ。

何か問題が起これば、その被害に遭うのは国民である。しかし、その救済を国民が訴えるには、大きな労力と長い時間がかかる。というのも、いざ役所に陳情しようと思っても、一つの問題が、さまざまな部署、多くの担当者に跨（また）がって、責任が分散化しているために、誰にどう説明したらいいのかさえ、わからないで戸惑うことになるからだ。たいていの場合、タライ回しにされて、疲れ切って、そこであきらめる。もし、門前払いを免れても、通り一遍の説明を聞かされるだけで、解決策には至らない。ほとんどの場合、救済になるのは、大きな政治の力が動いたときだ。しかも、その頃には、何十年という時間が経っており、尚かつ、すでに被害が出た後だ。

そう、歯がゆいことに、国が動くのは「被害が出た後」。予見だけでは対応に至らないのが現実だ。

新型インフルエンザ対策問題は、もし発生してしまえば、遅きに失したことになる。起こってしまってからの対応では、ワクチンも流行に間に合わず、手遅れになる可能性が高いのだ。だからこそ、綾は、新型インフルエンザの危機が起こる前から、想定される事態を示し、何を今、早急になすべきかを箇条書きにして、明確化して示すことに徹した。それを著書に著して出版して国民に示すと、多くの人の目に止まるようになった。こうなれば、厚労省も、新型インフルエンザ、ことにH５N１型強毒型新型インフルエンザの脅威を知らなかったでは済まないことになる。また、綾は、この著作を末吉を通じて、国会議員にも広く無償配布した。末吉の議員会館の本棚には綾の本が数十冊も並び、彼は仲間の議員が訪れるたびに手渡しをして、彼らに協力を仰いだ。

ここまでくると、永谷綾は厚労省にとったら、やっかい者だ。綾が「対策提言」した著作は、言い逃れのしようがない事実が書いてあり、これは、後々、〝厚労省の不作為の証拠〟とされる可能性もある。なにせ、これを〝国立〟の研究所、つまり〝役所〟の研究員が書いているのだ。「永谷綾はやっかいだ」「どうにかしろ」と、研究所の上層部は、大田の子飼いである綾を、要注意人物と見なすようになっていた。

もちろん、対策を明確化して、即時に国を動かそうとしているのは、まぎれもなく、大田本人であったから、その所轄官庁からしたら、大田こそ危険な人物ではある。監督官庁を気にする研究所の上層部もまた、大田こそが問題の本質だと思っていた。彼等にしたら、今後、研究所が〝国立〟から外されて、独立行政法人化されたらどうするのだという心配ごとも重苦しい雲のように垂れこめているのだ。

部長職の大田を排除できれば、研究員の綾など赤子の手をひねるようなものだ。しかし、部長職を異動させるのは前例がないし、大田に相応したポジションを国内で用意するのは困難だ。しかも、大田はＷＨＯ等の国際舞台で通用する人物である。そんな大田を現ポジションからはずすことは、業務にも障る。

手っ取り早く簡単なのは、現場で動いている綾を大田から離すことだ。そうすれば、政策論文が出ることもないし、やっかいな出版物が刊行されることもない。政策に対する大田の意見の大方を封じることもできる。大田の意見が、国民に見える形とならなければ、役所側の被害も少なくおさえることができるのではないか。

といっても、綾は博士号持ちの研究職であり、専門性がある。彼女には感染症関連の多くの著作もあり、マスコミからも出演や取材要望も多い。前例のない異動をへたに掛けて動かせば、マスコミにつつかれる可能性もある。

そもそも、行政の目から見れば、感染症は〝適度に〟伝えることがコツなのだ。

「対策をしていない感染症の危機を国民に伝えたところで、不安になるだけじゃないか」「知らぬが仏ということもある。わざわざ、クレームが出るような対策の不備を何で書くのか、永谷は」「なんで書かすのか大田は」……と、研究所の上層部はやっきになっていた。

綾の本には、固定化した読者が、しかもやっかいなインテリ層にいる。下手に手を下すのは藪蛇（やぶへび）にもなりかねない。やはり、うまく人事異動させるしかない。そんな思惑が研究所の上層部で渦巻きだしていた。

◇権力により、真実は排除される

永谷綾は、桜の季節になるといつも、心に重石（おもし）が乗ったかのように、暗く塞（ふさ）いだ気持ちになる。

新型インフルエンザの発生は季節を問わない。しかし、これまで、発生の多くが春から初夏だった。

今の日本で、新型インフルエンザが人々の心や話題に上るのは、決まって冬だ。それは、北半球の〝季節のインフルエンザ〟が、冬に流行することから、「インフルエンザ＝冬」のイメージが植え付けられているためだ。日本において、新型インフルエンザの国民認識は、まだ、毎年起こる「季節のインフルエンザ」の延長線上にしかなかった。

だが、綾にはいつも不安がつきまとっていた。

「新型インフルエンザが発生するならば、この春かもしれない。H5N1型強毒型の鳥インフルエンザは、今も世界の広い地域で鳥の中で流行し、人にも感染を続けている。このウイルスが変異して新型インフルエンザとなって流行を起こし始めたら……」

その思いを振りはらうように、綾は、東京近郊にある秋川の研究所の入り口にある桜の巨木を見上げた。枝先には、つぼみが膨らみ、一輪二輪は白い花弁を開き始めていた。

綾が、この研究所に通うのも、明日までだ。今日、明日で荷物を整理して、明後日にも辞表を所長宛に送付する。

大田に辞職の決意を示す以前に、綾は、退職の意向をふたりの同僚に打ち明けた。

ひとりは、お互いが博士号を取得するために苦労していた頃からの10年来の男性の友人だった。綾が辞めると言ったとき、彼は、「永谷さんの決意だから。信念を通すって決心なら、仕方ない」と目を伏せた。しかし、綾が行く先も確定してないままに辞めると知ったとたん、ね。

「よせ」と強く止めた。そして、それに従わずに振り切る綾に、「永谷さんらしいけれど女性はこんな決意ができる。男にはそんなことはできやしない、生活のためには言いたいことも腹におさめる。組織の決定に意見して、それで辞めていけるのは、恵まれているんだ」と強い口調で綾を責めたのだった。しかし、彼は、綾が辞めて以降も、綾を心配して、ときどき電話を掛けてきてくれることになる。

もうひとりの同僚は、あと数年で定年になる男性の先輩だった。「俺もそのうち辞めるかもしれないな。かみさんとうちで農業でもやった方が、精神的にもいいからな」そう言いながら、綾の荷造りを手伝ってくれた。

もうひとり、ここ4年間、うつ病で休職している男性職員のことも、綾は気になっていた。が、彼は3月末で退職することが決まったと後になって聞いた。これで、綾の所属していたウイルス研究室は、5名定員のところが、3名になったことになる。

綾は、この辞職をたった3日で決心した。これから先のことは、ほとんどが未定だった。

「辞める」そう言ったとき、上司の大田信之国立伝染疾患研究所ウイルス部長は、めずらしくうろたえた声を発して、「なぜ？　どうして？」と、驚いた目で綾を凝視した。その目はまさに、「それは困る」という意図を発していたが、それでも綾は言い放った。

「辞めます。辞めるしかないでしょう」

綾はそうきっぱりと言いながら、「今、私が新型インフルエンザH5N1の対策推進のワクチン生産について訴えなくなったら、きっと誰もその必要性を表立って言わなくなる。それは目に見えている」と思っていた。

大田の下で新型インフルエンザの仕事ができなくなったら、この組織で新型インフルエンザH5N1対策の提言をしていくことは不可能だ。強毒型新型インフルエンザH5N1の対策には、プレワクチンの増産、ワクチン製造能力の向上の政策は、必須である。ワクチンなくして、H5N1の強毒型ウイルスのパンデミックを乗り切ることは非常に困難だからだ。

研究所内では、綾が自分のポジションの先が見えない中で国家公務員の研究職を捨てたことを知ると、呆(あき)れたという声もたくさん上がった。この職場では、大学の教授になって外に出る以外は、定年まで勤め上げるのが当たり前だ。綾がさっさと辞めたことに、研究所の上層部もあっけにとられた。組織で生きることに執着した人間には、綾の決断は想定外だったようだ。

これはすなわち、綾を組織内に留(とど)めて、その言動や行動にしばりをかける目論見(もくろみ)が、失敗したことになる。

◇実際の新型インフルエンザの恐怖と、それをひた隠す役所

国立伝染疾患研究所に、インフルエンザウイルスセンター設置の計画が最初に明確に打ち出されたのは、2008年6月。鳥由来新型インフルエンザ対策の、与党国会議員チームの答申においてであった。強毒型新型インフルエンザの発生を睨んだ対策強化、特にワクチン政策のテコ入れを大きな目的としたインフルエンザセンターの設置は、厚労省主導ではなく、政治主導で生まれた構想であった。

日本には、WHO新型インフルエンザ対策のタスクフォースのトップとも位置づけられている大田信之がいる。この大田をセンター長に据えて、日本の新型インフルエンザ対策を強化すること。特に強毒型H5N1型ウイルスへの対応を可能にすること、これを至急火急に整備構築せねばならないという切羽つまった状況が政治的にはあった。

だが、対策を進めようとしても、厚労省の医系官僚は牛歩のごとく動かず、議員チームを苛立たせた。

確固たる新型インフルエンザ対策を、いち早く打ち出し、地方自治体や企業への対策の普及を図らねば、国民の命は元より、この国の経済にも、すさまじい被害をあたえることになる。

――議員チームの座長は元厚労相、川北次郎だった。彼らの強い政治的意思が、答申には

盛り込まれていた。ちなみにこの答申には、厚生労働省を3つに分割する「厚生労働省分割案」といった、官僚にとっては驚愕(きょうがく)するような内容も明記されてあった。

ここで想定されている新型インフルエンザとは、1997年に、香港で18人感染、うち6人を殺し、2003年以降、世界の広い地域の家禽(かきん)や野鳥に拡大、流行を続けている、「H5N1型鳥インフルエンザ」から生まれる、強毒型の新型インフルエンザである。

すでに2008年までに5億羽の家禽が犠牲となっており、数年前から、鳥の世界では「パンデミック（世界的流行）」と言える状況であった。さらに、この鳥インフルエンザは、人に感染する型への変化をヒタヒタと歩み始め、哺乳類にまで感染を起こし始めていた。トラ、猫、ネズミ、イヌ、イタチ、ジャコウネコ、テン、豚にも感染し始め、鳥以外にも確実に宿主域を広げつつあった。これら哺乳類の多くは、感染すると、鳥同様に〝全身感染〟を起こしていた。強毒型鳥インフルエンザは、全身感染という強毒型ウイルスの特性を保持したまま、哺乳類を殺し始めているのだ。

人も哺乳類として、例外ではない。人でも、インドネシア、東南アジア、アフリカ、インド、中東、ヨーロッパなど16か国の地域で、感染者や犠牲者が報告されている。表向きの数字でも、260人程度の死者が報告されてはいるが、「これは、WHOがウイルス学的に確認した数であって、潜在的には10倍程度の犠牲者がいると考えた方がいいだろう」と大田は語っている。

しかし、強毒型のH5N1型鳥ウイルスでもっとも重要な点は、現段階での致死率の高さだけでない。人間にも鳥同様に起こる、全身感染という強毒性であった。

H5N1型鳥インフルエンザに感染した中国人男性のデータでは、上気道、呼吸器、肺のみに留まらず、大脳、小脳、延髄、また小腸などの消化器からも、ウイルスの遺伝子が検出され、同様に感染性のウイルスも分離されているのだ。この男性は、発症から8日で死亡している。このような全身感染の報告例は、少なくとも従来のインフルエンザの常識を根底から覆すものとして、H5N1型ウイルスの恐ろしさをインフルエンザの学者に強く再認識させたのだった。

2009年春に、豚インフルエンザからの新型インフルエンザが発生したが、その拡大を示す、《フェイズ》が上がるたびに、多くの日本国民はパニックさながらの恐怖を感じたのではないだろうか。

社会に与える人類の感染症（伝染病）の影響力の大きさは、『致死率×罹患(りかん)率』が指標とされる。すなわち、感染が拡大しても、病原性が弱く、致死率が低い感染症は、社会へ及ぼす影響は小さい。

これに対して、重症化しやすく、致死率の高い感染症は、時に社会に壊滅的な打撃を加える。強毒型H５N１型新型インフルエンザには、まさにその典型ともいえる脅威が想定された。であるからこそ、この新型インフルエンザ対策は、米国や先進諸国が国家安全保障の問題として扱い、その対策が危機管理として位置づけされてきたのだ。

では、日本の対策はどうかといえば、２００５年に新型インフルエンザの行動計画が厚労省によって策定されている。その被害想定によれば、国民の25％が発症し、犠牲者は17万人から64万人とされている。この17万人から64万人というひらきは、いったいなんなのだろうか？

17万人というのは、「アジアかぜ」や「香港かぜ」など、〝弱毒〟で尚かつマイルドな病原性であった過去の新型インフルエンザの致死率を想定して、国民の４分の１が発症するという、すなわち罹患率を25％として算出されている。

一方、64万人というのは、同じく〝弱毒〟で、しかし、病原性の強かった「スペインかぜ」の死亡率２％を想定して、算定された数字である。

この数字は、信じられないことに、H５N１型〝強毒型〟新型インフルエンザに対応して、被害想定が上方修正されることはなかった。今、世界各地で、H５N１型ウイルスが〝人での感染〟を繰り返しているにもかかわらず、日本においては、H５N１型ウイルスの被害を〝強毒型〟として想定した計画とはならなかったのである。

２００９年４月に、新型インフルエンザＨ１Ｎ１型が発生したときに、今回の新型インフルエンザは〝弱毒型で〟あり、国の対策は〝強毒型〟のＨ５Ｎ１型ウイルスに対応したものだと説明されたことを覚えている国民がいるかもしれない。だが、これは、実際には弱毒型のスペインかぜを最大の被害として策定された行動計画であり、他の多くの先進国のように、強毒型新型インフルエンザに対応出来ている計画ではなかったのだ。これは、国民をだましたことになるのではないか。

綾は、現在の行動計画の不備を追及し、想定被害の死亡者数の甘さを指摘し続けていた。そして、Ｈ５Ｎ１型ウイルスに対応する対策計画を作るよう働きかけようとしていた。しかし、一研究員が厚労省の対策の不備を指摘し、政策に提言をするなんて、研究所にとって許し難いことだったようだ。国立伝染疾患研究所に在籍していたとき、綾は、所長の許可なくしてマスコミに出ることも取材を受けることもできないようになった。所長は繰り返し、綾に不許可を与えていた。

しかし、綾は、それが不満だった。

「厚労省所轄の研究所ならばこそ、サイエンスに従って、感染症対策に不備や間違いがあったら、それを指摘すべきだ。それをせずして、どうして役割を果たせるものであろうか？不備ならば、国民に犠牲が出る。そもそも、研究所の運営も研究費も給与もすべて国民の税金ではないか」

結局、綾は、講演も、有給休暇で対応して、依頼を受けるしかなくなっていた。研究所を通してやってきた綾への取材や講演には、他の職員が回された。研究所を通さずにやってきた自治体からの講演の依頼は、有給休暇を使って行く。だが、通常業務も増える一方だし、限られた休暇日数の中で、それらをこなすことは困難だ。企業や自治体、学校からの要望にすべて応えられるものではない。それでも、多くの自治体や学校現場から綾に講演依頼が殺到した。

その中で、綾を支えたのは、科学的な正論は政策を動かすという信念だったか。いや、強毒型ウイルスのパンデミックの地獄が想定できたからだろうか。

それは、大田も同じことだった。大田と綾は共著の書籍も多く、大田自身、「(厚労省の)不作為は犯罪」という信念のもと、国会の参考人として新型インフルエンザ対策の不備を指摘している。

国立伝染疾患研究所は、厚生労働省の所轄だ。その厚生行政の新型対策の不備を科学的に理詰めで追及するのであるから、当然、大田は煙たい存在だし、綾は邪魔になる。

厚生労働省は、これまで新型インフルエンザ、殊(こと)にH5N1型強毒型新型インフルエンザの危機に対する啓発や情報提供を、国民の多くにわかる様に、積極的に示してこなかった。

医師に対しても、自治体の担当に対しても、何重ものベールを垂らして見えなくし、オブラートに包みこんで、H5N1の危機を、わざわざ理解されにくくして示した。

マスコミに対しても同様だ。新型インフルエンザH5N1への知識は、記者たちになかなか浸透しなかった。それは、報道へ跳ね返っていく。クラブ詰めの記者は、役所の発表に準じて記事を書くことになる。逸脱した記事を書けば、記者クラブで情報が得られなくなるからだ。そもそも、厚労担当記者であっても、感染症に詳しいという訳ではなく、彼らにとってそれは広い守備範囲の一つでしかない。新型インフルエンザとなっては、さらにまた小さな一ジャンルでしかない。それを短時間で記事にまとめ上げねばならないのだ。ミスをせず、〝特落ち〟しないようにするには、大本営発表をそつなくこなすことが大前提だ。結果として、同じような記事が情報統制されたかのように流れていく。

その結果、自治体にも、医療現場にも、新型インフルエンザの対策の重要性が浸透していなかった。2009年春に新型インフルエンザH1N1型が出た際に、自治体や医療現場の対応の遅れが指摘されたが、そうなる背景が以前からあったのだ。新型インフルエンザ対策の情報不足だ。

国立伝染疾患研究所の伝染病情報センター長の講演では、「そう心配することはない」ととられるようなニュアンスのメッセージが、繰り返し繰り返しいろいろな場所で発せられていた。その結果、医療現場は緊迫感と緊張感をなくして、対応は遅れがちになり、準備不足となった。それらを生むのはすべて情報の不足のせいだった。医師会や自治体、学校を、一方的には責められない。困ったことに、そんな状況や背景もまた、報道されなかった。

こんな状況にあって、綾にとって、新型インフルエンザ問題を執筆して、出版する著作活動が、唯一、制限を受けずに正義を貫ける言論活動の場となった。

綾は書き続けた。綾は通勤時間の往復5時間を、電車のガラス窓を机がわりにして、立ったまま書いた。電車を降りると、駅前のコンビニから編集者に原稿をファックスする。それを編集担当者がパソコンで打つ。その繰り返しで、原稿が出来てくる。研究所では夥しい業務が待っているため、書く時間は電車の中だけだった。

綾の、捨て身とも取れる執筆活動は、次第に、厳格たる組織で生きているはずのエリートサラリーマンらの目にとまるようになり、その著作は、広く読まれるようになっていた。

こうやって、乾いた砂に水がじわじわと沁み込むように、綾の著作が広まったが、これはすなわち、大田の新型インフルエンザ対策提言が理解されていくことに直結する。大田はWHOの新型インフルエンザの最高決定会議のメンバーである。大田の意見が国民に理解されていくことは、WHOの考え方が理解されていくことでもあるのだ。

新型インフルエンザは、「パンデミックインフルエンザ」とも呼ばれる。「パンデミック」とは世界同時の感染症の流行のことを言う。世界同時流行ならばこそ、世界の先駆的なコンセンサスで理解していくことが、必須だろう。

まして、現在の日本企業の事業形態は、世界を股にかけて、広く海外に工場や市場を展開しているし、社員の異動も多い。世界の先進国の共通認識について理解し、その上で感染症の対策をせねば、企業社会では勝ち抜けはしない。

だが、ようやく理解され始めたとは言っても、パンデミックについてきちんと理解しているのは、実際はまだごく一部のエリート層だ。大多数の国民は、「新型インフルエンザはいつものインフルエンザのちょっと変わったもの」「インフルエンザは風邪の一種」くらいにしか理解していないのが現実なのだ。

さらに広く知識の普及をせねばならない。それも、一刻も早く。

恐ろしいことに、厚労省においても、どれだけ新型インフルエンザの本質が理解されているかは、疑問である。担当部署以外では、本質は理解されていないのではないか、と思われることもたびたびあった。

綾はときどき、後手後手になる対策やその楽観的な内容を見て、驚いていた。各担当部署が、今現在直面している問題にしか対応していないためだ。こんな対策しか打っていかなかったら、半年後に大変なことになる。なのになぜ平気でいられるのか？　そんな疑問はしばしばだった。

綾にとっては、国民への新型インフルエンザ啓発は、時に砂漠に柄杓（ひしゃく）で水を撒（ま）いているかのような、虚無感と疲労感ばかりを感じさせることでもあった。それは、大田も一緒だったろう。

その砂漠の砂山を思わせたのが、去年の、インフルエンザセンターへの人事の異動問題であった。

◇正しい対策ができるのは誰か？

昨年の12月27日、御用おさめの前日、部長会の後に、「大田さん、ちょっと」と、阿部研究所所長が、所長室に大田を呼び込んだ。

阿部は、でっぷりとした体をようやくソファに沈めると、

「インフルエンザセンターは〝発足させにゃいかん〟が、大田さんのセンター長就任は、〝席がないかもしれん〟し、ようわからんな」

と、さも困ったような顔をしてみせた。

インフルエンザセンター開設については、構想の早期から、インフルエンザセンター長に

は大田を据えることが、〝前提〟条件とされていた。世界的なインフルエンザ学者であり、今後起こりうる新型インフルエンザパンデミックにおける対策の中心人物となりうるのは彼しかいない。

インフルエンザセンターの開設の予算は、すでにとりつけてあり、開設はせねばならない。しかし、役所の都合では大田の人事は阻止したいというのが本音なのだ。

さらに、伝染疾患研究所の中では、インフルエンザという〝特定〟のウイルスだけが注目され、予算がつくことに、同世代の他の部長陣からの反発も大きい。こうした反発を利用しようと考えた人間が、伝染疾患研究所の人事に関与し出したというわけだ。

多くの責任者クラスの人間が、「数十年に一度の、新型インフルエンザの世界的流行の危険性を踏まえて、対策が必要だ」と頭では理解している。だが、以降の人事や、自分の部門や専門分野への予算配分の影響を想像すれば、大田重用の流れを止めようとする動きが出ることは、大田をいぶかしく思っている研究所サイドから見れば歓迎すべきことでもある。

だが、今年度末で定年の60歳を迎える大田にとって、65歳定年のセンター長のポストがなければ、国内で新型インフルエンザ対策の行政に関わる仕事を続けることは難しい。

大田は所長の言葉を苦々しく聞きながら、「ならば、WHOや海外のポジションに移ることにするか？　それなら引く手数多（あまた）ではあるしな」という考えが、瞬時に頭をかすめた。おそらくそれは、大田本人だけでなく、研究所の所長も同僚も、誰も彼もが同様に認識していることだ。

「大田さん、あんたほどの研究者なら、行くとこに困らんでしょう。出ていける人は外へ出る、外で活躍する。そこで、ノーベル賞でもなんでも海外でもらったらよろしい。そして、残った者に席を空けてやる。これが、当研究所の昔からの〝お約束〟ってもんやないですか――」

阿部は、実際には、そんな言葉を言ったわけではないが、大田は阿部の薄ら笑いの残った口元にそれを見てとった。

実をいえば、大田にとっては、新型インフルエンザ対策において、伝染疾患研究所や厚労省の、科学的知見を無視した対応と闘うことから解放されるのは有難いことだった。そもそも、科学者としては、ウイルスと闘うのが本来であるはずなのに、その前段階で役所の内部で闘わなければならないというのは、もう勘弁してほしい、馬鹿らしいとも思っていた。

しかし、今、新型インフルエンザ危機は、目前まできている。それなのに、こんな理屈や緩い信念でやっていいのか、という危機感、焦燥感もあった。日本のH5N1型新型インフルエンザ対策、特にワクチン政策は、大田抜きでは考えられない。これは、自他ともに認めざるをえないことだった。

今やるべきは、H5N1型強毒型ウイルス対応までを見据えた対策を考えるのか、または、過去に経験した、弱毒型ウイルスによる新型インフルエンザを想定して、この範囲内の対策でよしとするのか。対策というのは、やる側の意思、つまり〝やる気〟と責任感に尽きるのである。

大田の心の芯には、「ここで放りだせるか」その思いの一点があった。大田は、阿部の言葉をやり過ごした。

しっぺ返しを食うのは、一般国民なのだ。やはりここで自分が投げるわけにはいかない。決心した大田の脳裏に、政治家川北次郎の声が響いていた。半年前のある夜、大田の携帯に川北から電話があった。

「大田さん、インフルエンザセンターを作ろうと思っています。そう、新型の対策とワクチンの。国民のためにです。そのトップを大田さん、やってもらえますか？」川北はずばりと切り込んだ。

当時、大田は、ドイツの某大学の医学部教授のオファーを何度も受けていた。ドイツはいい。初めて大田が『ネイチャー』に投じた論文の研究をしたのもドイツ留学時代だった。某名門大学医学部教授のポストは、アレクサンダー・フォン・フンボルトの奨励研究員だった大田にとって、大きな名誉であり、「若い優秀な学生を指導して、最先端の研究と人材の育成をお願いします」とのドイツ側からの要望は、彼の人生にさらなる目標を与えてくれた。しかし、大田は、川北のその一言で、研究所のゴタゴタも、先の見えない事情も承知で、ドイツ行きを断った。川北次郎先生に見込まれたなら、受けるしかない、川北についていく、大田はそう決心したのだ。

国民の命や生活を守るのは政治家の役割である。２００８年春。厚労行政のドンである川北次郎は新型インフルエンザ対策に立ち上がっていた。川北率いる議員チームは、〝強毒性ウイルス〟を想定した対策推進を取っていた。逆に、対策の実務を執ることになる厚労省は、〝弱毒型〟スペインインフルエンザの対策を最悪の想定としていた。

２００９年春に、H１N１型豚ウイルス由来の新型インフルエンザが発生したが、この弱毒型ウイルス対応の対策ですら、厚労省は十分にできなかった。ということはすなわち、もしH５N１強毒型新型インフルエンザが流行してしまったら、現状の新型インフルエンザ対策では手も足も出ないのは明白だ。

だが、まさに、川北次郎ら議員の政策集団が、H５N１対応を政治目標として行動を起こし始めた時、政治そのものが混迷し出し、続いて経済にも暗い影が立ちこめ始めた。そんな経済や政治の混乱の中で、新型インフルエンザ対策問題も、明確な動きが見えなくなった。

綾は、政局の行方を、不安げに見つめるしかなかった。このような中で、インフルエンザセンターの設置構想も政治の発言力も、微妙に揺らぎ始めたというわけだ。

インフルエンザセンターの開設構想にあたっては、センター自体の名前を変え、〝インフルエンザ疫学センター〟にしようという思惑が出た。〝疫学〟となれば、インフルエンザの専門家でない人物——すなわち、伝染病情報センターの西原三津子センター長の影響力拡大を狙うことができる。そして何よりも、西原は、厚労省の対策に即した対応と発言をする人物である。彼女はもともと厚労省本省の医系キャリア官僚であったが、強毒型新型インフルエンザの問題が政治的にも取り上げられ始めた昨年に、本省から出向してきた。西原の発言は、すなわち本省の意見である。もうすでに50歳に届く年齢であろうが、小柄でやせた体、銀ぶちの眼鏡の下の表情はうかがい知れない。冷徹に事務的に何事もこなせる人物である。

この案ならば、西原と当然のごとく対立することの多かった大田が、もし定年延長になって居残って、インフルエンザセンターに関わることがあっても、その被害を最小限度に留めることができる。

「西原がセンター長になれば、強毒型新型インフルエンザ対策も骨抜きになり、インフルエンザセンターの当初の目的とは外れた方向に行くだろう。つけてもらった予算は有難く、後々、いろいろに使わせてもらう」

そんな目論見もある。結果的に焼け太りに持って行くのが、一部の黒い役人の手腕なのだ。

そんな攻防の中、大田のセンター長就任は、今年3月初めぎりぎりとなって、ようやく目処がついた。しかし、その反動はまっさきに永谷綾に来た。

綾のインフルエンザセンターへの異動は叶わなかった。大田がウイルス部長からインフルエンザセンター長に異動するにあたっては、直属の部下である綾も、同時に異動できるものと思っていたし、大田は綾に自分とともにインフルエンザセンターに移ってほしいと打診もしていた。

だが、廊下一本隔てただけの部署に、上司と共に移ることを阿部所長は認めなかった。

所長は、大田に「永谷君のインフルエンザセンターへの異動を希望するんやったら、永谷君には一般公募に応募してもらわんと」と命じた。所長が任命したメンバーの人事委員会5名で選考するから、「大田さん、あんたもそれに加わればええ」。

果たして、綾は一般公募で不採用となり、インフルエンザセンターへの異動は叶わなかった。綾がこれまで大田とともに著してきた新型インフルエンザ対策も、招待講演なども、業績として認められなかったのだ。

大田は、ひどく落胆して、仕方なく、綾をこれまで所属してきたウイルス部との併任を掛けることができるよう手続をするといった。だが、併任には、後任部長の意向もある。また、人事委員会の承認が必要となってくる。なんのかんのと言いがかりをつけ、綾が大田の下で働けなくするのは明らかだった。

大田は科学者であり、政治力やネゴシエーションといった能力は全くない人間だった。大田は長年、人事委員会や予算委員会などの研究所の主たる委員会から外されていた。だが、一方で皮肉なことに、大田の実直さ、真面目さ、不器用さが、彼の科学に立脚した対策提言の信頼性を増してきたといっても過言ではない。その実直真面目な性格を、融通の利かない、やりにくいもの、と役人は考えたのだろう。そんな中で、綾は辞めるしかないと感じていた。

日本の新型インフルエンザ対策が、米国やスイスなどから大きく後れを取っていることは明らかだった。いつ発生するかという強毒型新型インフルエンザＨ５Ｎ１の前で、ワクチンや薬の確保を含めた積極的な対策への提言を続けなければ、間違いなく手遅れになる。その手遅れは国民の命に直結することになるのだ。

いかに減災できるかが、新型インフルエンザ対策である。ならば、今、対策提言を止める(や)ことは、綾にはできなかった。

◇研究所を出て、経済界へ

「永谷さん、川北が『どうです、昼食でも』と言っておりまして。大田先生もご同席していただいてどうでしょう」

綾の携帯電話に元厚労大臣川北次郎の秘書、根岸から伝言が入った。

3月、大粒の雨が降る午後。指定された会員制のレストランは、広くゆったりとしていて、他の客に出会うことがないような気遣いがされていた。

綾はここ数年、新型インフルエンザの危機を訴え続けてきたが、その間に、多くの政治家に会ってきた。

駅前の広場などで演説をしている政治家に、著書を渡したのは、末吉だけではない。著書を渡すときは必ず、「新型インフルエンザが発生すれば、社会が混乱し、多くの人命が犠牲になります。危機管理としての対応をお願いします」と言ったメッセージを書いたメモを入れた。

そのメッセージを受け取って、末吉のように、国会質問で新型インフルエンザ対策を取り上げてくれた議員も何人かいたが、多くは「検討しています」という通り一遍の答弁を厚労省から引き出すだけで、実践的な対策には結びつかなかった。また、議員の方も、本腰を入れて〝新型インフルエンザ対策をやる〟という決意にまでは、なかなか至らない。それは仕方ないのかもしれない。外交や経済などの方が華々しいし、それぞれの議員の得意分野もあるわけだから。それに、年金や医療費問題の方が有権者にもわかりやすい。世論が新型インフルエンザに興味を持たなければ、党のメインの政策課題には上がらないだろうし、たとえ、誰か一人の議員が、新型インフルエンザ対策の必要性に気づいても、政治家の仲間に協力を要請して同志を募るのも、世論がなければなかなか難しい。ひとりで騒いでも時間を浪費するだけだ。

2008年1月に、NHKスペシャルで、新型インフルエンザが二夜連続で大きく取り上げられ、新型インフルエンザ問題が国民に広く認知されるようになると、綾は政治家の支援者が集まった勉強会等に呼ばれる機会が増えた。

しかし、高名な政治家も、新型インフルエンザ対策の必要性を認知はしてくれても、積極的に問題を指摘して、対策を実践しようという行動にまではなかなかいかない。「超党派でやることだから、政策の論点にしにくい」野党からはそうも言われた。

その中で、顕著な動きを見せてくれていたのが、与党の川北のチームであった。

綾は、政治家にも種類があることを感じ始めていた。ひとことで政治家と言っても、責任感も能力も、大きな開きがある。専門や知識だけでない、〝人間〟としての〝開き〟だ。

調子よく、自分の選挙だけを意識して、するすると渡り歩く者。パフォーマンスは派手で目立つことはしたがるが、その行動や言動に一貫性がない者。それと対極のように、国民生活を考えて、それに呼応する対策を〝政治〟として粛々とやっていこうとする者。この3つめのタイプの政治家は、どちらかというと目立たず地味であるのに、水面下でじっくりと問題と向き合って、政治という〝仕事〟をこなしていた。〝政治職人〟だ。人物が、〝大物〟なのだ。こういう政治家が少なからずいることが、国を救っているのだと綾は感じていた。

川北次郎は間違いなく、人間が〝大物〟である政治家だった。

綾は川北に出会ったときのことを振り返ると、いつも、間の抜けた自分の失態を思い出して笑みがこぼれる。その場面には、ある女性の姿がある。

「国会議員の奥様の会がある」

大田の元に、講演の依頼が来た。その会で、新型インフルエンザ対策の講演をしてほしいというのだ。大田は困惑して、研究室の永谷をラボの内線で呼び出し、講演についてくるように指示をした。

「女性だけの集まりらしい。僕はあまり得意でないオーディエンスだから、具体的な対策などは、君がフォローしてほしい」

綾は、「マスクや消毒薬などの使用方法について、一般的な実技の部分を私が分担致しましょう」と答えて、同行すると返事をした。国会議員の奥様か。セレブっていうのは、こういう方たちのことを言うのだろうな、などと思いながら、予定を手帳に書き込んだ。

当日、洗練された優雅な印象のある、有名な大学の会館に、60名程の女性が集まってきた。

「さあ、今月の勉強会は感染症の新型インフルエンザです。これは、いつ発生してもおかしくない病気で、いったん発生しますと、一度に広がって、大変な影響が出てくるそうです。皆様、一緒にお勉強致しましょう」

と進行役の女性が声を掛けると、大田が演台で話を始めた。

元来、大田の講演は、一本調子で抑揚もなく、科学的な論拠を示そうとするあまりに、遺伝子配列や変異などの難しいデータの報告が多い。大田の講演がひとまず終了すると、綾が大田に代わり、マスクのつけ方や手の洗い方、消毒剤の薄め方、使い方の説明など、実演に入った。奥様方に、機密性の高いN95マスクを体験してもらう。「けっこう、苦しいものですね」「長い時間は無理ね」目でうなずき合いながら、マスクで籠(こも)った声があちこちから聞こえる。このころになって、ようやく空気もなごみ、質問もちらほらと出始めた。

美しい着物姿で物腰の柔らかな人が、白い腕を見せて手をあげた。

「あのう、もし新型インフルエンザが出ますと、歌舞伎などはどうなりますでしょうか?」

大田は感情を隠すことができず、憮然(ぶぜん)として、綾に目配せする。

大田に代わって、綾が答えた。

「大流行時には延期になるかもしれませんね。人が集まると感染するリスクを上げることになりますし。また、出演する役者さんが病気になれば、興行にも影響するでしょうし」

答えながら、大田のむかむかした思いが伝染してきた。

もし、新型インフルエンザの強毒型が流行したら、歌舞伎やコンサートどころではない。興行そのものが、すべて延期になる状況だってありうる。

医療が破たんするかもしれない。病欠者が続出して電気が止まるかもしれない。電気が止まれば、水だって出ない。マンションの屋上タンクに水をくみ上げるのは電気だということまで、考えが及ぶ人は少ない。トラック運転手が1割でも寝込んだら、食糧供給だってたちまち困る……。運良く、自分は感染しなかったとしても、生活に大きな痛手が出ることは、事前対策次第で大いにありうるのだ。

綾は頭がぐらぐらしてきた。セレブって、やはり一般市民とは、次元の違う意識の階級なのだろうか。実生活における意識そのものが違うとしたら、問題だ。国会議員の伴侶たるもの、国民と同じ意識を持ってもらいたい。でなければ、国民目線の政治などありはしない。

その日、講演会場から帰りかける綾に、「永谷さん、永谷さーん、ちょっと待って」と駆けてくる女性があった。細身の体に清楚なツーピースを着た美しい女性は、綾をつかまえる

と肩で息をしながら、

「よかった、間に合った。うちの選挙区で新型インフルエンザの犠牲者を出したくはないの、どうしたら、いいの？　永谷さん、やはりこういう話をきちんと伝えて、婦人部でも勉強会をするなり、地域単位で対策を考えないとダメよね。だから、いろいろこれからも教えてほしいのよ」

と言ったのである。

綾の体が、温かい白湯のようなもので満たされていくような、そんな優しい安心感に包まれ、深い感動が広がり始めた。この人こそが、本当の国会議員の奥様だ、この女性のような気持ちこそが新型インフルエンザ対策を進めるのだ。私は、この人について行こう。そんな直感が綾を貫いた。

綾は、名刺を差し出し、「私でよろしければ、いつでも、ご協力いたします。よろしくお願いいたします」と深く頭を下げた。その女性は、「代議士の妻は、自分の名刺なんて持ったら大変なこと。私は、お名刺なんて持っていないの、ごめんなさいね」と口早に言われたのだが、綾は、感動のあまりぼんやりとしていて、その名前を覚えていなかった。

「あの方にもう一度会えないだろうか」そんな願いを心の隅に残したまま1週間が過ぎたとき、研究所の綾のもとに、一通の封書が届いた。封筒に書かれた川北ミチルという名前を見て、綾は首をかしげた。誰だろう。

……その女性が、時の厚労大臣川北次郎の妻であることを、綾はやっとこの手紙で知ったのだった。

夫婦は似た者同士とも言う。長年連れ添うことで似てくるのか、あるいは価値観が似たものが一緒になるのか、おそらくその両方なのかもしれない。川北次郎とミチル夫妻はその典型だと、綾は思った。

川北次郎は、器の大きい人物であった。常に、「自分が責任を取るから」と腹をくって政策を実行するタイプの政治家だった。

そんなことは当たり前だと言われるかもしれない。しかし、当節、そんな代議士は少ないのは、綾は百も承知だった。であるからこそ、役人や官僚に足元を見られて、政治が翻弄されることがあるのだ。

川北は、良い意味で昔の大政治家、肝の据わった政治家であった。こんな大臣は、官僚にとっては扱いづらい。しかし、政治は国民のためにあるものだ。官僚を使いながら、政治を国民のために動かすのが、政治家の真骨頂でもあろう。

川北は温厚そうに見えて、まっとうな政治のためには一歩も譲らない鋼のような意思を持っていた。

以降、川北は、大臣就任、退任後も、新型インフルエンザ、C型肝炎問題、原爆症問題から、労働、雇用問題まで、多くを引き受けながら、水面下で淡々と政策を打っていくことになる。

その川北が大田と綾を食事に誘ってくれたのである。大田も万障繰り合わせて、同席するだろう。

政治家の食事というのは、仕事そのものだ。この誘いを受けたとき、綾には思いあたる節があった。綾は、数日前、川北に研究所を退職する決意を伝えたのだ。これからどうするのかは決めていなかったが、新型インフルエンザ対策の、現在の対策推進の原動力である川北に、きちんと話を通して、今後の進路を決める決意でいたのだ。

食事の日、雨が降りしきっていた。窓にふきつける雨が、曇りガラスのように外界の景色を暈(ぼか)していた。

綾の緊張をほぐすかのように、川北は満面に笑みをたたえて、「今日はひどい雨だね、まあ、こんな日も花粉症の人にはいいんじゃないかな」と声を掛けてから、「今日は、いらしてくださって、ありがとうございます。さあて、何になさいますか？　永谷さん、好きなもの食べて」と気遣った。

川北の隣には、秘書の根岸が、やはり笑みを浮かべて場を和ませながら、資料やメモを持って同席している。

「大田さん、どうです、新型インフルエンザは」

川北が大田に問うた。

大田は、まず、「インフルエンザセンターをお作りいただき、ありがとうございます」と深々と頭（こうべ）をたれた。

「感染症対策といえば、インフルエンザ以外にも、他のウイルスや細菌、いろいろな疾患があるわけで、研究所内では、インフルエンザだけ突出するのは、どうかという意見が強くあります。他の部では定員削減になっているのに、インフルエンザだけ人も研究費も増えるというのは、了解できない、という訳です。せっかく付けていただいた予算や人員も、『研究所内ではうまく利用していこう』という意見でコンセンサスをとっている。人事は人事委員会、予算は予算委員会で協議となるのですが、その委員会そのものが、そういう転用だとか変な方向で進むわけです。委員会は多数決ですが、水面下で話し合いが済んでいる出来レースですから、見た目は、協議したというふうに見えますが、結局、予算も人も、うまく目的にかなって動かせない。結果、仕事をするにも身動きが取れないという状況になってしまっています」

綾は、大田の話を聞きながら、問題はそれだけではないと考えていた。キーとなっているのは大田の突出なのだ。

こうなる背景には、部長陣の中の出世争いがある。大田は、WHOの新型インフルエンザのタスクフォースのメインのメンバーとして、現在、招聘されている。WHOから交通費、滞在費などの参加費用を得て招聘されている日本で唯一のメンバーだ。

さらに、大田は、ドイツ留学時代から、有名誌などに論文を連発してきた研究者であり、業績も突出しているのだ。サイエンスができる人間は、サイエンスを裏切れない。だからこそ、日和見にならずに科学的な論拠に基づき、意見を曲げずに発言する。そんな点が、WHOでも、大田の人望をつくっている。

綾もドイツに留学したことがあるが、その研究室は、フランスやロシア、イギリスなどの研究者も多い多国籍部隊だった。その頃に、はっきりと意見を言い、きちんと理論立てることを評価する文化を綾は身につけていた。

こうした文化は、日本の厚労行政に蔓延る〝調整型〟とは真逆だ。行政側の都合の結論が先にありきの対策会議で、大田の発言は、いつも〝浮いた〟印象を与えていた。〝国のいやがる〟ことであっても、大田はサイエンスに忠実な発言を続けていたため、大田に対して、奇異な目を向ける委員が大多数だった。しかし、大田はインフルエンザの第一人者であるために、会議から外すことは、不自然に見られる。すなわち、海外、特にWHOにおける評価と、厚生労働省内での大田の評価というのは、正反対なのだ。

国際機関で一人勝ちしている大田を、国内で同様に待遇し、要職につけてしまったら、大田の理論で対策を進めねばならない。これが、行政側の懸念だ。研究所の同僚の部長陣にしても、大田がそのように遇されれば、大田が所長となって自分たちの上に被さってくる可能性が大きい。加えて、大田と同世代の部長たちは人数も多い。大田が所長になれば、自分たちが所長に昇進する芽が皆無になる。まずは「大田を排除すること」が同僚部長たちの共通の利益と考えられた。海外では一人勝ちの大田の評価を、国内、特に研究所では、〝評価しない〟ことが得策なのだ。それで、まるで子供のケンカのように、大田を集団で無視しているのが現実だ。

それに、と綾は思う。大田は、東大医学部卒ではない。このことが定年退官したOBたちの反感をかっている。大田の大学受験期は、ちょうど学生紛争で、東京大学の入学試験は行われなかった年だ。大田は、北東大学医学部卒なのだが、国立伝染疾患研究所は、もともと東大医学部の人脈が強い。

もうすでに退官した、元研究所所長の中に、「東大でもないくせに、俺たちのようなポジションにつくのは許し難い」というドロドロとした感情が渦巻いているのを、綾は感じることがあった。彼らOBは、辞めてなお、人事に口を出せる院政をしき、辞めてなお、所長室の隣に自室を確保して、通ってくるのだ。そういったOBたちからじわじわとやってくる要求を、部長たちは、まるで自分たちの不安や不満のツボを押してくれているとでもいうように、心地よく受け止めて、足元の保身や当座の利益で、群れを為すのである。そして、それを利用する官僚――。大田がサイエンスでいくら新型インフルエンザ対策の重要性を説明しても、これこそが焼け石に水なのだ。

こうしたゴタゴタがインフルエンザセンターの根底にある限り、人事や予算がフルに活用できず、あるべき形で現場が動かせない。結局は、新型インフルエンザ対策の遅れとなって、国民の甚大なる不利益になって跳ね返るのだ。

綾は、インフルエンザセンターを作るなら、たとえば消費者庁とか、内閣府といった、厚労省とは別のところに作るほうが、機動性を与えられるのではないかと思っていたくらいだった。

川北ほどの大物政治家になると、仕事は〝作るか壊すか〟のどちらかになる。作った場合、運営は現場に任せ、これと思う人物に託す。だが、組織が複雑に絡み合い、その管理組織までもが腐れているとなると、組織自体を根底から改変していくしかない。ところが、改変しようなんていう気配が感じ取られれば、今度は組織力を総動員した反動が、真綿で締め付けるようにじわじわと政治に跳ね返ってくるのである。

個人ひとりひとりを見れば、悪人に見えないのだが、組織になると、およそ想像できないような報復が行われる。それも、誰の責任、誰の決断でそうなったかなどがわからないよう、巧妙に起こってくるのだ。

「官僚は優秀だ、それを使いこなせ」という発言がある。が、官僚個人ではなく、官僚組織を使うためには、政治家も国民も、相当の知恵と力がなければ無理だ。

「インフルエンザセンターを作っていただき、ありがとうございます」と大田が川北に頭を下げたが、川北の中には、「センターも作った、人も付けた、予算もついたのだから、ここは大田さん、あんたに必死でやってもらわにゃならんのだよ。もっと腹をくってくれ」という気持ちがあるのだろうと、綾は二人を見て感じていた。

しかし、どうにも大田には、人を動かす政治力はないように思える。綾は、大田が「馬鹿は相手にしない、馬鹿ばっかりだ」と議論を投げ出す場面を何度か見たことがある。それは決まって、部長会や本省での委員会の後だった。おそらく、大田は〝見透かされて〟いるのだ。きっと彼らは、大田の性格を飲み込んだ上で、会議の議論を放擲(ほうてき)させるように、意図的な策略をしているに違いない。

――大田は、川北に向かって、インフルエンザセンター運営の問題や課題をひとしきり説明した。川北は、ふんふん、そうですか、と聞きながら、要所では、打開策の方向性を示して、こうしておきましょう、と即座に対応の指示を出した。そうした会話を、根岸がそつなく書きとめる。彼は、余計なことは言わず、言葉も慎重だ。思慮深いのだが、時に人懐っこい笑顔を見せて綾を助けてくれる。

雨足はますます強くなる一方だった。窓ガラスを滝のように雨水が流れおちる。綾はそっと腕時計を見た。川北ほどの人物であれば、スケジュールはキツキツのはず。そのとき綾は、川北が自分に向けて、言葉を促したのを感じ取った。秘書の根岸も、そっとうなずく。綾は、川北を見据えて、きっぱりと言い切った。

「先生、個人的なことで恐縮でございますが、よろしいでしょうか。せっかく先生が作ってくださったインフルエンザセンターですが、人事の意向で私は移れないようでございます。そこで、研究所を辞めて外に出ようと思います。よろしいでしょうか」

綾は、息を飲み込んでさらに続けた。

「僭越ではございますが、新型インフルエンザ対策の必要性、特にH5N1型〝強毒型〟ウイルスの対策や、そのワクチン政策の必要性を言い続ける人間がおりませんと、国民希望者全員分のワクチンは実現いたしません。これまで通り、私が主張し続けることが、国民の命を守るということを、不遜ですが思いました。ですが、このまま研究所に残っても、もう大田先生の下ではなくなりますし、インフルエンザの仕事が続けられる見込みはありません。そうするための今回の人事であったようにも思えます。ですから、そんな研究所の組織から出て、別の場所でインフルエンザ対策をすることが必要と判断しました。先生はどうお考えでしょうか。どうすべきかご指示をお願いいたします」

話しながら、本心では、割り切れない思いが渦巻いていた。大田とともに新型インフルエンザの数々の提言を掲げ、昨年は自治体や学校への講演もたくさんこなしていた。

また、対策に関するエッセンスをまとめ、社会貢献のようにパンフレットを作ったりもした。それは、全国の企業や自治体、学校などに利用されて、200万部も配布され、広く国民へ啓発する力となっていた。こうしたこれまでの綾の仕事を研究所が評価しないのならば、感染症から国民の健康と命を守るべく存在している伝染疾患研究所の職務とはいったい何であったのだろうか？

綾の頭には、世に大先生と呼ばれる、いや呼ばせずにはいられない、研究所の歴代の所長達の顔が浮かんでは消えていった。新型インフルエンザ対策を本気でやりたい綾にとって、退職は、無念であった。

「無念です」

綾はぽろっと落ちた涙をナプキンでぬぐった。根岸が顔をあげた。大田は目を閉じた。

とたん、川北は、「ははは っ」と明るい笑い声をあげた。そして、綾に川北はにっこりと笑顔を向けてこう言った。

「永谷さん、こう考えたらどうかなあ？　永谷さんはちょっと大きくなり過ぎたんだなあ。もう、伝染研では君を使いこなせる人がいないんだな。たとえ所長であってもね。これからは、経済界に出て、新型インフルエンザ対策をてこ入れしてくれないかな。企業の対策も急がねばならん」

そして、大田の方を向いて続けた。

「大田さん、これから、彼女の実力を発揮できるような場所を見つけねばなりませんね。そこでは、WHOの情報もこれまで通り十分に活用せねばならんし。まあ、彼女を引き続きお願いしますよ。いよいよ、新型インフルエンザ対策も正念場になって来たようですからね」

「永谷は若い。まだこれから20年あります。どうぞ、よろしくお願いいたします。どうか」

大田は深く川北に頭を下げ、綾は顔をあげて川北を見つめた。

川北は「永谷さん、これから忙しくなるぞ、おや、もう顔が明るくなったな、泣いてる暇もないぞ。たたかう相手は、強毒型のウイルスだからな」と励ますように微笑んだ。

新型インフルエンザ対策に専心して働ける場所ができる。言論を統制するかのような圧力も足かせも外れた場所で……。綾に真っ暗な闇の先に一縷（いちる）の光が見えた。

◇新型インフルエンザ発生時、ＷＨＯは……

４月17日。ＷＨＯインフルエンザ協力センター長の大田は、ＷＨＯ本部のあるジュネーブへ出張していた。加盟各国の、国内インフルエンザセンター機能強化のための専門家会議に出席するためだ。

夜遅くに到着して、翌日早朝から会議が始まるのだが、寝不足と時差ボケはひきずれない。

４月のジュネーブは、桜に似たピンクの花がようやくほころび始め、高台に立つＷＨＯ本部の最上階にある会議室の大きな窓からは、レマン湖越しに真っ白に輝くモンブランがそそり立って見える。まだ誰も集まっていない会議室で、絵葉書のような景色をぼんやりと眺めながら、大田は今日の会議の議長としての役割を考えていた。

その年のインフルエンザでは、タミフル耐性（タミフルの効かない）のソ連型Ｈ１Ｎ１ウイルスが世界的に流行の主流を占め、インフルエンザ監視体制の新たな課題となっている。一方で、鳥の強毒型Ｈ５Ｎ１型インフルエンザの流行は相変わらず続いており、感染患者についても、発生国の数は減ってはいるものの、患者数はすでに昨年の同時期を超えている。

しかも、検査体制の不備や隠ぺい、報道制限も起こっている国々もあるようだ。従って、患者発生に関する情報は曖昧(あいまい)だ。実際の患者数はこの数倍以上になっているのだろう。ウイルス材料の提供がままならないために、新型インフルエンザへの変化が把握できていないことも大きな不安材料である。

一般には知られていないが、実際は、非常に危機的な状況だ。日本で、この状況について知っている国民がどれくらいいるだろうか？　知っているどころか、H5N1型鳥インフルエンザに対して、楽観的な見方さえ、され始めているではないか。

情報がなければ危機意識は希薄になる。見えないことはなかったことになる。――それが問題だ。

この頃は、ウイルス学を知らない〝新型インフルエンザコンサルタント〟なる人物が現れ、「患者発生報告数が減少してきた」という数字だけを見て、その数を直線で結んで、「あとどれくらいの期間でゼロになる」などという、あまりにも非科学的な論をたたいたりもした。

大田は、モンブランの山頂を眺めながら、拳を握った。たとえ、H5N1型の強毒型ウイルスが流行しても、この積雪はいつまでも同じように輝くのだろう。感染症の大流行は、過去にも繰り返し人間社会を襲ってきた。人が死に、社会が壊れ、歴史が変わっても、大自然はそのまま人間を見下ろすだけだ。

やがて、世界各国から馴染みの顔が次々と集まってきて、会議の座長である大田に声をかける。握手と挨拶が交わされる。その多くが、母国の新型インフルエンザの準備がなかなか順調に進まないことに苛立ちを覚えていた。そんな彼らも、こうやって危機意識を共有できるWHOの仲間たちと再会したことでほっと安心できるのか、笑みをこぼしている。

定刻通りに50人ほどの会議が始まった。真っ赤なスーツに身を包んだWHO事務局長ナタリー・ワンによる歓迎の挨拶は、相変わらず歯切れがよく、政治的に様々な難問を抱えるWHOのトップとしての苦悩など全く感じさせない迫力がある。

ナタリーは長らく香港で保健行政の責任を担い、1997年のH5N1型強毒型の鳥インフルエンザの流行を制圧し、また2003年にはSARSの流行に際して辣腕(らつわん)を振るったという実績がある。その自信に裏打ちされているのだろう。今、世界は、H5N1型新型インフルエンザ大流行の危機に際して、彼女にすべてを預けていると言っても過言ではない。

続いて、世界インフルエンザ計画の責任者から事務局長補佐に昇格したばかりのヒロシ・キヨハラによって、H5N1型鳥インフルエンザの流行に関する現状と見通し、準備の進捗(しんちょく)状況などに関する説明が、明確かつ要領よくなされた。

――これより数日後、彼は、世界中のメディアにWHOの代表として豚インフルエンザの報道で登場することになる。彼の父親は、米国で医師として活躍していたが、戦争開始とともに日本に帰還していた。戦後日本で生まれた彼は、両親とも日本人だが、生後すぐに米国に渡った。18歳までは米国籍を取得できず、奨学金などで苦労をしたという。大田は彼を、日本語はできなくとも、現在の日本人以上に日本人的な側面をもっていると見ている。「人格者」との綽名（あだな）通りに、どの様な事態でも決して取り乱すことはなく、相手を包み込むような温かい人柄を持ち、それが彼の大きな信頼をつくっている。ヒロシは、医学部を卒業後、内科を専攻してチーフレジデントまで経験、その後、アトランタの米国疾病対策センター（CDC）で実地疫学専門家の訓練を受けた。インフルエンザ部門に配属直後の1997年に、香港でH5N1型強毒型の鳥インフルエンザの流行が起こったが、この際にWHOから派遣されて、現地で疫学的調査にあたっている。このとき、特別行政府の衛生部長であったナタリー・ワンとの信頼関係がスタートした。大田も、この事件以来、ナタリーとヒロシと、インフルエンザやSARSを通して同じ釜の飯を食べ、ファーストネームで呼び合う公私を越えた仲間となっていたのだ――。

予定を少しオーバーしているヒロシの発表を聞きながら、今こうして3人がまた一緒に新型インフルエンザの脅威に、しかもあの香港以来のH5N1に立ち向かっていることに、不思議な繋（つな）がりを感じざるを得なかった。東京の伝染疾患研究所や本省との軋轢（あつれき）も忘れ、ここでほっと癒されているのは、実は大田自身なのである。

その後、全参加者の自己紹介の後に、各国の状況が順番に紹介された。H5N1型鳥インフルエンザの流行国、なかでも感染患者が出ている国からは、危機意識に満ちた現状が次々に報告される。鳥の間での流行が始まって既に5年近くが経過し、WHOを中心に様々な対策が執られてきたが、徹底した鳥の殺処分は、日本などの先進国以外では実施が困難なのである。

東南アジアを中心にして、鳥インフルエンザはすでに、野鳥などの自然動物に定着してしまい、人への感染も日常化してしまっている。さらに、インド、バングラデシュ、中東、ヨーロッパからアフリカ北部へと流行地域を拡大させており、文字通り、鳥社会の中ではパンデミックが起きているのだ。ところが、多くの途上国では十分な準備も対応もできていない、との悲痛な声がメンバーたちから次々と上がる。

このような状況で、強毒型鳥ウイルスが新型インフルエンザとして大流行を起こしたら、どのような惨事がもたらされるのか。まだ、〝人の世界〟では、この鳥インフルエンザは流行の手前であり、〝新型インフルエンザ〟にはなっていないが、それも時間の問題である。誰も声に出しては言わないが、沈鬱な雰囲気が会場を満たした。

一方で、自国の新型インフルエンザへの準備対応計画を滔々と述べる一部の先進国の代表には、何となく冷たい視線が注がれた。

ふと、「鳥インフルエンザ問題は南北問題である！」と題した2004年の永谷綾の政策論文が大田の頭をかすめた。まったくその通りだ。鳥インフルエンザ対策は、経済状況に如実に左右される。だからと言って、途上国の新型インフルエンザ対策の不備をそのままにしておいていいのだろうか。その途上国の鳥ウイルス対策の遅れで〝新型インフルエンザ〟となって発生すれば、それはパンデミック、世界的な問題となってしまうのに。

大田はため息をついた。あまりに大きな問題である。感染症対策は、保健医療部門だけで話がつく問題ではない。特にパンデミックインフルエンザ——新型インフルエンザは……。

大田は、議長として多くの国の意見を公平に聞くべく、質疑応答の司会を務めてはいるが、健康保障においても南北問題の溝は大きく、途上国側からの不満、要求に対して、先進国側の対応は劣勢にならざるを得ない。これに対して、WHOは、両者から一定の距離をおいて客観的に議論を傍観しているように感じられた。ナタリーの強いリーダーシップをもってしても、健康問題における各国の自己中心的な複雑な利害関係を解決することはできないのだろうか。大田の心に、挫折感が頭をもたげはじめた。

取りあえず第1日目は、WHOや専門家からの基調報告と、各国の現状報告が、予定通りに終了した。

しかし、大田の心の隅では、あることがひっかかっていた。多くの参加者から受ける印象に、緊迫感がなかったのである。新型インフルエンザへの危機感、切迫感がいま一つ伝わってこないし、発言に現実感が乏しいのだ。いつからこうなったのだろう。

パンデミックの危機が叫ばれて既に5年が経っていた。そのせいで、各国とも緊張感の持続が難しくなっていること。言葉や文書は整備されてきても、実行が伴っていないこと。多くの国で担当者が交代し、全体になんとなく惰性に陥ってきたこと。さらに、昨年来の経済危機の影響で、パンデミック対策に割く予算が厳しくなり、目先の経済状況を優先せざるを得ない事情。……新型インフルエンザ対策を進める上で様々な障害が出てきているのだ。

強毒型のH5N1型による最悪のパンデミックが起こってしまったら、健康被害のみならず、社会機能や経済活動に壊滅的な影響が出る。それは、担当者の間では共通の認識となってはいる。このような危機対応には事前準備が不可欠であることは明白だ。パンデミックはいつか必ず起こるのだから……。

しかし、いつ発生するのか、どの程度の被害なのかを正確に予測することは不可能だ。不確実性の高い問題に対しては、どこの国でも行政の腰は重い。準備をしておいて何も起こらなかった際に、莫大な予算と準備が無駄になったと非難されることを恐れる気持ちが、役人にはある。それは世界共通なのだ。

だが、パンデミックの危機管理問題は、「備えあれば憂いなし」「転ばぬ先の杖」といわれる通り、最悪のシナリオにも十分に対応できる事前準備が必須であり、それが無駄になることが一番望ましいことなのだと大田は思う。警察、消防、国防や災害準備などと同じである。

この点で、行政レベルの政策策定には限界がある。パンデミック対策準備を進めるには、高度の政治レベルでの意思決定が必要なのだ。国民と世界の安全・安心のために奔走できる強い信念と責任感や、リーダーシップをもつ政治家の理解と行動が不可欠なのだ。――これが、何年にもわたってパンデミック対策に関わってきた大田の結論である。


恒例によって、夕方6時からは、WHOによるレセプションが開催される。レセプションと言っても、WHOのカフェテリアの一角で、安物のワインと数皿の貧相な料理が並ぶだけの立食パーティーだ。

しかし、このような場での非公式な本音の会話が、お互いの理解のためには非常に重要だ。国としての利害の対立はあっても、個人的には世界全体の公衆衛生のために誠心誠意、努力している者たちだ。大田としても、このような機会に多くの信頼できる友人を作ってきたし、こうした個人レベルでのネットワークが最大の財産であると思っている。

特に、アジアやアフリカ諸国では、個人同士の繋がりが大きな意味をもち、浪花節的な（悪くいえば古い任侠の世界のような）義理と人情の世界でもある。欧米人にはなかなか理解できない世界であろうが、幸いにもナタリーもヒロシも、東洋人としての共通の心情をもっている。「口に出さなくても理解してもらえる」「そこまで言ったらお終いよ」という阿吽の呼吸が通じる仲間なのである。

たちまち料理もワインもなくなってしまったレセプションは、8時を過ぎても続いていたが、途中でヒロシが、明日の会議の段取りを相談するために、副議長を務めるシンガポールとセネガルの代表、そして議長の大田の3人を、自分のオフィスに誘った。

殺風景な部屋の壁には、多くの書類が雑然とクリップされていたが、その中に、チェロとパブロ・カザルスの大きな写真が貼ってあった。これは大田との共通の趣味だった。

自動販売機の味気ないコーヒーを飲みながら、小一時間ばかり最近のインフルエンザのトピックスについて情報交換をした中で、気になる情報がボソッと語られた。

ヒロシが、

「3月末からメキシコ保健省の保健研究所から報告が届いていた『季節はずれのインフルエンザ』は、その後も相変わらず流行拡大の傾向にあり、最近の情報では、多数の重症者や死亡者も出ている」

と説明した。

「しかも、現地のWHO国内インフルエンザセンターで行った遺伝子検査では、A型インフルエンザは陽性だったんだが、季節性のインフルエンザの可能性は否定されたので、1週間前に患者検体が米国疾病対策センター（以降、CDC）とカナダ国立微生物診断研究所へ送られて検査されているんですよ」

と続けた。

強毒型の新型インフルエンザがついにメキシコで発生したのか？——全員の頭の中を、この最悪の事態が巡った。

メキシコでは、15年ほど前に鳥の間で、強毒型H5N2型の鳥インフルエンザが流行したことがあり、その後も、時々弱毒型のH5N2型ウイルスが検出されている。弱毒型のH5N2型ウイルスが鳥の間で流行している中で、〝強毒型に変化〟して、これが人の新型インフルエンザウイルスに変化したのだろうか？　H5型の場合、N2でも強毒型に変異する可能性は否定できない。

もしくは、東南アジアからアフリカ北部にまで広がってしまった強毒型H5N1が、ついに北米にも到達したのだろうか？　しかも、人の新型ウイルスに変異してしまったのかもしれない。様々な憶測が頭を駆け巡る。

4人の討議が白熱していた時だった。突然ヒロシの携帯電話が鳴った。彼の古巣であるアトランタにある米国CDCインフルエンザ部門の疫学研究室からだった。

電話口からロシア訛り（なま）の声が漏れ聞こえてくる。相手の声はかすかに上ずっている。ヒロシはいつも通りに、相手の話を十分に聞いたあとで、静かにゆっくりと疑問点を問いただしながら問題の核心をえぐり出した。相手の話した要点を確認復唱しながら、周りの3人にも情報が共有されるように、普段よりもゆっくり話している。ヒロシの受け答えから、大田にも何が起こっているのかが把握できた。

それは、メキシコでは800人の患者のうち60人が死亡しているとの衝撃的な報告だった。ほとんどの患者は10代、20代の若者だという。重症の肺炎を起こして入院した患者も多い。いずれにしても、通常のインフルエンザとは異なる重大な事態である。

その後も、電話での会話は長時間にわたった。電話口の相手は、時々入れ替わって対応しているようだ。最新情報が入った。メキシコ国境に近い米国カリフォルニア州とテキサス州の町でA型インフルエンザ患者が出たが、分離されたウイルスの亜型が同定できないとのことで、アトランタのＣＤＣにウイルスが送付されてきた。検査の結果、豚のＨ１Ｎ１型ウイルスであることが確認されたと伝えられた。患者は非常に軽症である——。

メキシコから送られてきた検体から分離されたウイルスも、北米型のＨ１Ｎ１型豚インフルエンザと同じ抗原性を持ち、遺伝子解析でもＨ１Ｎ１型であるようだ。いずれにしても、心配していた強毒型のＨ５ではない。

メモを取っていた大田は、シンガポールの同僚に目配せをした。ヒロシとも目が合って、一瞬、安堵（あんど）の思いが伝わってくる。

しかし、すぐに新たな疑問が湧いてきた。豚型のＨ１Ｎ１ウイルスならば、弱毒型のはずだ。Ｈ５やＨ７亜型とは違って、強毒型に変化する可能性はない。まれに人に感染した場合にも、ほとんどは軽いインフルエンザ症状であり、死亡例はこの10年間で２〜３名だったはずだ。これでは、メキシコでの８％もの高い致死率は説明できない。これは、どういうことだ？　ＣＤＣの検査結果は、たまたま紛れ込んだウイルスを検出したのではないか？

しかし一方、同じＨ１Ｎ１亜型の新型インフルエンザによる大流行であった１９１８年のスペインかぜの際には、弱毒型ウイルスにもかかわらず、世界で８０００万から１億人もの犠牲者を出し、２％以上もの高い致死率が推定されている。ということはつまり、これはスペインかぜの再来なのか？

大田はこれらの疑問、質問事項をメモにして、電話口のヒロシに渡し、ヒロシはこれをもとに、要領よくこちらのメッセージを伝えている。問題点が整理され、今後の対応方針について一応共通の理解が出来たところで、1時間をゆうに超える長い電話はようやく終わった。

この数年間で、すっかり白髪が増えて、短く丸刈りにしたヒロシは、憂いを帯びた顔つきで、

「引き続き、メキシコと米国からの詳しい流行状況の把握に努めます。それと、明日中にはCDCから詳しいウイルス遺伝子解析情報が送られてくるそうです」

と説明した。

誰もが深い溜息（ためいき）をつく。大田は、明日の会議のプログラムを変更して、初めにこの情報を参加者に伝え、H1N1に対する新たな対応を議題とすることを提案した。ヒロシもすぐに賛同してくれた。

もう10時を過ぎている。明日はまた8時半から会議だ。ヒロシは早速、報告をタイプして、メールであちこちに発信している。3名は、もうほとんど誰もいない建物の廊下をたどって表へ出た。留学時代によく乗った二両続きの大型路線バスが入ってきた。これが最終バスだ。ホテルへ戻ろう。すべては明日のデータを見てからだ。

今晩のホテルのフロント当直は、顔なじみのポルトガル人だった。陽気に挨拶をしながら、

部屋の鍵と一緒にブランデー入りのチョコレートボンボンを渡してくれた。ここでは全てが普段通りに流れている。が、新型インフルエンザ発生となれば、この彼も当事者となる。日常が一変する……そんな事態を市民は知る由もなく、いつもの時間が流れていた。

◇新型インフルエンザの脅威とはいかなるものか

そもそも、「新型インフルエンザ」とは、A型インフルエンザに属する鳥インフルエンザウイルスが、家禽の中で流行して遺伝子の変異を起こしたり、豚に感染したりして、人のウイルスや鳥のウイルスと遺伝子の交雑を起こしたりする間に、人から人に連続的に感染伝播しやすいウイルスに変化して発生するものだ。

もともとが、他の動物のウイルスであるから、ほとんどの人間は免疫を持たない。そのため、ウイルスに曝されれば感染が成立しやすく、感染が成立すれば、初感染であるために重症化しやすい。

従って、新型インフルエンザが発生すれば、同時期に多くの人間が感染発症することになり、これが地球レベルで起こるのがパンデミックである。そのため、医療は混乱し、病欠者が多発すれば、社会機能に影響が生じる。病院には行列ができ、診察までに何時間も待たされることになるだろう。交通機関が麻痺（まひ）することもあるだろう。電気やガスなどのライフラインが、通常通りに機能しなくなることもあるだろう……。新型インフルエンザは、病気そのものの被害に加え、このような社会機能の麻痺や混乱による二次的な被害も大きい。新型インフルエンザは単なる医療問題ではなく、社会の危機管理問題でもあるのだ。

こうして、新型インフルエンザが発生すれば、1～2年間にわたって、世界各地で何回か、流行の波となって大流行が繰り返される。その間に、新型ウイルスは、それまで毎年流行を繰り返していた季節性インフルエンザのウイルスを駆逐して、これと入れ替わり、その座を占める。国民の約6割が感染して免疫を持ったくらいのところで、「新型インフルエンザ」は毎年やってくる「季節性インフルエンザ」となって、次の新型インフルエンザが出るまで、人社会で流行を繰り返す。

天然痘のように根絶はできないのですか？　そういう質問がよく出る。しかし、A型インフルエンザは、クジラやアザラシ、馬、豚、鳥、人など多くの動物に感染する〝世界最大規模の人獣共通感染症〟なのである。野生動物まで巻き込むような、こんな疾患は、根絶は不可能である。

その真ん中に、自然宿主としてのカモ、ガン、白鳥を代表とする水鳥がいる。このカモなどの腸管の中には、弱毒型のA型インフルエンザウイルスが、宿主を病気にもさせず、殺さず、共存しながら存在しているのだ。

　カモや白鳥などは渡り鳥なので、インフルエンザウイルスも、カモなどの飛来とともに世界の広い地域に移動する。カモなどが降り立った湖沼で、糞とともに水に溶けだしたウイルスは、湖沼の水を飲んだ土着のニワトリやアヒルなどの家禽の腸管に乗り移って、感染を成立させる。家禽は人に飼われていることから、感染した家禽を介して、鳥インフルエンザと人との接点が出来上がっていく。

　強毒型H5N1のようなウイルスでは、感染したニワトリの糞などに接触したり、鶏肉や鶏卵を非加熱で食べたり、捌(さば)いたりした人間が、はじめは偶然に鳥インフルエンザに罹(かか)り、それが繰り返されると、鳥インフルエンザが人に感染しやすいウイルスに変化していくことがある。

　一方、豚は、東南アジアや中国などの広範な地域で、ニワトリやアヒルなどの家禽と一緒に飼育され、重要なタンパク源として、人間の生活に密着した動物である。しかし、悪いことに、豚は鳥インフルエンザとヒトインフルエンザの両方のウイルスに感染することができるのだ。鳥と人のウイルスが同時に豚に感染すると、双方の遺伝子が混じり合う「遺伝子分節の交雑」という現象を起こすことがある。

　このように、豚は、新型インフルエンザ製造の試験管の役割を担うこともできる動物なのだ。家禽とも人とも密着する生活空間をもつ家畜の豚は、これまでも、アジアかぜ、香港かぜといった新型インフルエンザ発生の源ともなってきたと考えられている。

２００７年の段階で、強毒型Ｈ５Ｎ１型鳥インフルエンザウイルスは、インドネシアの豚の約１割に感染していることが報告されている。この点も、Ｈ５Ｎ１型ウイルスの新型インフルエンザ発生のリスクを評価する重要な知見として、見過ごすことのできない事象であった。

現在の豚型ウイルスの主流は、「北米型」と「アジア・ヨーロッパ型」に区別されているが、いずれも、１９１８年前後にスペインかぜのウイルスと共通の祖先ウイルスから分岐してきた、弱毒型のＨ１Ｎ１型ウイルスである。これは90年間にわたって豚の間で維持されてきた。この間に抗原変異を繰り返してはいるが、人のウイルスに比べて大きな変異は起こっておらず、主要抗原はＨ１型のままだ。

これに加えて、人の香港型Ｈ３Ｎ２型ウイルスや、様々な鳥インフルエンザウイルスが、豚にも感染し、豚型ウイルスの少数派として維持されている。これらの豚型ウイルスが人に感染することは非常にまれであり、感染患者の多くも、軽症のインフルエンザにとどまっている。

１９７６年に、米国の新兵訓練所で、豚Ｈ１Ｎ１ウイルスに感染した１名の新兵が死亡した。スペインかぜの再来として大きな社会問題となり、緊急のワクチン接種もすすめられたが、新型インフルエンザとして流行することはなかった。

１９９８年、北米において、古典的なＨ１Ｎ１型豚ウイルスに、豚型となったＨ３Ｎ２ウイルス、および鳥型ウイルスの遺伝子が交雑した「３重交雑体ウイルス」が出現し、以後北米では、このウイルスが豚の間で流行を続けている。人への感染例は毎年１ケタ以下であるが、いずれも季節性インフルエンザの検査で偶然に見つかったものだ。過去10年間に２名の死亡が報告されているが、人から人への伝播はなかった。

◇4月19日　弱毒型インフルエンザによる混乱

早朝、綾は大田からの電話で目が覚めた。大田は、ジュネーブのＷＨＯの本部にいるはずである。今、ヨーロッパは夏時間で、時差も7時間あり、向こうでは会議の第１日目がとっくに終わったはずの時間だ。

何か、あったのだ！　綾はビクンと体を震わせた。

大田は用意周到に行動するたちで、時差もちゃんと考慮に入れる。大田の時計は、東京の時間までダブルで表示する国際対応の腕時計だ。緊急でもなければ、こんな時間にかけてくるはずがない。

　電話を取ると、慌ただしい口調で大田が告げた。

「心配な情報がある。今月に入ってメキシコでインフルエンザが多発している。全例が確認されているわけじゃないが、８００例。そのうち、60人が死んでいる。しかも若者が中心だ。すでに国境を越えてカリフォルニアとテキサスにも広がっているかもしれない」

　綾はドキリとした。大田は畳みかけるように続けた。

「ＣＤＣの検査結果では、豚のＨ１Ｎ１型のウイルスの可能性がある。ＨＡタンパクの開裂部位は、アルギニンのみの弱毒型だ。他の遺伝子の解析結果は明日送られて来る。しかし、致死率が高いことと、若者が感染していることが心配材料だ。この件はまだ詳細が確認されていないので、メディアからの問い合わせがあったら、しばらくは公表を控えるように伝えてほしい。これから忙しくなるだろうから、携帯電話は常に充電しておくように」

　ついに、豚インフルエンザが、人へ感染しだしたのか。過去の新型インフルエンザも、豚を介して発生したことがある。新型インフルエンザとなれば、相応の対応を急がねばならぬし、ウイルスの病原性などの性質によっては、大きな被害も出る。豚というのも気になった。Ｈ５Ｎ１型強毒型ウイルスも、３年前くらいから、インドネシアの豚に感染していることが報告されていたのだ。まさか……！

「豚インフルエンザからの新型インフルエンザを疑うべきですか？　確認ですが、亜型はH5ではないのでしょうね？」

「H5の可能性は完全には否定されていないが、ひとまず安心していいだろう。遺伝子の解析からは豚のH1N1だ」

2009年の2月に米国カリフォルニアで、豚のH1N1ウイルス由来の3重遺伝子交雑体ウイルスに感染した子供の報告がされていたのが、綾の頭をかすめた。あの弱毒型のウイルスが人に伝播を始めたということだろうか。ならば、病原性は？　致死率は？　想定される被害を、現段階での知見からでも、ある程度は見極めたい。

「H1N1ならば弱毒型ですよね。ソ連型と亜型は同じ。そうならば、新型インフルエンザというカテゴリーには当てはまらないということですか？　でも、豚インフルエンザ由来だとすれば、同じ亜型でも、ソ連型とは抗原性はかなり違うはず。人には感染防御免疫がないことになりますね。ならば、感染が拡大するかもしれない」

「詳しくはウイルス遺伝子の全ての塩基配列の成績が出てからだが、当然、ソ連型のH1と抗原性が離れていれば、交差免疫も働かない可能性がある。その場合には大きな流行になるだろう。そもそも、感染症法における新型インフルエンザの定義なぞ、実態には合わないものだから、これから日本でもかなり混乱するぞ」

「でも、H1N1ならば、強毒型とは考えにくいですね。HAの開裂部位の配列はアルギニン1個、これはまちがいありません。弱毒型なら、少なくとも全身感染は起こさないでしょう。全身感染という最悪のシナリオとなるH5よりはよっぽどましです。サイトカインストーム（自然免疫の異常）は？」

「メキシコではティーンエイジャーから20代くらいの若者が死んでいる。それも重症な肺炎だ！　続発性の細菌性肺炎ではない。季節のインフルエンザでは考えられない症例だ！　しかも、ARDS（急性呼吸促迫症候群）だ！　それがいやなんだ」

「ウイルス性肺炎ってことですか？　まさか、10代とか20代にサイトカインストームが？　ウイルス性肺炎となると、抗インフルエンザ薬は効いてますか？」

「今後、詳細な報告を見ないとわからない。しかし、今のメキシコでも、致死率は8％程度の数字だ。もっとも医療機関を受診しない軽症患者は報告されないだろうから、実際の患者数は数万人にもなっているかもしれない。しかし決してあなどれん」

　数％台の致死率！

　綾は目の前が一気に空白になって、その数字の桁になぎ倒されて、ぐらぐらする。

「8％。想定していた弱毒型インフルエンザの致死率よりも、一桁高い……。それは怖い、恐ろしいですね。スペインかぜの場合でも2％台でしたのに」

スペインかぜは1918年に発生した〝当時の新型インフルエンザ〟であった。当時の18億の人口のうち、最新の超過死亡で算出したデータだと、8000万人から1億人が犠牲になったという。日本でも、5500万人の総人口のうち、45万人以上が亡くなったという。その死因の多くが肺炎だった。しかし、この肺炎は、インフルエンザウイルスによる肺炎ではなく、インフルエンザのあとに、ウイルス感染で荒れた気道粘膜に細菌が感染した続発性の細菌性肺炎だった。細菌感染の治療に使う抗生物質がまだなかったことが、より被害を大きくした。抗生物質は、細菌を殺す、細菌感染に対する特効薬ではある。

だが、今回のH1N1型豚インフルエンザの感染では、インフルエンザウイルスによるウイルス性肺炎だという。ならば抗生物質は全く効かない。では、タミフルやリレンザの薬はどうなのか？　この2つの薬は、インフルエンザの特効薬では決してない。インフルエンザウイルスを殺す薬ではないのだ。

これらは、インフルエンザウイルスが増えるのを抑える薬である。だから、なるべくウイルスが増える前、発熱などの症状が出てから48時間以内に飲ませることとしている。その薬が効けば、重症化の阻止が見込める。特効薬ではないにしろ、有効なカードであることは間違いない。重症化させずに軽症ですませられたら……。

「今のところ、抗インフルエンザ薬は効くようだが、メキシコにはタミフルの備蓄はわずかで、ほとんど治療できない状況のようだ。しかし、今後タミフルを使用していけば、耐性ウイルス（タミフルが効かない変異をしたウイルスのこと）も出ることも考えておく必要がある。これから、CDCに電話をして、直接状況を聞いてみる。また、あとで電話をする」

「でも、対策の本質はH5N1です。H5の対策をさらに進めねば。H5N1は変わらずにヒト型に近付いていますから！」

綾は大田を取り押さえるように、思わず叫んでいた。

大田も電話を切ろうとしながら、綾の激しい言葉に呼応して、吐き捨てるように言い放った。

「そうさ、その通りだ。このH1N1、とんだ横槍が入ったわけだ。間違いなくこれから新型インフルエンザとして世界的な大流行を起こすだろう。第一波の流行は、比較的規模も小さく、健康被害も低い。しかし、H1型である以上、たとえスペインかぜのような致死率の高いウイルスになったとしても、H5N1のような全身感染を起こす超強毒型のパンデミックは絶対に起こらない。今のところ、せいぜいアジア型程度のものだと予想しているが、その際に、新型インフルエンザはこの程度だと誤解されることが心配なんだ」

大田の言葉を聞きながら、綾は、また別のことも危惧していた。

「それもそうですが、これから起こるのはマイルドなH1N1のパンデミックですよね。それに対して、世界中が、強毒型H5のパンデミックに対応した〝最悪のシナリオ〟に従って、極度に厳しい態勢を機械的にとる可能性があります。そうなった場合には、かえって、社会的、経済的にマイナスの影響をもたらしかねません。まして、日本では、強毒型ウイルス対策の1パターンしか、まだ厚労省は行動計画ができていないから……」

「そうだ、米国の新型インフルエンザ計画のように、状況に応じた段階的な計画が、日本にはまだない。危機管理の原則に沿って、最悪のシナリオを想定した十分な事前準備をしておくのは必須だが、実際にパンデミックが起こった際には、何段階かの異なる被害程度に応じて、異なる対応を弾力的に実施することが重要だ。日本では、十分な机上訓練もしないままに、今年の3月に改定された国のガイドラインに沿って、杓子定規に最大に厳しい対応をとるか、何もしないかの両極端な事態になるだろう。それが心配だ」

「これまでのニュースで流れた対応訓練を見ても、空港での検疫とか患者搬送、隔離といった水際作戦ばかりですよね」

「インフルエンザは潜伏期もあるので、完全な鎖国でもしない限り、水際作戦で国内侵入をゼロにすることは不可能だ。それでも強毒型ウイルスの場合には、少しでも国内での感染拡大を遅らせるために、初期の水際作戦は不可欠だろう。しかし、弱毒型のH1N1等の場合には、検疫の効果と大きな負担を天秤にかけると、むしろマイナスの面の方が大きいかもしれんな。検疫の効果はおそらくそんなに出ないだろうし、負担は想像以上に大きくなるだろうし」

「今回は、強毒型H５N１の新型インフルエンザの場合とは、明らかに違うということがわかってもらえるのでしょうか。それを理解させるほどには、新型インフルエンザの理解が、政府内で醸成されてはいませんよ」

「インフルエンザへの対応は、鳥も豚も、人の季節性も新型も、皆一緒だと誤解している人が多い。しかし、新型インフルエンザ対策の本命は、最悪のシナリオで来るだろうH５N１なのだ！　それが国民を守るんだ。マスコミはもう興味を失っているが、H５N１の強毒型ウイルスによる新型インフルエンザのリスクは下がってはいないんだよ。H５N１型強毒型ウイルスの新型インフルエンザ対策を、粛々とやっていくことが、今こそ重要なんだ！　そういうことだ。経済界にも僕の言葉として、そう伝えてほしい」

「もちろんです。きちんとお伝え申し上げます。でも、これからマイルドなH１N１のパンデミックが起これば、それに応じた軌道修正も必要ですね。それにまず、手をつけます」

「当然のことだ。しかし、このH１N１を乗り越えるのも、H５N１を想定した準備と緊急対応計画があって、初めて可能となる。次の冬に、大流行の第二波が来るだろうが、たとえ弱毒型であっても、感染患者数は圧倒的に増えるから、数十万人程度の人間が国内で死ぬかもしれん。それだけでも相当大変なことになる。弱毒型でも大変なんだ。これを最小限度の被害に留めて乗り越えて、この教訓をもとに、H5N1などの最悪の新型インフルエンザに対応した準備対策の確立にもっていく。それが大事なんだ。わかったな」

大田はそう繰りかえして電話を切った。表はすっかり明るくなっていた。綾は、急いでパソコンを開くと、今の電話を統括してまとめる作業に入った。

◇WHO　ついに世界に情報が回る

ジュネーブWHO本部での会議も2日目。今日も晴天である。メキシコでの事態の急展開は、まだ誰にも知らされていない。昨晩のレセプションを通じて初日の緊張も解けたのか、会場では互いに親密な会話が交わされ、あちこちで笑い声も聞こえていた。

そこに、早朝の定例幹部会に出席していたヒロシが、緊張した面持ち（おもも）ちで、遅れて会議室に入ってきた。大勢のWHOのスタッフも後ろの席を占めていた。何となく会場の雰囲気が変わる。会議のメンバーも雑談を止めて、皆、顔をあげてヒロシを見た。

大田は会議の開始を告げた。

「今日は、予定を変更して、最初にヒロシ・キヨハラから、現時点で確認されているメキシコと米国のケースに関する状況を報告してもらいます」

ヒロシはスライドを用いずに、昨晩の電話内容などを要領よく淡々と説明した。多くの参加者の顔には見る見る動揺の色が現れ、すぐに次々と手が挙がって、質疑討論がはじまった。大田は冷静に発言の順番を指名していく。

今はまだメキシコ一国だけの問題だが、すでに近隣諸国はもとより、遠隔地にも拡大している可能性もある。新型インフルエンザだとすれば、WHOはパンデミック警戒レベルを4に上げて、局所封じ込めなどの早期対応をとる必要がある。

しかし、800人もの患者が出ている以上、封じ込め戦略の時期をすでに逸してしまったのではないか？　今のところ、数%もの高い致死率だが、軽症者や不顕性感染者の存在はどうなのか？　臨床像や治療方針はどうなのか？　渡航制限や出入国管理はどうすべきか？　H1N1ならば季節性ワクチンは有効なのではないか？　抗ウイルス剤は効くのか？　ワクチンの開発、製造の見通しは？　途上国への支援はどうするのだ？

誰もが同じ様な疑問を持っているが、答える側はまだほとんど情報を持っていない。疑問点と問題提起の項目が次々と書記によって議事録にタイプされ、大写しのスクリーンに列記されてゆく。これらについては、事務局側で至急調査を行い、順次、全員に情報提供をするということで了承された。

現時点では、それしかできることはない。緊急対応をとるにしても、判断材料が不十分だ。風評被害を生じさせないためにも、これらの情報についての取り扱いなど、冷静な対応を求めた。

昼休みは2時半までとされ、その間に、再び、ヒロシのほかWHO緊急対応部署の担当スタッフなどを加えた拡大メンバーが集められ、CDCの担当者によるビデオ会議が開催された。

場所は、WHO本部のビルの地下にあるショック・ルームだ。馬蹄形に並べられた机には多くのパソコンがセットされており、周囲には地球全体を示す地図や、感染症の発生行動に関する様々なデータが映し出されている。そのグラフが刻一刻変化している。

CDCで解析された、カリフォルニアでの分離ウイルスの遺伝子情報が紹介される。大田と同い年で、30年来のインフルエンザ研究者仲間であるCDCインフルエンザ部門長のアン・ブラウンが画面に登場した。彼女もWHOインフルエンザ協力センター長として、大田と同じく、WHOの活動に貢献してきた。相変わらずチャーミングな仕草だが、しっかりと嚙み砕くように解析結果と解釈を述べていく。非常に分かりやすいスライドを用い、理路整然とした説得力のある説明で、余計な質問も出ない。

彼女は、手際よく話をまとめた。

今回のH1N1型ウイルスは、1998年以来、北米で流行中のH1N1型豚ウイルスの3重遺伝子交雑体ウイルス中、2本の遺伝子が、アジア・ヨーロッパ系統のH1N1型豚ウイルスのものと入れ替わった、新たな〞4重の豚H1N1型遺伝子交雑体〞であることがわかった。

ウイルスの抗原性は、季節性のソ連型H1N1ウイルスとは大きく異なっており、ほとんど交差性はない。従って、残念だが季節性ワクチンの効果は期待できない。

強毒型鳥H5N1型ウイルスや、スペインかぜウイルスに認められる強毒性を規定する遺伝子の変異はまったく存在せず、季節性インフルエンザウイルスと同様に、典型的な弱毒型ウイルスである。タミフルやリレンザなどの抗インフルエンザ薬には感受性を持つ——。

すべて大田にも納得できる解釈であった。病原性や抗血清の作製など時間のかかる動物実験は既に準備しているという。また、WHOとして各国に配布するウイルス遺伝子診断キットの作製も開始したようだ。さすが、5年前にH5N1型新型インフルエンザの危機が叫ばれて以来、それまでの40名から250名へと職員数を増やして対応しているCDCインフルエンザ部門である。米国の新型インフルエンザの危機管理が、国家安全保障問題として位置づけられていることが、こんなところにも現れていると大田は思った。

アン・ブラウンは、さらに、これらの遺伝子情報は国際的なデータバンクに登録され、誰でも広く活用できること、ウイルスは無条件で関係者に提供されることも、表明した。

おおっという声があちこちから漏れる。大田の心にも、ある種、感動に近い思いがよぎった。H5N1型鳥ウイルスに対して、一部の途上国から、ウイルス材料や遺伝情報の所有権に関する要求がなされていた。それに対して、米国新政権としての回答を真正面から示したことになる。

ウイルス提供問題は難題であり、大田は、2年以上にわたってこの問題解決に関わってきたのだ。長いこと解決を見なかったため、苦悩していた大田にとって、アンによる宣言は想定外でもあり、公衆衛生の正論を示してくれたことが嬉しかった。

今後、途上国側は、どのような反応をするだろうか。ワクチンの配分や提供で、途上国からの要望が突きつけられるだろう。

一方、WHOはどのようなリーダーシップがとれるだろうか。H5N1型ウイルスに関する情報共有と検体共有問題の解決に、これを結びつけることができるのか。提供されたウイルスを用いたワクチン開発や診断薬の開発などの便益を、ウイルス提供国にどの様に還元したらよいのか。さらに、南北問題の存在下における国際的な平等とは何か。すべての国民において、個人レベルでの平等とは何か……。

様々な思いが大田の脳裏を駆け巡った。

これらの問題の解決なしには、今回のH1N1のパンデミックを乗り越えることは難しい。対応如何(いかん)によっては、後々まで大きな国家間の亀裂を残す可能性もある。

大田の心に不安の影が広がった。国際危機対応においても、やはり強力な政治的リーダーシップが必要なのだ。

大田は、午後の会議が再開される前に、早速CDCの情報を、メールで東京の本省や研究所に伝えることにした。先ほどのビデオ会議の際に、アンからは、限定された範囲内での情報共有の許可は得ている。

しかし、いつもそうだが、本省や研究所に情報提供をしても、通り一遍の返事が来るだけで、反応が鈍い。事実を伝えるだけではだめだ。かなり詳しい解釈を付け加え、嵐が来る前に、関係者たちの目を覚まさせておかねばならない、そんな思いでメールを打ち始めた。無駄な努力かもしれないが……。

大田は、WHOインフルエンザ協力センター長のほかにも、幾つかのWHO委員会の重要メンバーとなっている。普段は余計な発言をほとんどしないが、本質的な問題点については、決して言い逃れや誤魔化しができないような鋭い質問や意見を述べる。幅広い情報に基づく妥当な判断ができること、そして考え方の基本が明確で決してぶれないことで、幅広い信頼を集めている。クドクドと理由を述べたり弁解したりすることを排して、明快な結論をズバッと述べる性格は昔からのもので、ほとんど変わっていない。しばしば相手にもそれを求めることが、欠点といえば欠点であるが。

大田がWHO業務に参加する際、「母国の国益のためではなく、国連の下部機関であるWHOのために働くこと」、また「そこで知りえた機密事項や知的所有権などに関しては、外部に漏らさないこと」を誓約させられている。

一方で、厚労省に所属する国立伝染疾患研究所に勤務する国家公務員でもあり、保健問題に関わる内外の情報を国に伝えることも業務の一つである。役所にしたら、マスメディアより少しでも早く情報を把握することが重要であるらしく、情報の質よりも速やかな情報収集に血道を上げる傾向がある。従って、大田は、WHOがまだ正式に発表していないことを、事前に東京に知らせることに、いつも一種の後ろめたさを感じている。

今回のH1N1型豚インフルエンザに関する情報については、メキシコも米国も、未だ何も言っていない。WHOでも公表していない。当該国から、WHOに対する国際保健規則（IHR）に従った正式な報告も未だなされていない。報道自粛もかかっていないが、メディアでは全く報道されていない。情報はまだ外部へは伝えられていないのだ。

大田は、誰にどこまで情報を伝えたらよいのか悩んでいた。うっかりメールを送ると、次々と転送されて、予想もしないところへ流れてしまうという経験もしばしばしている。もし日本発でこのニュースがスクープされれば、日本政府はもとより、WHOの信頼性が損なわれる。その結果、報道内容によっては世界中にパニックを引き起こす可能性だってある。そこで、帰国後に口頭で詳細を説明することを添えて、信頼できるごく限られた担当者にのみ、メールを発信した。

午後の会議は、急遽予定を変更した。

H5N1による最悪のパンデミックを想定し準備をしてきた各国の緊急対策計画を、H1N1などの比較的軽微なパンデミックの際に、どのように緩めて実施すべきかが議論された。対策を緩めた際の、健康被害の増加や社会的な影響と、厳しい対応を実施した際の、健康被害抑制の効果と社会的・経済的なマイナスの影響との、バランスが重要であることが共通認識となった。

従って、計画の実施については、流行拡大の規模に沿った〝機械的・自動的な判断や適用〟は避け、健康被害を最小化し、社会機能を維持するために、状況に応じて、最大の効果がもたらされるように、〝柔軟に対応すべきである〟との勧告をまとめることとなった。

具体的には、「弱毒型のH1N1新型インフルエンザの流行が拡大しても、国境閉鎖、渡航制限や出入国の規制は勧告せず、社会機能に大きな影響を与えるような措置は、慎重に評価して実施すること」が記載された。

そしてこの勧告は、今すぐに公表するのではなく、実際にWHOがパンデミック警戒レベルを上げる際に、各国に向けて発すべきメッセージであるとの合意が得られた。このような勧告は、本会議の本来の目的を逸脱しているとも思われたが、これによって、今後、各国では弾力的な計画の実施がなされることになるだろうと思い、大田はホッとした。

翌朝早く、WHO本部を訪ねた大田は、ヒロシと共にWHO事務局長ナタリー・ワンのもとを訪れ、昨日の委員会の経過と勧告を伝えた。ナタリーは、二人から昨日の会議の結論を慎重に聞いたうえで、賛意を示し、礼を述べた。ナタリーは、大田の日本でのキャリアの定年が延長されて、現役として今後もWHOのために働くことを、大変喜んでいた。

ナタリーは、

「これからワシントンを訪問し、メキシコ保健省代表や、前メキシコ保健大臣だったハーバード大学公衆衛生学部長とも意見交換をしてくるわ」

と言った。

いよいよパンデミックへの対応が開始されるのである。

大田は、月末に予定されているインフルエンザの遺伝子検査診断に関する専門家会議に参加するために、またジュネーブに来ることを伝えて、空港へ向かった。

◇4月23日　日本での対応

ＷＨＯとＣＤＣは、メキシコにおける豚Ｈ１Ｎ１新型インフルエンザの発生と、カリフォルニアにおける患者発生、さらにカナダにおける患者発生を、正式に発表していた。ウイルスの性状等に関する詳細な情報などは、まだ発表されていない。

世界中のメディアは一斉にこのニュースを伝えたが、海外紙ではそれほど大きく紙面は割かれていない。しかし、日本のメディアは、これを事件報道として取り扱っていた。

大田はこの傾向が気に掛かり、リスクコミュニケーションの計画がうまく機能すればよいがと心配をしていた。

その後、あちこちの報道関係者から問い合わせの電話が殺到し、大田の秘書は取次に追われて、仕事も手につかないあり様となってしまった。これまで何年間にもわたって、報道関係者を相手に、繰り返し説明してきたにもかかわらず、新型インフルエンザに関する初歩的な問題について同じ質問が電話口の向こうから繰り返されることに、大田はどっと疲れを感じた。これまでの努力は何だったんだ。

昼過ぎに、WHO本部から大田のもとに、日本時間の今日夜8時にWHOインフルエンザ監視ネットワークの電話会議が行われるので、出欠を確認したいとのメールが届いた。週1回定期的に行われている電話会議だが、イースター休暇のための欠席を考慮しての念押しにしては、いやに丁寧だなと大田は感じた。何か重大な進展があったに違いない。その場合には長電話になるだろうし、引き続き、別の電話会議も行われる可能性が高い。そう考えて、大田は、自宅の電話からこの会議に参加することにして、6時にはオフィスを後にした。

帰宅後、急いで入浴して軽い夕食をとると、もう電話会議の時間になっていた。8時前、WHOの秘書が電話を取り次ぎながら、「ドクター大田、誕生日おめでとう」と言った。それで、大田は初めて今日が自分の誕生日だったと気がついた。この何年間も、海外出張と重なって、自分の誕生日など意識したこともなかった。

いよいよ電話会議が始まった。

既にメールでほとんどの情報は共有されてはいたが、あらためて、メキシコにおける感染拡大の状況が報告された。死亡者も増えていた。しかし、肝心のウイルス学的な裏付けがなされておらず、豚H1N1由来の新型インフルエンザが、人から人へと伝播しているのか否かも不明である。カナダの研究所へ送られた検体については、まだ検査結果が戻ってきていないという。CDCが急遽疫学調査団をメキシコに派遣すると報告があった。

カリフォルニアとテキサスの患者は、メキシコからの帰国者、入国者であった。さらにカナダでは、寄宿学校の生徒の間で感染が広がっている。イースター休暇でメキシコを旅行した生徒が持ち帰った可能性がある。今後、米国とカナダでも感染拡大が起こるだろう。

市中での人から人への連続的な感染の広がりが、ウイルス学的にも裏付けられれば、もう既にパンデミック警戒レベルのフェイズ５（拡大期）ではないか。フェイズ５ともなれば、しっかりした対策をしなければ、乗り切れない。大田の中で苛立ちと焦りが交錯していく。

遺伝子の情報から予想されるウイルスの詳しい性状が、次々と確認されつつある。

弱毒型のＨ１Ｎ１ウイルスで、強毒型を示唆する遺伝子変化はない。４種類の豚ウイルス遺伝子の交雑体である。抗原的には季節性のソ連型Ｈ１Ｎ１とは大きく異なる。タミフルやリレンザが有効であること。……などが再確認された。

そして、ＷＨＯが早期封じ込め作戦の目的で備蓄してあるタミフルを、患者治療のためにメキシコへ緊急に転用して提供すること。ＷＨＯ遺伝子診断用キットの増産とその配布計画。ウイルス株の送付と共有。ワクチン製造株の緊急開発方針。……などが決定され、大田のセンターもその一翼を担うこととなった。

一方、国連食糧農業機関（ＦＡＯ）などが、メキシコの豚におけるウイルス調査を行い、今回のウイルスの起源と人への侵入経路を解明する計画だという。しかし、ＷＨＯとしては、現在の優先順位は、現状の把握と今後推移のモニター、およびそれへの対応であり、ウイルスの起源などの後ろ向きの研究は二の次であるとの認識が共有された。

2003年のSARS以来、WHOインフルエンザ監視ネットワークは、世界の公衆衛生のために〝機能すること〟を目的とし、〝研究目的ではない〟ことを再認識したことになる。

こうして、2時間にわたる電話会議が終わった。引き続き、専門技術レベルの電話会議が行われ、遺伝子診断キット開発のためのDNAプライマー試薬の設計・製造、H1N1患者のウイルス検査のフローチャート、病原性解析の動物実験の在り方、新型ウイルスのバイオセーフティー上の取り扱いなどが討議された。

大田は、電話会議の内容をまとめ、情報共有のメーリングリストに送信すると、溜まっていた受信メールを読み始めた。何しろ一日に500通から1000通ものメールが世界中から送られてくる。すべてを開いて斜め読みをするだけでも、勤務時間のほとんどが費やされてしまうので、こうして夜間に処理するしかない。半分以上を無造作にゴミ箱に捨てながら、重要なメールに対しては慎重に返事をしなければならず、気の抜けない仕事だ。さらに時差があるから、こちらの深夜が欧米では仕事の時間に相当する。明日まで待っていては取り返しのつかない遅れも生じる。大田は、インターネットの発達を呪いたくなる思いを抑えることができなくなった。しかし、これはまだまだインターネット地獄の序章だったのだ。

この数日、H1N1新型インフルエンザに関するメールが圧倒的に増えているが、H5N1型強毒型鳥インフルエンザの流行に関する情報が一向に減っていないことに、大田は不安を覚えた。やはり今回のH1N1は途中から割り込んだもので、H5N1は、これとは無関係に流行を続けているのだ。H5N1が駆逐されることはないのだ。

◇4月25日　基礎研究への思い

この日は土曜で、公式には研究所の仕事は休みである。明日朝早くに、再びジュネーブのWHOへ出張するので、その準備もあって、大田はいつものように朝から研究所に出かけた。休日のためにエアコンも動かず、窓も開かないオフィスで、溜まっているメールの処理や投稿論文の査読、返答などの仕事を黙々とこなした。いつも通りに、ほとんどの若い研究員も来ているが、実験室に閉じこもって各々の研究に集中しているので、オフィスの中はとても静かだ。

大田は、自分も若いころは、休みの日にも大学の研究室で仕事をしていたことを思い出した。当時、基礎医学の研究者にとっては、研究そのものが興味の対象であり、論文を書いて研究は業績を積み重ね、より良いポジションについて研究費を獲得し、さらに研究を進めて研究者としての地位を確立することが当たり前だった。しかし、大田は、基礎研究を自分の人生の究極の目的とは考えていなかった。

自分は何を目的に医師になろうと決めたのか。卒業後、なぜ臨床を離れて基礎医学の研究の道を選んだのか。病気の予防は治療に優る医療行為である。大田にとっての基礎研究は、感染症の制圧のための手段だ。このための基盤を確立して、公衆衛生の分野でこれを実践することが自分の仕事なのだ。

しかし、インフルエンザという特殊な分野においては、ウイルス学はもちろん、分子生物学、分子遺伝学、病理学、免疫学、流行疫学、診断学、呼吸器学、内科、小児科などの幅広い医学分野のみならず、サーベイランス、流行ウイルスの動向監視、流行予測とワクチン株の選定、ワクチンや抗ウイルス剤の開発・製造、品質管理、安全性の確保、ワクチンの配分・提供、費用負担、接種方式、有効性と副作用の検証、副作用の認定・救済、経済効果、社会保障など、薬学、製剤学、社会学、経済学、さらには倫理学や知的財産権、貿易問題、国際外交をも含めた、幅広い分野の問題が含まれる。

さらに、新型インフルエンザによるパンデミックの問題は、決して避けることができない大きな問題であり、これには全ての社会活動が関わってくる。歴史的考察や、現代の政治情勢についての考察も不可欠である。

新型インフルエンザを考えるには、このような幅広い知識と洞察が要求されるのだ。様々な立場の専門家がそれぞれの立場から専門的な意見を述べているが、このような幅広い分野からの総括的な見方ができる人は、国際的にも極めて少ない。

大田は、自分の限界を自覚しつつも、このような総合的な専門家を目指して勉強してきたという自負もある。若い研究者にも、自分の思いと知識、経験を伝えて、彼らを幅広い知識を持つ専門家として育てて行かねばならない。

オフィスの机で、こんなことを考えていると、携帯電話のベルが鳴った。WHO本部の国際保健規則（IHR）の調整員からだ。

「日本時間の今晩11時半から、WHOのIHRに基づく緊急委員会の電話会議を開催するが、参加可能か」

との問い合わせだった。

「事務局長のナタリー・ワンの諮問によって、パンデミック警戒レベルのフェイズを上げることに関する意見を聞きたい」

とのこと。

いよいよ来たか。

自宅から電話会議に参加することを伝えると、後で討議の参考資料を送るとのことであった。

電話を切るとほぼ同時に、新聞社やテレビ局から、緊急委員会についての問い合わせがきた。緊急委員会のメンバーは非公開のはずだ。なぜ知っているのだろうか。

緊急委員会とは、2005年の改訂IHRに基づき、感染症に関する緊急事態発生の際に、WHO事務局長の諮問に応じて、対応の判断を答申することを任務としている。メンバーは20名弱で、政府、国際機関などからの推薦者の中から選ばれているが、大田の場合は、母国代表として選ばれたのではなく、専門家としての個人の資質で選ばれていた。緊急事態においては電話会議が招集されるが、連絡や都合がつかない場合には欠席扱いとなり、議論には参加できない。基本的には参加者全員の合意を以て答申とすると、内規には書かれている。

しばらく遅れて、厚労省の若い国際情報の担当者から、今晩の電話会議を本省で受けてほしいとの依頼の電話がきた。翌朝早く成田空港に行かねばならないので無理だと伝えると、自宅での陪席は可能かという。夕方、WHOから会議資料が送られてきたので、これを印刷して帰宅した。外は知らぬ間に雨となっていた。

◇第1回緊急委員会電話会議

「夜分にお邪魔します」

夜11時過ぎに、厚労省から二人の職員が自宅を訪問してきた。会議に陪席するためだ。入ってくるなり、二人が言った。

「玄関前に、新聞記者とテレビ局の記者が大勢たむろしていますよ」

困ったものだ。本省の職員にしても、何しろWHOの動きを少しでも早く摑めとの至上命令だという。新聞記者と同じだねと互いに笑い合うしかない。

11時半から電話会議が始まった。点呼によって明らかとなった10名ほどの参加メンバーは、それぞれインフルエンザの分野での第一人者が揃っていた。このメンバーならば誰も文句は言えまい。これに加えて、メキシコ、米国、カナダの保健省の担当者がオブザーバーとして参加している。議長はオーストラリアの獣医でウイルス学の大家、副議長はタイの保健省の中堅幹部だが、1回目ということで、ナタリーが直接に議事を取り仕切った。

まず、ヒロシから今回の経緯が紹介され、続いて当該国の担当者から、それぞれの国の流行状況の説明があった。その後、質疑応答が続いた。

まず、こんな指摘がされた。

「メキシコにおける人から人への継続的な感染伝播は3月中旬から始まっており、その後も感染拡大が続いていることは明らかではあるが、疫学的成績が明白ではない」

一方、米国では、最初のカリフォルニアとテキサスの輸入症例以降の感染拡大はないとのこと。米国ニューヨークの高校およびカナダの寄宿学校内における集団発生は、市中における感染拡大と判断すべきか否かが議論された。

メキシコとカナダの政府代表は、

「市中での感染伝播にはなっていない。終息に向かいつつある」

と強調し、パンデミック警戒レベルのフェイズ引き上げには強い抵抗を見せた。フェイズが引き上げられれば、国境閉鎖や渡航制限などが必要となり、経済的にも社会的にも大きな影響が出ることを危惧しての政治的な発言である。

米国からは、

「現在CDCの専門家をメキシコに派遣して疫学調査を進めているので、その結果が出るまで判断を延ばすように」

との提案がなされた。米国も、メキシコの発生局所での初期封じ込めの機会を既に逸しており、メキシコからの感染者の流入を止めることは不可能であると判断していたようである。

そこで、2日後の第2回会議再開が提案されたが、週末に掛かることから3日後まで延ばすようにとの修正提案がメキシコからなされ、全メンバーの合意でそのように決まった。

電話会議を終えたのは、日にちが変わった26日の午前2時であった。厚労省の2名は報道関係者をかき分ける様にして帰って行った。今朝、またジュネーブに飛ばねばならない。

◇4月26日　ジュネーブまで追いかけてくる日本のマスコミ

電話会議の後、大田はほとんど眠る時間がないまま、朝6時に成田空港へ向かった。2か月前から予定されていたWHOのインフルエンザに対するウイルス株サーベイランスに関する実務者会議と、遺伝子診断の標準化に関する専門家会議に参加するためであった。

空港には報道関係者がカメラを持って待ち構えており、無理やりインタビューを申し込まれた。質問からも、新型インフルエンザ出現の科学的な知見ではなく、むしろいつフェイズが引き上げられるのかといった事件報道が先行しているのがわかった。

チューリッヒで乗り換えてジュネーブに到着したが、ここでも日本のテレビ局が待ち構えていた。航空会社は普通乗客名を第三者には明かさないはず。いったいどこで調べてきたのか。

大田は少し腹立たしい思いを抱えて説明した。

「自分は緊急委員会に出席する目的で来たのではない。この会議は電話会議で行うものであり、そのためならわざわざ来る必要はない」

だが、全く聞き入れられない。テレビ局のディレクターらしき人物が答えた。

「国内にいては何も情報が得られないので、大田さんがジュネーブに滞在中はWHO本部に拠点を置いて、緊急委員会の成り行きを含めて、何でもいいから取材を続けるんです」

どうも、日本の情報提供態勢と報道の焦点がずれているように感じられた。

WHOが手配してくれた駅前のホテルに到着すると、ロビーには、大勢の日本の報道関係者が待ち構えている。取り留めのないコメントを述べてから、急いでチェックインする。航空便やホテル名についてどこから聞いたのかと尋ねたが、取材源は明かせないという。気分が悪くなってきたので、大田は急いでエレベーターに駆け込んだ。

スーツケースの荷物を開く暇もなく、東京から電話がかかってきた。どこかで見張られているのではないか、という気さえしてくる。

また、厚労省が、明後日の午後に予定されている第2回緊急委員会の電話を受ける場所を指定してきた。外務省のジュネーブ代表部がせっかく準備してくれたので、好意に甘えることにした。

シャワーを浴び、ビールを一杯飲んで外に出ると、もうすっかり暗くなっていた。夕飯をどうしようかと考えたが、遠くまで出かけるのも面倒なので、着替えると、ホテルの近くにある馴染みのタイ料理店へ出かけることにした。

人に見つからないように、ホテルの裏口から出た。店に入ると、タイ人のウェイトレスが、注文も取らずに生ビールを持ってきた。しばらくすると、いつも通りのココナッツサラダとグリーンカレーを運んできて、少し心配そうに、今度は何が起こったのと尋ねた。メキシコで豚のインフルエンザが流行していることを教えると、テーブルの向かい側に座り、来月一時国に帰る予定だが大丈夫かと心配そうに聞く。ジュネーブではほとんど誰も知らないようだ。

「鳥インフルエンザとは違うから心配ないよ」

と答えると、安心したように席を立って、他の客の案内に向かった。

◇4月27日　群がるマスコミ

気持ちいいくらいに真っ青な空だ。大田が、駅前広場を望むホテルの食堂で朝食をとっていると、今日の会議に出席するメンバーが次々と入ってきた。その度に握手と挨拶を交わすのだが、誰もが会議の開始まで待ちきれないとばかりに、様々な質問をぶつけてきた。しかし、奥のテーブルでは日本の記者がこちらに聞き耳を立てている。

ロビーから歩道に出ると、また数台のテレビカメラと記者に囲まれてしまった。いつの間にこんなに増えたのか、昨日見なかった新顔も大勢いるが、大いに通行の邪魔になっている。後から出てきた香港の女性メンバーが、冷やかしながら通り過ぎていった。WHO本部の入り口にも日本人のカメラマンが待ち構えている。だが、今日の会議は本部ビルの向かい側にあるエイズ部門の建物で行われるので、図らずも肩すかしを食わせたように、誰にも会わずに会議室にたどり着くことができた。

予定通り会議が始まったが、議論はやはりH1N1型豚インフルエンザに集中してしまう。新型インフルエンザの診断に対する技術問題に加えて、限られた予算と人材のもとでいかに効率よく患者の診断とサーベイランスを実施できるか。SARSやH5N1に対する診断経験と実績をもとに、それぞれ説得力のある意見が述べられる。

いずれの患者の発生も経験していない日本は、聞き役に回ることが多い。米国CDCからの参加者の到着が遅れているので、本題の討議は午後からとなった。今日は座長でないこともあって、大田は少し心身を休めることもできそうだ。

早めにコーヒーブレイクとなったので、メールのチェックに掛かったところ、IHR事務局から、連絡が入っていた。

「明日に予定していた緊急委員会の電話会議を、急遽今日の午後に行うことになった。至急電話番号を知らせるように」

大田は、早速、WHO内で電話会議に使える部屋を探し、このビルの4階の会議室の予約をとるとともに、明日の午後に予定されていた日本代表部の方はキャンセルした。

いよいよパンデミックが身近に迫ってきたのだ。北米以外の地域からは未だ患者発生の報告はない。しかし感染拡大は間違いなく時間の問題である。メキシコで数週間前からこれだけの感染拡大が起こっている以上、潜伏期の患者が検疫をすり抜けて、既に日本国内にも侵入している可能性は高い。

その頃、WHOの共同記者会見室では、ナタリーが、先週以来、毎日夕方に行われている定例記者会見を始めようとしていた。先ほどの電話会議では、「フェイズ4の宣言は、修正原案を各国のIHRに回して意見を聞いた後、最終案を再び緊急委員会のメンバーに回覧してから行う」との話であり、それには1日弱の時間がかかると予想されていた。しかし、記者会見の席では、ナタリーの口からフェイズ4の宣言がハッキリと発せられた。

このニュースはたちまちWHOの中を駆け巡った。

大田が電話会議のために午後から抜け出していた同じビルの会議室でも、大田の帰りを待っていた各国のメンバーが、興奮気味にそれぞれの国に報告を流していた。大田は戻るや否や、これからのウイルス検査と監視体制に関する質問攻めにあった。

「今日はもう遅いから、明日は予定を変更してH1N1対応に向けた討議をしましょう」

そう提案して、長い一日は解散となった。

記者会見に参加した大勢の日本の報道関係者も、ひとまずニュースを送信し終わると、大田を探してＷＨＯの建物の中を走り回っていた。

大田は、外務省派遣の職員に連れられて、郊外のイタリア料理のレストランで遅い夕食を軽くとってからホテルに戻ると、ロビーで、再び記者たちに囲まれた。

記者からは、「自分たちの見張りに引っ掛からずに、今朝はどうやってＷＨＯの建物に入り、夜はどうやって出たのか」と聞かれた。

この数日間の大騒ぎを見かねた外務省の職員から、このままでは皆に迷惑がかかるので、明日の夕方にでも共同記者会見を準備するようにしたいとの提案があり、この日は帰ってもらった。

部屋に戻ると、机の上にはファックスが山のように積まれており、さらにメールをチェックすると、半日の間に再び３００通をこえるメールが溜まっていた。

ニュージーランドからは、メキシコから帰国した高校生7名が発症したとの報告が来ていた。急いで厚労省と東京のセンターに、その報告を転送した。

もうパンデミックの引き金が引かれつつあるのだ。日本はどうなのだ？

永谷からの報告メールを見ると、彼女も国内でマスコミ対応に苦労しているのが、窺(うかが)われた。

溢（あふ）れるメールをざっと斜め読みをして、急ぐものだけに返事を書いたが、それでもベッドに入った時は既に2時を過ぎていた。

◇4月28日　内閣の対策会議が、あやふやにスタートする

今朝も、ホテルの食堂やロビーは昨日と同じ状況だ。大田は、大した由緒もないカトリック教会を背景にして、テレビのインタビューに答えた。日本からの団体旅行客が、疑いの目で遠巻きに見ている。カメラを向けている人までいるのにはうんざりした。

バスの終点であるWHOの前で降りると、記者たちが、今日はバス停の前で待ち構えていた。一緒にバスから降りた会議メンバーの女性研究者たちとも既に顔なじみになっているらしく、今日の会議の予定などを親しげに尋ねている。大田が不審そうな顔をしたので、その女性研究員の一人が、

「昨日は信之を探すために、私たちにも親切にしてくれたのよ」

と耳打ちをしてくれた。ああ、もうすべて調べがついているのだ。

午前中の会議では、昨晩遅くに遅れて到着した2人のCDCの研究者が、H1N1新型イ

ンフルエンザに関する最新情報を、わかりやすいスライドを駆使して紹介した。誰もが抱いている多くの疑問に答えるものであったが、また新たな疑問も次々と出てくる。

大田は、大きな紙の束が立て掛けられている台の前に立ち、わかった点と不明な点を、マーカーペンでキュッキュッと音を立てながら板書していく。キーボードを押すのではなく自分の手で書くこと、すぐに消せるホワイトボードではなく白い紙に書くことで、問題点がより強く認識されることが実感される。

午後は、これを基にして、各地域、各国のH1N1新型インフルエンザの検査体制の計画案を策定し、検討し合うことに決め、昼休みとした。

大田は、今日もこれから2つの電話会議に出席せねばならず、夕方には共同記者会見がセットされている。食堂の売店で、ハムとチーズのバゲットと、自動販売機よりは余程ましなコーヒーを買うと、別棟にあるインフルエンザ部門のオフィスに向かった。

さっそくGISN（グローバル・インフルエンザ・サーベイランス・ネットワーク）の電話会議が始まり、新型インフルエンザの感染が徐々に拡大していること、ウイルスの抗原性などの成績、遺伝子診断キットの開発などについての進捗状況の情報が共有された。

大田は、

「日本の研究センターが設計したＨ１Ｎ１ウイルスのＰＣＲ遺伝子検出キットが完成した。これは、感度、特異性ともにＣＤＣのキットに優る」

と、淡々と伝えた。

つい、この開発を黙々と進めたある部下の顔を思い出してしまう。所内の人事評価会議において、筆頭著者の英文論文が少ないなどと難癖をつけられて昇進を見送られ、ガッカリしていたのを慰めたのはつい２か月前だった。人事評価などというものは、いくらでも理由を見つけて見送りをすることはできる。研究所内の部長陣の力関係や思惑が、影響していないわけがない。「大田の下につくと、人事で損をする」――そんな噂も研究所では広がっているという。新型インフルエンザ関連では、まっとうな仕事をして発言した人間ほど、人事にせよ、科学研究費の配分にせよ、研究所内部での評価の対象から外されるのがあからさまに見え始めていた。そして、それは微妙な変化を研究官たちに起こしていた。日本国内の職場のそんな風潮とは、打って変わったＷＨＯの風通しのよさが、大田を心理的にも救っていた。

ＣＤＣから東京のセンターにウイルスが送付される手はずもついた。これで、この診断キットの有用性が評価でき、全国に配布が可能となる。またワクチン株の緊急開発にも着手できる。多くの抵抗勢力と闘い、日和見集団を動かしてインフルエンザ研究センターを設立した意味があったというものだ。

電話会議が終わると、大田は急いで会議の席に戻った。午前中に決めた方針に基づき、各国の事情に応じた検査体制案について活発な討議が続いている。

すでに新型インフルエンザが出現し、パンデミックへとまっしぐらに進んでいるのだ。自分の国に来るのも時間の問題である。一刻も早く帰国して準備を進めなければならないメンバーも多い。

そこで、休憩になったところで、座長に、

「明日は予定を早めて午前中で会議をまとめましょうか」

と提案してみた。反対意見はない。そこで、今晩は少し遅くまでかかるが、座長とレポーターが中心となって、会議のまとめを作成することになった。

大田は、

「6時半から共同記者会見があるが、それが終わったら戻ってきます」

と伝え、残りのコーヒーを飲みほすと会議場に戻り、自分のセッションの要約案を急いで書き始めた。

夜には日本の報道の共同記者会見が予定されている。6時ちょうどに迎えの車が来た。5

分ほどで日本政府代表部に到着した。国際機関や在外公館が並ぶ閑静な場所だ。警備態勢もさほど厳しくない。大使、公使ほか何人かの職員が迎えてくれた。

「大勢の日本人記者が、大田さんを追って、あちこちで同じ質問を投げかけるので、何回も答えるのは大変でしょう。それに、ホテルやWHOの入り口に集まって通行の妨げにもなっているので、代表部の判断で共同記者会見を企画させていただきました」

との説明があった。大田は、適切な配慮に感謝しつつ、会見場となっている会議室に入った。すでに30人ほどの内外の記者とカメラマンが取り囲んでいる。事前に何の打ち合わせもしていなかったので、質疑応答形式で進めることにした。

大田は、もしもこの事態が、1年前の日本で起こっていたら、どうなっていただろうかと思った。1年前には、ほとんど何も準備ができていなかった。それも、今回は弱毒性のH1N1だが、これが、強毒型のH5N1による新型インフルエンザだったら……。そう思うと、背筋が寒くなる思いだ。何年も前から新型インフルエンザの危険性と、それへの準備計画の必要性を繰り返し提言してきたにもかかわらず、一向に本腰を入れて進めてこなかった厚労省幹部の責任は重い。

危機意識を共有した政治家グループや財界のトップが動き出して、1年前からようやく厚労省は本格的な準備を始めたのだ。財政危機にもかかわらず、国立のインフルエンザ研究センターが設立された経緯も、ドイツの大学から教授として招聘されていた大田の定年を延長して、その責任者に据えた経緯も、すべて新型インフルエンザに対する準備を緊急に進めるためだった。

4月28日の共同記者会見では、大田は次のようなことを記者らに説明している。

1．今回の豚ウイルス由来のH１N１型ウイルスは、遺伝子解析からは弱毒型ウイルスであること。H５N１型強毒型鳥ウイルスのような全身感染は起こさない。H５N１の強毒性を示す遺伝子変異はない。

2．感染者には、通常のインフルエンザウイルスと同程度の健康被害をもたらすウイルスである。従って、二次的な社会機能への影響は、それほど大きくない。H５N１型強毒型ウイルスのような甚大な健康被害と、大きな二次的な社会機能の崩壊という事態には至らない。

3．新型インフルエンザ大流行対策の目的である、（1）健康被害を最小にする、（2）社会機能を維持する、ことを考えると、現時点では、健康被害は大きくないので、これに対する対応は季節性並みで対応すべきである。また、社会機能への影響も大きくないので、厳しい介入は却って社会機能へマイナスの影響を与える可能性が高く、このバランスを考えて、やりすぎないようにすべきである。

4．しかし、社会全体で考えれば、免疫を持たない人が多数を占めるために大流行となり、それに応じて患者数は増え、医療サービスへの負荷と健康被害数も増える。これは、特に途上国でひどくなるだろう。従って、医療サービスの対応能力の底上げと、患者数の急激な増加を抑える対策が必要である。

5．抗インフルエンザ薬のアマンタジンには耐性であり、タミフル、リレンザには感受性。しかし、これらは、決して特効薬ではなく、また耐性ウイルスの出現も時間の問題である。

6．現時点では、まだ完全なヒト型となっておらず、一部分鳥型ウイルスの性状を引きずっている。今後、流行拡大に伴って、遺伝子の突然変異が生じ、その結果完全なヒト型に変化し、より伝播効率の良いウイルスとなって、第二波の大流行を起こす可能性が高い。

7．今後、南半球の冬季により大きな流行をもたらし、北半球の秋から冬にかけて第二波の大流行が来る可能性がある。

8．H1N1型ウイルスは、基本的にはスペインかぜのウイルスの子孫であり、第二波では、同様の病原性の増強も危惧される。ただし、H5N1のような全身感染を起こす強毒型になる可能性はない。

9．現在までのメキシコ、米国での成績では、伝播効率は季節性ウイルスよりも高い。これは、基本的に免疫がないことに由来すると考えられるが、若年者に患者が多く、高齢者での報告が少ない点については、高齢者では何らかの免疫を持っている可能性がある。

10．メキシコでは3月中旬から流行が起こっている。既に1月半が過ぎており、大都市を中心に大勢の患者が出ている。既にメキシコの初発地域での初期封じ込め作戦は不可能であろう。また、米国、カナダへも拡大してしまった。このまま、パンデミックにつながっていくものと予想する。

11．日本にも既に感染者が入国している可能性は高い。潜伏期や軽症患者が自覚せずに入国し、感染を広げている可能性は十分にある。

12．病態の詳細は不明だが、メキシコで若年者の死亡が100名弱と異常に多いことが懸念される。ウイルスの遺伝子解析からは理解できないが、サイトカインストーム（自然免疫の異常）が起こっていることも想定される。いずれにしても、軽症者が大多数を占めていることは間違いなく、軽症者は医療機関を受診しないので報告されないと考えられる。従って、実際の感染患者は数万人に上っているのではないか。従って、実際の致死率は1%を下回っていると推定する。

13．弱毒型ウイルスであることから、健康被害はアジアかぜ程度であろう。既に感染が広がって、初期の封じ込めの時機を逸しており、メキシコ、米国では出国制限もなされていない以上、日本においても、厳しい国境閉鎖、入国制限などは、効果の限界を考えると、むしろマイナスの面が大きい。

14．鎖国をしない限り、国内への侵入をゼロにするのは、そもそも不可能であり、また患者発生をゼロにすることは、現在のサーベイランス体制と公衆衛生的介入では不可能である。むしろ、社会、経済的な影響を考えると、あまり厳しくやるべきではない。国内における感染拡大を前提とした対応、医療体制の整備を急ぐ必要がある。

15．一方では、H5N1の流行は拡大しており、そのリスクはまったく変化していない。従って、危機管理の原則であるH5N1などの最悪のシナリオを前提とした新型インフルエンザの準備と対策を、弱毒型ウイルスのパンデミックにそのまま全て機械的に適用することは、不適切であるばかりか、H5N1への準備がなくなってしまう。H5N1のパンデミックに対して、丸腰で対応する様な事態となることが最悪のケースである。

16．この程度のパンデミックがパンデミックであるとの楽観的で誤った認識が広がることを危惧する。

17．季節性インフルエンザであるソ連型Ｈ１Ｎ１ウイルスとは、同じ亜型ではあっても、抗原性は全く異なり、ほとんど免疫学的交差がない。過去の豚インフルエンザウイルスとは抗原性は共通する。従って、人にはＨ１Ｎ１に対する免疫があるので心配ないとの一部専門家のコメントは誤っている。

18．従って、季節性ワクチンには効果はなく、新たな新型ワクチンの開発、準備が必須である。一方、これまでの季節性インフルエンザウイルスが駆逐されて、来シーズンには流行しない保証はない。Ｈ３Ｎ２型香港型は、ワクチン株から抗原変異したウイルスが出現しており、ワクチンは必要。Ｈ１Ｎ１型ソ連型は、１００％タミフル耐性なので、ワクチンが必要。季節性インフルエンザによる死亡者は、日本では６０００～3万人、世界では25万～50万人もあり、季節性ワクチンは必要。新型Ｈ１Ｎ１の健康被害は世界で２００万人以上になる可能性もあり、ワクチンの開発、製造は必要。しかし、製造量には限界があり、季節性ワクチンとのバランスを考慮して、それぞれのワクチンの実際の製造量、接種方式、接種優先対象および接種順位を決めねばならない。

19．新型インフルエンザの流行拡大は、少なくともメキシコでは１か月半以上持続しており、10代以上の連続的伝播が既に起こっているだろう。従って、少なくともフェイズ4である。

米国、カナダでも、市中で継続した感染伝播が起こっているようであるが、ウイルス学的には確認されていないことから、昨日の緊急委員会では、フェイズは4にとどめ、ウイルス学的な証拠が得られた時点で、フェイズ5に上げることが適当であるとされた。

記者会見後、再びWHOの会議室に戻った大田は、副議長や書記、WHOの事務局員らとともに、明日の午前に纏(まと)める本会議の要約と勧告案の作成を続け、夜12時過ぎにようやく最終案の草案が出来あがった。夕食もとらず、また最終バスにも乗りそこなった3名の外国人は、タクシーを呼んでもらってホテルへ戻った。

部屋へ戻ってメールをチェックすると、日本ではWHOによるフェイズ4の宣言によって、内閣に新型インフルエンザ対策本部ができ、厚労省に対策推進本部が設立されたとの連絡が来ていた。

ニュース記事を見ると、厚生労働大臣が未明に記者会見を行い、国民に冷静に対応するよう呼び掛けたという。綾からそれについて、メールが届いていた。

「その大臣の緊急会見を見て、国民がこのH1N1型ウイルスを強毒型ウイルスと同様の脅威と感じてしまったのではないか。国民の過剰反応を危惧している」

といった内容だった。さらに、

「この新型ウイルスへの対策が、強毒型ウイルスを念頭に入れた現在の行動計画を踏襲するかたちで強行されれば、自治体の現場での混乱が予想される」

とも付記されてあった。


その懸念通り、厚労省の対策推進本部には、予め決まっていた計画に沿って、各部署から急遽、多くの職員が招集された。彼らは、大会議室に机を並べて、対応を開始しつつあった。

2月に内閣で合意されて公表された、国の新型インフルエンザ対策ガイドラインだったが、招集された多くの職員にとって、それを見るのは初めてであった。ましてや、「H1N1新型インフルエンザウイルスが弱毒型であり、大きな健康被害が出る危険性は低く、国境閉鎖や渡航制限は必要ない、行きすぎないようにバランスのとれた対応をするように」というWHOのメッセージの意味を正しく理解できた人など、ほとんどいなかった。

この段になって、大田は綾を研究所の外に出したことを痛烈に後悔した。論理的な思考のもとに、嚙み砕いた説明を内部でできれば、自分の留守中にこのようなとんちんかんな対策が進行することはなかっただろう。

◇4月29日　新型インフルエンザ、フェイズ5へのレベルアップ

午前10時にWHOの緊急会議事務局から電話があった。

「明日の朝5時から、第3回緊急委員会電話会議が開催されます。いつ招集されても対応できるように、携帯電話を常に充電しておくように」

大田は、朝早くに外務省代表部から参加できるように手配した。

昼休みには、連日開催されるWHOインフルエンザ監視ネットワークの電話会議が行われた。

アメリカでは、明らかに新型インフルエンザの流行が全国的な拡大傾向を示している。会議ではワクチン候補株の選定が検討された。

また、ウイルスの命名については、米国の養豚業界が、豚および豚を示唆するものを強く反対しており、米国政府も、そのようにCDCに圧力をかけていることが説明された。

また、ユダヤ教やイスラム教では豚は不潔であるとされ、豚由来のウイルスに感染した患

者は、社会的に排斥される可能性も指摘された。そこで、米国では、季節性インフルエンザであるソ連型ウイルスと全く同じ名称を用いることになり、WHOも一時これに従うことに決まったとの連絡がなされた。しかし、季節性ウイルスと区別がなされないことは、この後、様々な誤解を生み、大きな混乱をもたらすこととなる。

午後3時から、世界中のインフルエンザ科学者約50名を招いて、H1N1に関する現状の情報共有を目的とする電話会議が開催された。

大田は、他の会議参加者と共に、WHO本部の会議室から参加した。

大田にとっては特に新しい情報はなかったが、米国とカナダにおいても、市中で人から人への継続した感染伝播が起こっていることが、ウイルス学的にも確認されつつあった。弱毒型ウイルスによるパンデミックへと進みつつある。世界中の多くの研究者が、心配と安心の両方の情報に戸惑っているのが伝わってきた。この会議は、世界のインフルエンザ専門家との情報共有が目的であった。

その直後、第3回緊急委員会電話会議が急遽中止されるとの電話連絡があった。一方、9時から、ナタリー・ワンによる記者会見が行われることが伝えられた。

この席で、ナタリーは、フェイズ5へのレベルアップを宣言したのだ。

ＩＨＲ事務局から、電話がかかってきた。第３回緊急委員会電話会議の開催を待たずに、前回の合意に基づいてフェイズを５にあげたことに対する説明がされる。

この時点で、ＷＨＯは「新型インフルエンザによるパンデミックは避けられない」と判断しており、早く警戒レベルを上げて、各国の対応を急がせることを考えていた。

◇4月30日　日本は、ワクチンの国際的な提供ができる国である

午前中は、会議の締めくくりとなった。昼休みに、ＷＨＯインフルエンザ監視ネットワークの定例電話会議をこなす。ＷＨＯワクチン担当部局長のマリー・ランバートと昼食をとる。日本におけるワクチン製造体制と製造能力、途上国へのワクチン提供の見通し、政策についての質問がなされる。

マリー・ランバートからは、

「日本は、ワクチン製造能力を持つ国です。それも、利潤追求を目的とする欧米の民間大企業に依存せず、独自のワクチン政策を持っています。そういう日本のような国が、ＷＨＯの依頼に応じて、積極的にワクチンの国際的な提供を行ってほしい」

と強く依頼された。大田は、これを厚労省に伝えた。

夕方ホテルに戻ると、記者とカメラマンが、ホテルの部屋でインタビューしたいとのことで、侵入してきた。やむを得ず、着替えてから、狭い部屋でインタビューを受ける。カメラの照明をつなぐと同時に突然停電。大騒ぎとなったが、ブレーカーが落ちただけとわかり、何とか無事終了。ホテルのスタッフに散々謝って、記者たちにお引き取りを願う。

これにも懲りずに、彼らは昼休みに生中継をするのでWHOの庭でインタビューに応じろという。明日の午前中は会議の議長をやるので無理だと断ると、朝の9時から15分間でもいいというので了承した。

◇5月1日　日本の無責任な報道に疑問を感じる

朝、8時半にWHO本部につき、テレビのビデオ撮りである。既に何回も話した内容を繰り返して質問される。午前中は会議。昼休みはWHOインフルエンザ監視ネットワーク定例電話会議。午後も会議の続き。午後7時半から第2回目の共同記者会見。

そのやり取りの中で、日本ではこの報道にかなり熱くなっていること、それも〝事件報道〟となっていること、様々な「専門家」が多くの不正確・不適切なコメントを発していること……が察せられた。

綾も、そんなコメンテーターに混じって、彼らの間違いを訂正しながら、応戦しているのだろうか。メディアがこれらのコメントを無批判に報道している姿勢も問題である。厚労省の対応が、必ずしも国民の疑問、不安に対して適切で、十分なものではないことも推察された。

◇5月2日

11時過ぎのフライトで、帰国。WHO会議のレポートと国内向けの会議報告書作成のために、ほとんど眠れない。

5月3日午前8時前に成田帰国。いつものことだが、まず、綾に電話を入れ、大田が留守中の日本において、どんなことがあったのか、詳細な経緯の説明を受ける。その電話をしながら、空港内の到着ロビーで記者会見を開くため、係員に誘導された。

大勢のメディアに囲まれた。睡眠不足と不精ひげのまま、何回も同じ質問を受けて、心の中で、いい加減にしてほしい、少しは学んでくれと思う。

と同時に、なぜ海外のメディアのような冷静な報道が国内では行われないのか、と思う。日本に限らず、東南アジアはセンセーショナルな報道態度になっている。リスクコミュニケーション計画の失敗を認識した。

第二章　それぞれの思惑

◇春の誤った報道

綾の携帯電話にひっきりなしにマスコミの取材攻勢がかかり始めたのは、4月24日のことであった。

すでに豚インフルエンザ由来のA（H1N1）ウイルスが人への伝播を始め、メキシコから米国にも飛び火して感染が拡大し、そのウイルスは、多くの人にとっては、まさに免疫のない〝新型ウイルス〟であることも、綾は承知していた。

WHOから東京に戻ってきた大田からの連絡によって、いくつかのことが確認できた。

「ウイルス自体は弱毒型であり、季節性インフルエンザ程度の毒性だ。健康被害はH5N1に比べて低く、1957年のアジアかぜインフルエンザや1968年の香港かぜインフルエンザ程度と予想される」

しかし、かえって感染は広がりやすいだろう。弱毒型で軽症者が多いとすれば、医療機関を受診する患者は限られるだろうし、検疫をすり抜ける場合も多いと予想される。

その証拠に、3月中旬にメキシコで発生してから1か月も経った4月中旬に、米国のカリフォルニアの患者でこのウイルスが初めて確認されたのだが、既にその時にはメキシコでの流行規模は数千人を超えていた。さらに、この結果がWHOに報告された時には、米国やカナダでの感染もどんどん拡大傾向にあったのだ。

WHOが計画していた新型インフルエンザの発生局所における早期封じ込め作戦や海外渡航・入国制限などの水際作戦は、すでに実施の時機を逸してしまっていた。日本国内への侵入を止めることも無理だろう。いや、すでにメキシコや米国、カナダなどから国内に入ってしまっているかもしれない。

さらに旗色を悪くする状況があった。

日本では、ちょうどゴールデンウィークに突入するその最初の日に、この新型インフルエンザの感染拡大が報告されたのだ。夥しい人数の日本人が、連休を謳歌（おうか）するために海外へ出国し、数日後に帰国する。その数は50万人という。これらのうち何人かが感染して帰国する可能性は高く、さらに発症前の〝潜伏期〟の人は、本人も気がつかないままに入国してしまうだろう。

感染症というのは、当然ながら、人の移動で運ばれ、新天地にもたらされる。１９１８年、スペインインフルエンザのときには、汽車や船で7か月から11か月もかかって世界をめぐった。が、ジャンボ航空機による大量高速輸送時代の現代にあっては、1週間もあれば世界中にウイルスは拡散する。それは、SARSで経験済みのことだった。そんなインフルエンザの伝播が、ゴールデンウィークの旅行者で加速されることは間違いない。

この時点で、メキシコでの感染者は若年から成人に多く、致死率も6％と高い数字が報告されていた。医療機関にやってくる約8割は重症で、いまだ、全貌や背景について、WHOもつかみ切れていない。

ウイルスの性状は次々に解明されていたが、各地における流行と健康被害の全容が混迷している中で、日本では、2月初めに国が改定した新型インフルエンザ対策の行動計画に沿った形で、〝厳しい水際対策〟が取られ始めていた。成田、関空、中部、福岡の4か所の国際空港に集約した航空機の検疫である。致死率や重症度が詳細不明の未知のウイルスが発生したのだから、その侵入を遅らせ、その間にも医療体制を確保することが必要という危機管理上からの判断だ。空港はものものしい防護服を着た検疫官や、マスクをした一般客で満たされた。

その映像がテレビで報道され始めると、綾にマスコミからの出演依頼が殺到した。大田がWHOに出張して留守の間、綾はマスコミに出て、この豚由来の新型インフルエンザ問題を、国民にできるだけわかりやすく説明せねばならなかった。

既に米国CDCや海外メディアが、次々と様々な情報を伝えていたが、これらの情報の意味する内容と解釈について、多くの国内メディアや専門家は正確にコメントできていない。他人の受け売りや、科学的な根拠に乏しい思いつき、さらには明らかに解釈を誤ったコメントが多かった。メディア側でも、これらに対する評価、判断ができておらず、ただ無批判に引用するばかりだ。

溢れる膨大な情報の中から、科学的な見地に立って、重要なポイントを抽出、整理して、必要なメッセージに簡潔にまとめる訓練を、綾は大田から徹底的に受けてきた。今回の事態についても、ジュネーブと日本で離れていても、必要なメッセージに関する意思疎通はとれている。

「永谷さん、生放送でコメントをいただきたいのですが」

特番やニュースでのコメントの依頼だった。人の間で伝播が始まったウイルスが、強毒型のH5N1でないことには、ほっと息をついたものの、このH1N1新型ウイルスの病原性が実際はどの程度のものか、綾は現段階ではメキシコの犠牲者の症例報告からも決して楽観視はできないと思っていた。

WHOインフルエンザ監視ネットワークで重要な役割を果たしている大田が、早くから伝えてきた遺伝子解析結果からは、今回のウイルスは典型的な弱毒型のウイルスであり、致死率はせいぜい０・５％未満と推定される。

　では、なぜメキシコで、若い人を中心として、スペインインフルエンザの２％を超える、６％もの高い致死率なのか。

　綾は伝染疾患研究所時代、何度も国際協力の仕事に携わっていた経験から、しきりに気になることがあった。日本では、すべての人が医療保険に加入しており、病気を発症すれば早期に病院や医院を受診できるが、世界ではそのような体制のない国がほとんどである。医療機関を受診するには金がかかる。なるべく、自宅で様子を見ながら、民間療法と自然治癒を待つという認識や習慣をもった人が多い国もある。つまり、そういう国では、よほどのことがないと病院には行かないのだ。

　はたして、メキシコはどうだろう？　医療機関を訪れた人の８割が重症だったと言われるが、その背景にたくさんの軽症の感染者が自宅療養で済ませた可能性があるのではないか？　おそらく、医療機関を受診しない軽症者や不顕性感染者の数は、報告患者数の数十倍にも上っているのだろう。

　ニューヨークやカナダの高校などにおける流行でも、10代を中心に重症者が多いという。これも非常に気に掛かることである。今こそ、正確な致死率や重症化率を把握することで、このウイルスに対する評価をして、適切な対応を決めることが肝要だ。

空港での検疫の様子を伝える映像は、ただならない事態の物々しさを印象づける。まるで、ここで抑えればすべてが解決するとでもいわんばかりだ。

しかし、綾からすれば、致死率や重症度など、ウイルスの詳細をつかみ切れていない新型ウイルスが発生したのだから、まず、国内侵入を遅らせることが必要であり、検疫の役割はそれ以上でも以下でもない。そもそも検疫でインフルエンザウイルスの侵入を食い止めることなど、ウイルス学的に不可能なのだ。

インフルエンザウイルスは、発熱などの症状が出る前日から、外にウイルスを排出して、他人への感染源となる。咳やくしゃみなどが出なくとも、話す時に出る飛沫にウイルスが含まれていて、それが周囲に飛ぶ。もちろん、咳などの症状が出始めれば、外に飛び散るウイルスの量は飛躍的に増える。

空港でサーモグラフィーの前を、ウイルスをまき散らしながら素通りすることもあるのだ。H1N1型ウイルスの潜伏期は1日から7日であるため、その間に入国した人は、漏れることも想定内である。

さらに、アメリカやメキシコといった、患者が多発している国からの〝直行便〟しか検疫の対象になっていないことも大きな問題だった。新型ウイルス発生となれば、一刻も早く日本に帰りたいだろうし、直行便はすぐに満席となるだろうから、大概の人々はトランジットをして第三国を経由して、やっとの思いで日本に帰国することになる。成田、関空、中部空港、福岡空港の4空港では、直行便の集中検疫が行われていたが、トランジット組は検疫対象外だった。すなわち、初めから検疫はザルだったということだ。また、海外でもその他に感染国は増えていたが、それらの国々は検疫対象とされなかった。

つまり、検疫でウイルスの国内侵入を完全に止めることは不可能であり、それは検疫強化を指示した段階での共通認識のはずである。検疫強化は、あくまで、「一番可能性の高い航空機で、できる限り、輸入感染者を見つけ、ウイルスの侵入の可能性を少しでも減らし、国内での流行拡大を遅らせることを目的としていた」と綾は思う。

しかし、一斉報道が始まると、見ている側にこの検疫でいかにも侵入が食い止められるかのような誤解が生じ始めた。それは、あの検疫官のものものしい格好の印象からくる、錯覚だった。

今、国がここで言うべきことは、

「完全な鎖国をしない限り、ウイルスの侵入は止められない。いずれ必ず入ってくる。なので、国民の皆さんは、入ってきたときの準備をしてください」

という言葉のはずだ。

国民の多くは楽観視して、「これだけ、検疫官の方々がやってくれているから、平気だな」という誤解をしたことだろう。

厚労省も政府も、ウイルスの侵入は止められないという点を明確に打ち出さなかった。

「まずは、水際」そんな言葉だけが報道で躍っていた。

テレビカメラの前で「水際」を連呼する大臣や政治家に、どれだけ詳細な説明がなされていたのだろうか。要職にある本人も踊らされてはいなかったか？

川北次郎からは、

「国民に本当に理解してもらえる説明をするように。パニックも困るが、国民生活を守るための準備をさせるためにも、わかりやすいコメントを出すように」

と連絡が入った。


綾はテレビに出て、お年寄りや主婦の方々に向けて語り始めた。

検疫官が働く光景を特集したビデオが流れた後、

「新型ウイルスの国内侵入を止めることはできません。入ってくることを想定して準備をすることです！」

と語ると、キャスターの女性が、

「えっ、ウイルスは入ってくるんですか？　こんなに頑張っても？」

と、ショックの表情で綾にコメントを求める。綾は、淡々と、「そうです」と答える。

生放送のスタジオでは、ジュネーブの大田の映像が流れだした。中継らしい。多くの報道陣が大田を追いかけて一斉にマイクを向ける。ああ、部長も大変だな、ストレスも多いだろう。綾はマスコミ嫌いの大田の性格を思い出した。

画面には、今回の豚インフルエンザ感染について《WHOパンデミックインフルエンザタスクフォース　大田信之氏》とテロップが入った。綾のもとには、毎日1回は、要点のみの短い電話が来るが、数日振りに見る大田は、寝不足でひどく疲れているようだ。

「どんなウイルスなんですか？　日本でも流行しますか？」

そんな声があちこちから、乱暴に投げかけられる。大田は、

「日本にもいずれ侵入するでしょう。ですが、今回のウイルスは、弱毒型のウイルスです。強毒型ではありません」

と答える。その一言でまた、テロップが追加される。《今回の豚ウイルスは弱毒型と、大田氏語る》と。

その映像を見ながら、「今回のウイルスは弱毒型ですか」という質問がスタジオの綾に向

けられる。

綾は、スタジオで、大田の言わんとしていることをサイエンスに忠実に解釈して説明する。

「インフルエンザの強毒型か弱毒型かというのは、どこの臓器に感染するかということなんです。強毒型のウイルスの典型例がH5N1型鳥ウイルスですが、これは鳥でも人でも〝全身感染〟を起こします。そして、人でこのウイルスが感染したら、致死率も6割と高い。一方、今回の豚由来のウイルスは、弱毒型です。これは、私たちがよく知っている呼吸器感染症である季節性のインフルエンザと同じです。上気道等の〝呼吸器に限られた〟局所の感染症です。弱毒型のインフルエンザは、皆さんの恐れているH5N1型のような強毒型鳥ウイルスによる感染症とは全く別の病気なのです」

しかし、この弱毒・強毒という、〝強い弱い〟というファジーな表現が、一般人にはよく理解されていなかった。

この違いは、「病気の程度の違い」「強毒型新型インフルエンザは通常の季節性インフルエンザより重症の病気。弱毒型の新型インフルエンザはいつものインフルエンザと同程度の病気」との誤解が生じている。

A型インフルエンザの鳥ウイルスでは、強毒型ウイルスはニワトリなどで全身感染を起こすが、これはH5とH7亜型ウイルスのごく一部でしか起こらない。現在、世界の鳥の中でパンデミックとなっているＨ５Ｎ１型鳥ウイルスは、この典型例だ。しかも、現在のＨ５Ｎ１型ウイルスは、人においても全身感染と多臓器不全をもたらし、致死率60％という「インフルエンザ」とは異なる、重症の全身性疾患を引き起こすのである。

大田は「豚由来のＨ１Ｎ１型ウイルスは、弱毒型ウイルスだから、呼吸器感染であって、全身感染ではない」と言ったつもりであったろうが、マスコミの一部は〝弱毒型〟を、つまり「弱いウイルス。致死率が高くない、たいしたことのないウイルス」と理解した。

さらに、

「インフルエンザウイルスは変異しやすく、これが強毒化する（全身感染になる）可能性もある」

と報道したところもあった。たぶん、知識の浅い〝専門家〟からのコメントを取ったのだろう。

このコメントは、スペインかぜのときの流行動向と致死率の変化が背景にあった。最近、ネット上のブログで、１９１８年のスペインかぜの流行の状況や、それにまつわる書き込みが多く流れていた。

スペインかぜの発生も、やはり春先、ちょうど季節も同じだ。日本に最初に侵入したのは、5月初め。シンガポールから横須賀軍港に帰港した周防という軍艦で、１５０名のインフルエンザ様の患者が出たことが最初の報告とされる。その後、流行は梅雨時期と夏を挟んで、いったんは鎮静化したかに見えたが、10月に再燃した。10月からの流行は、大きな流行となり、5月や6月の死亡率に比較して大きな被害を出したという経過をとった。

欧米においても、最初の第一波は流行規模も小さく、健康被害も季節性インフルエンザ並みであった。しかし、数か月後に起こった第二波では、流行規模は急速に拡大し、死亡者を含む健康被害も膨大となった。これはウイルスが変化を起こしたためと推定されている。ウイルス疫学の立場から言えば、確かに死亡率は秋冬の流行期の方が高い。しかし、ウイルスが変化したことは、推察に留まる。スペインインフルエンザにおける初夏の流行の際のウイルスは入手されておらず、秋冬に流行したウイルスとの遺伝子レベルでの比較はできていないからだ。

インフルエンザにおける〝強毒〟というのは、致死率が上がったり、病気が重症化するということではなく、「全身感染」になることだ。しかし、一般的な〝強毒化〟の言葉のイメージと、ウイルス学的な意味が混同されて使われだした。

綾は翌日のテレビ報道で、これをさらにわかりやすく説明し、報道の間違いを修正しなければならなかった。

「強毒型か弱毒型かは、感染する〝部位〟の違いです。今回のH1N1ウイルスは、呼吸器に感染します。これが変化して全身感染になるということはありません。全身感染を起こす強毒型に変化する可能性があるウイルスはH5かH7亜型であって、H1ではないのです。H1は、呼吸器感染に終始するインフルエンザです。今後、致死率が少し上がるようなウイルスに変化することも考えられますし、また、下がる可能性もあります。でもこれが、いきなり全身感染を起こすようになって、高い致死率をもつH5N1鳥ウイルスのようになるわけではありません。パニックにならないでください」

◇感染パーティーの恐怖

しかし、科学的な論拠のない恐怖を植え付けるばかりのブログがどんどんと出てくる。これによって、振り回され、パニックになる人も出てきた。その最悪のものが〝感染パーティー〟の紹介を掲載したブログだった。

秋冬に来るであろう本格的な大流行では、ウイルスが強毒化して致死率が上がる可能性があるから、今のうちに罹って免疫をつけておいた方が得だというのだ。

米国では、成人になってから問題となる風疹などに対する〝感染パーティー〟なるものがあって、思想的にはその延長線にあるのだろう。問題の少ない子供のうちに積極的にウイルスに罹らせてしまおう、という主旨だという。しかし、風疹とインフルエンザは全く異なる疾患である。

「新型インフルエンザに対するこの感染パーティーをワイドショーで特集しようかと思うんですが」

そう言ってきたディレクターに、綾は、色をなして怒った。

「バカなことはやめてください！　感染はなるべく、広げない、拡大させない、患者を増やさないことです。そこで、メキシコや米国のように犠牲者が出たらどうしますか？　今のウイルスが安全なんて、どこで検証しているんですか！　秋冬のウイルスと今のウイルスの比較なんて現段階ではできません。あちこちで感染パーティーなどをやれば、ウイルスが日本全国に拡大してしまうでしょう。たとえ健康被害が出現する割合が低い弱毒性であっても、流行が拡大して患者が増えたら、健康被害の数は当然増えることになります。感染パーティーなどはとんでもないことです。むしろ予防を特集しなければだめです」

綾の激しい剣幕に、ディレクターは、

「すみません、ちょっと、変わり種で視聴率が取れるかなと。これはしませんから」

とおずおずと引き下がった。

そんな彼の後ろ姿を見送りながら、綾は、番組を作ったり報道したりする側にこそ、もっと新型インフルエンザを勉強してもらうしかない、と痛感した。新型インフルエンザが出現して以来、国内のメディアは新型インフルエンザを〝事件報道〟として取り扱っている。国内第一例をスクープすることに焦点が移り、患者のプライバシーや背景などはほとんど考慮されていない。テレビでは、新型インフルエンザの本質が置き去りにされて、注目を集めるような非日常的な映像を求めていた。

放送番組の質には、担当者とスタッフの知識や理解度が反映される。

そうだ、明日から、テレビ局に自分の新型インフルエンザに関する著作を持ってきて、無償で配布しよう。そして、著書や、知識のワクチンのパンフレットを20部、30部と持ってきては、配ることにした。カメラさんやアシスタントの人たちにも配ろう。この人たちがいなかったら、放送などなり立たない。彼らが欠勤して報道が滞ったら、国民の不安が増大する。

まず制作する人たちに理解してもらえば、新型インフルエンザのリスクコミュニケーションの意義を納得した上で、新型インフルエンザ報道の仕事にモティベーションがつくはずである。感染症対策は、危機対応の有力手段としての防災報道でもあるのだ。新型インフルエンザは、報道のあり様次第で、国民の理解も意識も、大きく振れるのだから。

◇真実が国民に伝わっていない

そして、日本時間の4月28日。WHOがこの豚由来の新型インフルエンザによるパンデミック警戒レベルをフェイズ4に上げる日がやってきた。

ジュネーブでは、大田が会議の座長を懸命に仕切っている頃だ。

しかし、そもそも、未同定のインフルエンザによる流行拡大がメキシコで検知され、WHOに最初に報告された4月18日以前の段階で、すでに、フェイズは4であった。そして現状はすでに国境を越えて米国、カナダへも感染が拡大し、両国内でも感染拡大が起こっていることから、フェイズ5とされるべき状況だった。

今回のWHOのフェイズ判断は客観的に見ても遅い。

この慎重な判断も、「病原性の弱い、致死率の低いウイルスの社会影響を評価してのこと」と、綾は考えていた。

それをどう市民に伝えていくのか？　H5N1型強毒型ウイルスと今回の豚由来のウイルスの違いを、短いコメントの中で語りきれるのか？　その違いがきちんとわからなければ、まだH5型強毒型ウイルスのみの対応策しか作れていない日本では、混乱が生じるに決まっている。しかし、そもそも厚労省がその違いを明示し、柔軟な対応をして適切な対策を打てるだろうか？

そうこう思案しているうちに、速報が入った。

「WHOのフェイズ上げの決定を受けて、急きょ、厚生労働大臣が会見を開く」

とたんに、綾の元に、至急、生出演でコメントをしてほしいと矢継ぎ早に依頼がきた。

テレビ局に向かう車の中で、綾は考え込んだ。

大臣が会見？　なぜ、大臣なのだろう？

大臣は、トップではあっても、専門家ではない、厚労省の担当の専門家が報道官となって、説明するべきではないか。ウイルスの状況を大臣に理解させるほどにレクチャーが入っているのだろうか。

　まして、今回の新型ウイルスは、豚ウイルス由来の弱毒型で、亜型はＨ１型である。感染症法では、新型インフルエンザとは、亜型、つまりＨの番号が、季節性インフルエンザとは異なるウイルスのことだ。１９７７年以来、同じＨ１Ｎ１亜型のソ連型ウイルスが季節性インフルエンザとして毎年流行している。

　では、今回のＨ１Ｎ１型ウイルスを新型インフルエンザ扱いにするのかという疑問が生じる。新型インフルエンザとなれば、法律や行動計画、ガイドラインに応じた厳しい緊急対応がとられることになる。しかし、今回のウイルスはＨ５Ｎ１型強毒型ウイルスではない。

「致死率や重症度によっては、現在の行動計画を柔軟に変更しながら弾力的に対応、運用すべき」だと、ガイドラインには明記されてはいる。しかし、病原性や健康被害、社会的影響の程度に応じた具体的な対応行動計画は、未だ検討されていない。そのニュアンスやバランスを、大臣に正確に伝えられるのか？

マスコミの質問は、科学部の記者ならば、相応の突っ込んだものになろう。そこで、うっかり口を滑らせて不用意なことを言えば、大臣の発言の取り消しなど、まずきかないはずだ。さらに、国民の受ける印象はどうだろう。大臣が急きょ会見といったら、何か大変な緊急事態になったと、飛び起きて、テレビにしがみ付くだろう。全てのテレビ放送が一斉に大臣の会見となるような、いわゆる緊急会見は、ここぞというときのいわゆる〝ラストカード〟だ。それをここで切っていいのか。

大臣のカードは、何度も切れない。大臣会見が〝軽く〟なったら、それこそ、国民は厚労省の言うことを聞いてくれなくなる。新型インフルエンザは、国民の協力が不可欠、いや、不可欠どころか、対策の大部分を占める。だからこそ、国民と政府の〝ここぞ〟という時の信頼関係が勘所なのだ……。

大臣の会見が始まった。綾はスタジオで、キャスターの女性とともに、画面を食い入るように見つめる。

「新型インフルエンザ発生、フェイズ4となりました！」

という発言にフウーとスタジオの皆の息が漏れる。

フェイズ4、さらに「新型インフルエンザが発生」と明言した！

亜型が同じでも〝新型〟インフルエンザと認定した。——綾はそこを確認した。

「新型インフルエンザとして扱うのか」もしくはそうでなく、「いままでのH1N1型とは大きく抗原性がずれたウイルスに留めて、季節性インフルエンザとして扱うのか」「感染症法という法律では新型インフルエンザの位置づけは厳格であるから、それを厚労省がどこに当てはめるのか」が、要だと思っていたのだ。

国は新型インフルエンザとしたが、今回の新型ウイルスは弱毒型であり、健康被害は比較的軽度と考えられるので、国では行動計画を柔軟に実施して対応していくべきなのだが、その発言はなかった。ということはつまり、あの強毒型対応の行動計画を、そのまま当てはめて、厳しく対応していくのか？　まさか⁉

テレビは全放送局で、大臣の会見を緊急生放送していた。厳しい表情で会見に臨む大臣の顔を見つめながら、綾は、大臣の「まずは水際対策の強化、国内侵入を阻止」という言葉にひっかかっていた。

水際作戦をあまり強調すべきではない。なぜなら、ウイルスの国内侵入の阻止はできないからだ。ただ、侵入を遅らせるだけだ。その限界をここで、まず、国民に言うべきだろう。

その上で、国民に、「国内流行はありえる」という心の準備をさせながら、医療の確保を念頭に、自治体にテコ入れをしてあげるべきだ。

さらに、学校の休校なども今後ありえるし、市中に感染が拡大することも考えられるから、感染のリスクを減らすためにも、人ごみを避けることや、予防対策、感染した場合の自宅療養などの準備のための知識をひろめる啓発活動について、すぐにでも言及すべきであった。

しかし、それらが国民に十分に伝わらないうちに、「大変なことが起こったが、国は一生懸命やることとやってますから」という印象だけを植え付けるようにして、会見は終わってしまった。

2日後、30日WHOはフェイズを5に上げる。

米国やカナダでも感染拡大が続いている。メキシコでこれだけ拡大し、米国でも患者が続出している以上、遅すぎるくらいの発表である。テレビでは、「新型インフルエンザ、ついにフェイズ5！」と、ウイルスが拡大しているということを大々的に報道し、そして、検疫官の働きぶりを詳細に流した。

しかし、「フェイズとはなんだろう？」ということが、国民にも報道しているマスコミにも、いや、厚労省にもわかっていないのではないか。

この一連の報道に関わりながら、綾はそう感じていた。インタビューのたびに、綾は、ペンを取り出して、ところ構わず、マスコミの記者を相手に説明をこころみた。

　この頃、綾の周囲にいたのは、主にテレビ関係のマスコミの人間がほとんどだった。ときどき、そこにラジオ関係者が混じる。新聞では、科学部の記者が新型インフルエンザの記事の多くを書いた。新聞の科学部の記者は、一通りの基礎知識をもってはいる。しかし、テレビの番組では、ニュース報道などで感染症に携わったことのあるごく一部の稀な人間以外は、新型インフルエンザをほとんど知らない人間が、短期間にさまざまな番組を一斉に作っていた。おっとり刀で取材に出向き、付け焼き刃で番組を作らねばならない。そんなふうに作られているにもかかわらず、テレビのインパクトは強く、影響は絶大である。制作する本人たちも必死だ。

　綾は、制作担当者の苦労も十分に見てとれた。綾は制作者たちにうったえた。

「新型インフルエンザの報道は難しいんです。ウイルスだけでなく、対策の政策の動きやその裏側までも理解していなければ、本質をついた報道はできないし、時に間違った番組も出てしまいます。間違いが誤解を生んで、報道の大きな方向性までおかしくなることがあるんです」

　語りかけるように教えて、一から説明を繰り返していた。

　そんな綾の控え室に、以前、感染パーティーを特集しようとしたディレクターの渋谷がやってきた。フェイズが4から5に上がったというだけで、興奮状態のハイテンションの彼は、綾に「新型インフルエンザの社会混乱特集を組みたい」と意気込んで言った。

「電気は止まりますか？　餓死者は出ますか？」

と口走る彼に、綾は待ったをかけて、押しとどめた。

「渋谷さん、そもそも、〝フェイズとは何か〟なんです。WHOによると、フェイズというのはインフルエンザという感染症の地理的な広がりの程度を示すものです。ウイルスの病原性、伝播効率の違いや病気の重篤性とは直接には関係していない。たとえば、致死率が高く、重症化の度合いの高い感染症が拡大したときには、人命や社会に与える影響は甚大でしょ。つまり、フェイズだけに基づいて、すべての新型インフルエンザに対して一律に同じ対応することは適切ではないの」

渋谷は、けげんそうに綾を見つめている。おそらく渋谷の中には「新型インフルエンザとはこのようなもの」という固定化されたひとつのイメージがあって、頭の中に大きくどっしりと座をしめているのだろう。綾は続けた。

「あなたの言っている、電気とか食糧のライフラインに影響が出る可能性のあるのは、H5N1型の強毒型ウイルスの話。あの致死率は、弱毒性ウイルスの致死率のおよそ100倍にもなるから。でも、出た新型インフルエンザの致死率が低かったらどうか、社会混乱はそれより小さいでしょう。今回のように軽症者の多い、致死率の低い感染症が同じ地域に拡大しても、社会はそこまでにはならない。パンデミックという言葉に過剰に踊らされては、番組がおかしくなるよ」

「え？　新型インフルエンザっていろいろあるんですか？　H5型鳥インフルエンザが有名ですよね、鳥の〝5〟からの新型だったら大変だけど、今回のH1型豚インフルエンザはそうでもないってことですか？」

　たぶん彼はH5N1を想定した対策本を読んだのだろう。綾もH5型強毒型想定の本を精力的に書き続けてきた。というのも、やはり危機管理は〝最悪の状況〟を見据えたものを想定すべきだし、H5N1は、新型インフルエンザ発生の最有力の可能性を持ったウイルスだったからだ。その可能性は、今も変わらない。が、今、目前にあって報道しているのは弱毒型のH1N1型ウイルスなのだ。

「あのね、つまり、ポイントは、新型インフルエンザにもランクがある、ということなの。新型インフルエンザを十把ひとからげにはできないの。それに今、新型インフルエンザに変化する可能性のある鳥インフルエンザは幾つかある。この中でもH5N1型強毒型ウイルスの危険性は、今も、減っていないの」

　綾は台本をひっくり返して、裏側にポイントを手書きしながら説明を始めた。

「だから、対応策も、発生した新型インフルエンザの病原性や伝播力の大きさによって、変えなきゃいけない。出てくる新型インフルエンザウイルスの病原性の強さ、つまり、どんな病気になって、どれくらいの割合で重症化したり、亡くなる人が出るのかは同じではないわけ。新型インフルエンザ＝怖い、ではなくて、怖さの程度もいろいろってこと」

まだ、納得できていないディレクターを控え室のソファに座らせると、さらに説明を加える。

こういう基本的なことを理解させないと、番組は、視聴者に誤解を与えるものになってしまうことになる。ディレクターも、乗り出すように綾の手元を凝視した。

「20世紀には3回の新型インフルエンザが出たの」

これね、と、綾は3つのインフルエンザの名前を書き、その脇にそれぞれ数字を書きいれた。

「まず、スペインかぜでは死亡率が2％、アジアかぜの致死率では0・5％、香港風邪は0・1％。ばらついてるでしょ。この致死率が高いほど、まあ、病原性が強いってことね。〝致死率〟は罹った人のうちの何人が亡くなるかってこと。この致死率と罹患率を掛けたものが、およその感染症の社会的インパクトを示すの」

「なるほど、致死率か」とディレクターはうなずいて、「新型インフルエンザは罹患率が大きいですもんね、国民の半分くらい罹るかもしれないとか」と続けた。

「だからね、新型インフルエンザ対策としては、この致死率を下げるのが、ワクチン。さらに罹患率を下げるのが、予防対策になるの。今回のH1N1の新型インフルエンザは、致死率が高くない。幸いにもそうだった。そして、そのワクチンは今現在、まだないでしょ。これから作るんだろうし、半年以上はかかるし、国民の一部の人数分くらいしかできない。でも、致死率が低い分、H5N1のような社会混乱にはならないで済むって予想される。でもね、患者が多い分、医療現場や患者さんは大変になるでしょう。だから、なるべく感染させない、感染者が同時に増えないようにして、患者を減らす工夫を全力ですべきなの。予防対策や予防の知識で、罹患率を減らしたいのよ」

綾は、持っていた自分の本を開いた。綾は資料を持ち歩いては、ときどき不安な事象は確認する癖があった。その本の図表を彼に見せ、コピーするように言った。

米国では、新型インフルエンザの危機管理のリスクを、カテゴリーに分けたものが存在し、これに即応して、対策を強化もし、緩めもする。綾が渋谷に渡したのは、カテゴリー分けした対策が組まれてあるということが書かれた資料だった。

このカテゴリーでは、スペインかぜは、カテゴリー5の中の最下位。アジアかぜ、香港かぜはともに、カテゴリー2。強毒型のH5N1型からの新型インフルエンザ等は、カテゴリー5の最上級に位置する。

「このカテゴリーは、さっき言った、致死率×罹患率で決まってくるの。severity index っていうの。新型インフルエンザに対しては事前準備が必須だから。だって、来てしまってからでは間に合わないじゃない。だから、危機管理の鉄則として、最悪のシナリオであるカテゴリー5に対する十分な準備と緊急対応計画が立てられているということが大切」

渋谷の真剣な様子を見て、綾は続ける。

「今回のH1N1はそのどこに位置するかといえば、『カテゴリー2』、すなわちアジアかぜのレベルにランクされると評価されている。だから、社会に与える影響は、『カテゴリー5』のそれよりも大幅に小さいと考えられる。そのレベルの新型インフルエンザ大流行に対しては、最悪のシナリオである強毒型ウイルスによるパンデミックに対する大規模な厳しい対策を打つ必要はないし、打つべきではないの。かえって混乱を招くわ」

「じゃあ、日本の厚労省の対策も、それぞれに作ってあるってことですね、ランク分けで」

ディレクターは国の対策を綾にただした。

「それがね、米国は作ってあるけど、まだ日本にはない。今回、米国は国境閉鎖も渡航禁止もしなかったでしょ。あれはH1N1だったから。米国はすでに、2007年には軍や州兵を動員した新型インフルエンザ発生時の地域封鎖の訓練を行っているのは知ってるわよね。

あのものものしさ、まるで戦時下みたいな対策は、ランク5の新型インフルエンザ用。米国が、今回のH1N1に過剰な対応をしなかったのは、ランクが2の疾患だったから。そんなふうに、いくつかのランク分けの対策を私は用意するべきだと思ってる。でもね、日本はH5、つまり最悪の対策も満足には作っていなかったの。実は、強毒型H5に対応した対策計画って、よくマスコミで流れるけど、あれは弱毒のスペインかぜ対応なのよ。でもね、それだって、政治の力でどうにかこうにかやっと作ってきたのよ」

綾はそう言いながら、大田の外務省のセットしたジュネーブでの共同記者会見を思い出した。

「対策に関しては、現在の行動計画をそのまま実行する必要はない。バランスを取ることが必要である」

と、大田は最初から釘をさしていた。

綾は、WHO事務局長ナタリー・ワンがフェイズ5を発表したときに、慎重な言いまわしをしたのを注意深く聞き取っていた。

彼女は、

「このフェイズの引き上げは、ウイルスが拡大していることから各国に注意を促し、拡大対策を強化してもらうことが目的である。しかし、ウイルスの毒性はそれほどに強くないので、対策は柔軟であっても構わない。渡航制限等は必要ない」

としていた。

綾が、2人の文言を引いてさらに説明すると、渋谷はようやく納得した表情で、

「水も電気も大丈夫か。社会混乱もあまり起こらない。それはちょっと安心しました。でもね、先生、じゃあ、日本にも新型インフルエンザ対策のバージョンはいろいろなければ、対応できないじゃああありませんか？　僕も一応は、調べましたよ、厚労省の行動計画とかって、あれって結構厳しい方のバージョンでしょ、あの下の今回のH1くらいの新型インフルエンザ対応の計画って、どこで見れます？」

「それはね、だから、まだないの。今回、どうやって、厳しいバージョンって感じたそれをH1にぶっつけ本番で落とし込めるか、なのよ」

「ない？　何でですか？　だって、なきゃ、現場が大変ですよ、自治体とか学校とか。医者だって。何で作ってないんですか？」

彼は「何でバージョン別がまだないんですか？」「変じゃないですか？」を繰り返して、綾を見つめた。

それは、厚労省の専門家委員会に聞いてくれ！　と言いたいのを我慢しながら、この人は、まだ発生していない感染症の対策を厚生労働省にやらせることの困難さなんて、わかってい

ないんだろうな、と彼の顔を眺めて思っていた。

自分がＨ５Ｎ１の対策として、国民希望者全員のプレワクチンを作るために、国家公務員の研究所を辞めてまで発言しているなんていう状況は、想像できなくて当たり前かもしれない。厚労省の外にいる一般の人々は、きっとこんなものなんだろう。当たり前の対策がやられていないなんていう実態は、ひた隠しにされているものだ。

普通の人は、そんな当たり前のことが実行されていないなんて、想像もしていないのが普通だろう。知らないから怒らないでいられるのだ。

◇国の過剰な対応への危惧

綾は、今回、米国が一切の国境制限を加えずにいたのは、Ｈ１Ｎ１の病原性の評価の結果が大きいと考えていた。米国はすでに、２００７年には軍や州兵を動員した新型インフルエンザ発生時の地域封鎖の訓練を行っている。経済への影響も踏まえながら、米国は、今回のＨ１Ｎ１に過剰な対応をしなかった。それは、このような疾患の性質を考慮に入れた判断だったとみる。

綾の携帯電話が、テーブルの上で小刻みに振動した。それを機に、渋谷は控え室を外した。

携帯には、研究所の頃からのよく知った新聞記者、藤岡の名前が表示されている。

「先生、新型インフルエンザの特集を組みます。取材、お願いしたいんです。できれば今日とか明日にでも、会ってほしいんです」

藤岡がテレビ局まで迎えに来るという。おおよその時間を約束して切ろうとしたとき、藤岡が一言付け加えた。

「先生、首相が新型インフルエンザのCMを作るそうですよ。2億かけて」

「え？　CM？　どんな？」

綾はあっけに取られて聞き返した。

「たぶん、注意喚起か、もしかしたら、安心してくださいの火消しか。政治部の同僚なんかは、ていのいい、選挙前のイメージ戦略とも言ってますよ。では、夕方にお迎えにあがります。また」

大臣の会見に続く、首相の新型インフルエンザCMか。綾は絶句して考え込んだ。

こうなると一番可能性の高いパターンは……、と想像する。長く感染症対策をやってきた経験から言えば、国は、最初は既定路線に沿って厳しい対応を続けるだろう。しかし、それは現実のウイルスの性質にそぐわないから、海外の先進諸国との対応の差にクレームがつく。そのうち、世論の批判を浴びると、突然大幅な路線修正を行ってほとんどの対策を中止してしまうだろう。

一般的には、当初の情報が不十分な間は、最悪の可能性を考慮して、既定路線の行動計画で行く必要がある。しかし、状況が明らかになるに従って、各段階できめ細かいリスク評価を行い、時機を逸することなく、それに応じた適切な対応に切り替えることは当然である。そして、その時に、なぜそうゆるめたかを国民に向けて説明する。

しかし、問題は、厚労省で、正確な情報、科学的な根拠や推定に基づいた適切なリスク評価がなされているかどうかだ。大田の声がどこまで届き、どこまで理解されているかだ。その理解に基づき、対策方針の切り替え時に、対策の目的、目標と変更の理由について、十分な国民への説明ができるか、ということだ。そして、世論やメディアの批判に流されることなく、科学を無視することなく、なし崩しに対策を緩和しないことだ。

弱毒型ウイルスで健康被害が発生する割合は低くても、国というレベルでは、季節性インフルエンザを超える莫大な患者が発生するので、数十万単位の死者が出るのが新型インフルエンザである。その怖さを肌で認識させる国民教育ができるだろうか？　でなければ、国民は予防対策に協力などしてはくれない。その国民に協力を取り付けるには、厚労省がどれだけこの疾患対策に必死な姿を見せられるかなのだ。

しかし、世間のH1N1型ウイルスに対する理解は、綾の思いと全く逆の方向に流れていく。

弱毒型のウイルスに対して、マスコミは騒ぎすぎだとの風潮が流れだした。報道が落ち着き始めるのはいいことではあるが、予防対策や看護方法など、知識のワクチンとよばれる啓発活動の機会も同時に減り始めた。

「弱毒のウイルスであるから、大したことはないようだ」「冷静に対応、柔軟に対応」という言葉ばかりが、繰り返し、いろいろなところで言われ始めた。

◇国の曖昧な啓発のもとで、国民を救うためには

言葉で「柔軟に対応」というのは簡単である。このころから、盛んに言われだした言葉が、「正確な情報に基づき、冷静に対応してください」

という名言だった。これが、あらゆる立場の人たちから、ステレオタイプにテレビで流れるようになると、綾のところには、多くのマスコミ関係者や時に自治体関係者から「すみません、冷静な対応って具体的にはどんな対応なんでしょうか？」「市民の皆様に具体的に言えと言われるんです」という言葉が飛んでくる。

名言は迷言であったのだ。

国民は具体的なことが知りたい。自治体も、現場で市民の相談や支援をせねばならないし、真っ先に現場で対策に打って出ることになるのだから、抽象的な物言いは困る。ところが、実際のところ、政府も厚労省も具体的には答えられなかったのではないか。

そこで、綾は、新型インフルエンザが日本国内で流行し始めたらどうなるのかを番組で説明する企画を説き始めた。幸いにも、そんな意図を理解し、番組を作ってくれるスタッフもいた。そのひとつは、ある夕方のニュース番組だった。

キャスターの女性は、以前から、自分でも注意して新型インフルエンザの国内外の情報を見ていたし、綾の本を読んでくれてもいた。そうやって、新型インフルエンザについて自身でも勉強をおこたらずにやってきていた。さらに、この番組のテレビ局では、昨年、綾を招いて、新型インフルエンザ対策の講演を社員に広く聞かせる機会もつくっていたのだ。2回行われた講演の午前の部では、社長も参加していた。そして、夜の部には、その女性キャスターも参加して、聴講し、質問の手も挙げてくれたのを綾は覚えている。

その彼女の番組で、新型インフルエンザの想定から予防、罹ったときの医療の受診の仕方、さらに自宅での看護方法までを、毎日、1テーマずつ取り上げて丁寧に番組を作ろうというのである。

「永谷先生、お久しぶりです。この問題は、じっくり腰を据えてやっていきます。長丁場ですね。よろしくお願いします」

新型インフルエンザが発生したとき、再会した女性キャスターはそう言って、綾に頭をさげた。納得のいく報道を、地道にやっていく、そんな彼女の姿勢はスタッフにも理解されている。綾はこの番組で、新型インフルエンザの〝知識のワクチン〟の啓発にトライすることができた。

「……このようなことが想定されますから、今から、ちょっと事前にご準備をしていただく、ということが大切なのです。たとえば、地域で流行が始まったら、なるべく、感染のリスクを減らすためにも、買い物の回数を減らしていただく。だから、今日、まだ、日本で感染が確認されていない今のうちにですね、お買い物に出られたら、ちょっと多めに生活必需品を買って保存していただくとか」

そう言って、備蓄品のリストを出す。

「それから、たとえば、毎日お薬をお飲みになる方。たとえばですね、血圧のお薬とか、糖尿病のお薬とか、持病がおありになるとか、そういう方は、毎日飲むお薬を、ちょっと多めにもらっておく。これが大切なんです。と言いますのも、地域で流行が始まってしまいますと、病院や医院に患者さんが殺到されます。血圧のお薬をもらいに行って、新型ウイルスに感染するのは、避けたいですよね。地域によっては、医師会や薬剤師会が計画を立てていて、ファックスでも処方してもらえるなどの対応が取られるところもありますが、みなさん、今の間にかかりつけのお医者さんとご相談されておくことをお薦めします。冷静な判断とか行動とか言いますのは、このように先のことを考えて、もし、こうなったら困るな、ならば今のうちにこうやって準備しておこうかなということなんです」

新型インフルエンザにかかってしまったときの話だけでなく、流行時に自分たちの生活に出る影響も示していく。

綾は、具体的に想定されることと、その解決策を、事前にテレビで少しずつ、でも柔らかく、笑顔で伝えることを始めた。幸いにも綾の提案を受け入れてくれる番組も増え始めていた。

「先生。今日は、備蓄品の説明ですよね、わかりやすいように、今、大事な品目は用意しています。何人かで分担して買いに回っていますから」

テレビ画面には備蓄品の現物が映し出されて、視覚的にも訴えるような設定をしてくれていた。４人家族の食事の必要量からお米の量を換算し、必要最低限の食料を、テーブルに並べている。

綾は視聴者にあたえる一言の印象にまで気を配り始めた。スタッフに相談すると、みんな、本当に頭の下がるほど、綾の話をよく聞き、自分も勉強しながら、「流行が起きる前に、報道しておくべきこと、事前に流すこと」を番組にしてくれた。

「弱毒型のウイルスだから、柔軟に対応」という発言の影響で、今度は「予防」という意識が国民からどんどんと薄れていく。こうなったら、繰り返し啓発をするしかない。

そんなとき、テレビ局のスタジオに向かう廊下で、コメンテーターとしてやってきた大学教授の男性が綾を呼び止めた。穏やかな表情の男性は、綾ににっこり笑って話しかけた。

「永谷さん、いつも新型インフルエンザの対策で拝見しています。先生の本も読んでいます。坪井です。今日の夕方のニュースでご一緒しますよ」

綾も丁寧に頭を下げて、

「どうぞ新型インフルエンザの予防啓発をお願いいたします」

と答えた。

「ははは、永谷先生は本当に一生懸命なんだな。自分のことをよろしくって言う人はいるけれど、予防啓発をよろしくっていうのは、本当に貴女(あなた)らしい。永谷さんは『柔軟に』って、よく言ってるだろう。あのときね、『合理性をもって柔軟に』って、もっと〝合理性〟を強調するといい。繰り返し、合理性を言わないといけない。どんどん、惰性に流されて、対策も予防もなし崩しになるのは、よくないから。君は学者なんだから、その合理性の持たせ方を示していくんだよ」

坪井はそう語ると、廊下の一隅にある休憩用のソファに腰をおろして、綾を見上げた。

「永谷さん、現在のウイルスって、どんな性質をもってる？　この頃、インフルエンザは遺伝子の変異を起こしやすいから、予測は不能って、これもまた国から強調されているよね。そうすると専門家も右へ倣え、みたいに同じことを言う。でも、学者の見地として、今後のこの感染症の、まあ、行く末っていうのかな？　それはどう思っているのかな？」

学者としてどう考える？　という坪井教授の問いに、綾は真剣な表情になった。

「先生、私は、今のこの新型ウイルスは、まだ大流行の第一波にもなっておらず、春の先触れのような流行の可能性もあると考えております。つまり、現在の豚由来のH1N1型ウイルスは豚ウイルスの性質、すなわち一部の鳥ウイルスの性質を保持したままで、まだ完全なヒト型ウイルスになっていないと。従って、今は新型インフルエンザもどきの流行ではないだろうかとさえ思っています。これは、遺伝子の解析からも示唆されていることなんです」

「ははあ、つまり、変化の途上っていうわけね」

「はい、でも、今後、南半球の冬（すなわち北半球では夏）に、人の中で流行が拡大すれば、ほんの数か所の遺伝子変異によって、完全なヒト型ウイルスに変わるであろうと考えています。それは、人の間でより感染伝播しやすく、人の体内でより増えやすくなります。つまり、本物の新型インフルエンザになるってことです」

これから、北半球は夏に向かう。インフルエンザの流行は、高温と多湿の中では起きにくいと考えられている。ある程度の流行拡大は続くであろうが、問題は秋冬のシーズンだ。

「秋冬の流行では、新型インフルエンザもどきではなく、本物のヒト型ウイルスになって大流行すると想定されます」

坪井教授はなるほどとうなずきながら、

「僕はね、ちょっと変だなって、思ってたんですよ、海外のデータ、まあ、氷山の一角と割り引いてもね、ちょっと拡大が遅いかなってね。それも新型もどきだからってことかな。じゃあ、この冬は大変になるか」

さらに、教授はじっと考えるふうをしてから、綾を見ると、

「ならば、だ。今のうちに、国民に新型インフルエンザの知識をつけてもらうことだね。インフルエンザと新型インフルエンザはどうちがうのか。今度のH1N1はどんなウイルスなのか。予防はどうするのか、罹ったらどうするのかと。それを一般の市民にわかってもらわないとね」

綾は、まだ流行が広がってはいないこの時点で、今後の流行規模や健康被害を予想することは非常に難しいことは確かであって、報道の場面でそれを口にするのは難しくても、今後の危険性を知ってもらいつつ、対策のうちで緩めていいところと、緩めてはいけないところ

を明らかにしたいと言った。

「緩めすぎは厳禁であることもご理解をいただくことだな。国にも国民にも」

坪井教授はそう断言するように言って、立ち上がった。

4月30日の、フェイズ5宣言後、厚労省は新型インフルエンザ対策行動計画に沿って、対策を開始していた。

それは、2007年に策定され、2009年の2月に改定された新型インフルエンザガイドラインと行動計画で、H5N1型強毒性ウイルスを、一応は想定した、対応計画だった。

そこには、同じ都道府県で一例の患者が出たら、全ての学校を休校にするなどの措置等が盛り込まれている。

綾もその前年に『新型インフルエンザの学校対策』という、養護教諭を対象とした著作を書いていた。この副題に「H5N1型ウイルスから子供たちを守れ」とあるように、強毒型のウイルスによる最悪のシナリオを想定した本だ。

そこでは綾自身も、同一都道府県で一例でも出たら、速やかに休校の措置を取るべきだとしている。致死率の高いこの強毒型ウイルスでは、「感染させない」ことが至上命令なのだ。一人も感染者を出さないことが念頭にある。

H5N1型ウイルスによる新型インフルエンザでは、致死率が高くなると想定されている。

米国は致死率20％を想定した様々な訓練すら行っている。このようなウイルスには、子供たちを絶対に感染させない、といった対策を取るべきである。

一方、今回のH1N1型の新型ウイルスでは、「絶対に重症化させない、死亡させない」という対策へとシフトすることも必要であろうと綾は考えていた。

ただし、繰り返すが、肝要なことは、「対策を無制限に緩めないこと」なのである。H5N1の場合には、ここまでの対策を実施する。しかし、重症化や致死率の低いH1N1ではこの程度に留める。――その違いを明確に説明し、今回の対応指針を、今、厚労省は出すべきである。厚労省の新型インフルエンザ専門家委員会が働くなら、まさにここのはずだ。30人以上の委員や、新型インフルエンザに特化した部署に20人以上もの担当官がいるのも、このためだ。

米国でも、「感染者が出た場合には2週間休校する」としていた対策を、今回は「休校の必要性なし」と、対策計画のガイドラインの見直しをしている。

いち早く、自治体に対して同様の指針を国が示してやらねば、現場が混乱する。

日本の役所は、国↓県↓市町村と、心理的に大きな威圧感のある序列がついている。市や県で独自に判断するなど、現場では心理的に無理なのだ。周囲の自治体を見回し、横並びを意識して決断は鈍る。緊急を要する危機対応の際には、国からのタイムリーで適切な対応方針の指示と、各地方の実情に応じた弾力的な現場対応を許容する柔軟性が要求される。

通常の硬直化した官僚機構を墨守して、画一的な杓子定規の対応をしていたのでは、国民の健康と命、生活は守れない。

行政にできることには限界がある。しかし、少なくとも国民の安全な生活の確保にとってマイナスになるような対応、措置はするべきではない。

一方、成田の検疫所では、検疫強化が続いていた。綾が出演するテレビ番組でも、必ず検疫官の映像が流れた。いつ日本第一例目の感染者が出るのか？　綾の周囲の報道関係者の間に、「感染者一例目、犠牲者一例目、そんな第一例は特ダネだから絶対に落とせない」そんな戦々恐々とした空気が漂い始めた。

「先生、感染者一例目が出たら、特番になります、その時は出てもらえますか？　まさか、もう他局から話が来ちゃってませんよね？」

そんな声がさまざまな局から掛かった。

ちょうど、新聞記者の藤岡が先日のインタビューが載った新聞を持ってやってきた。

「先生、この間のインタビューの掲載紙です。今日の朝刊です。2面の真ん中で、先生の写真も良く撮れました。評判いいですよ」

綾は、藤岡から新聞を受け取りながら、

「あなたのところも、H1N1の第一例目を待っているの？」

と怪訝（けげん）な表情をすると、

「そりゃあ一例目は、報道は大きくされると思います。国民全部が、検疫・水際に目が行っていますから、国内感染例はやはり目をひきます。検疫でひっかかった場合も含めて、報道はすごいでしょうね。でも、僕は国内にはもうウイルスは入ってきているって思っていますが」

「そうね、私もそう思う。でも、ある程度感染が広がって、集団感染でも生じてこなければ、なかなか見つけることはできないと思う」

◇新聞社に求めること

綾は、藤岡の顔を見つめながら、1年前の彼の新聞社での講演を思い出した。本社で行われた新型インフルエンザ対策講演だった。

綾は、当時の新聞報道で、強毒型鳥インフルエンザからの新型インフルエンザの危機を叫んだ記事に、強い不満を持っていた。新型インフルエンザの被害想定を、厚生労働省の新型インフルエンザ専門家委員会は17万人から64万人としていたが、強毒型の鳥インフルエンザH5N1が元となった新型インフルエンザでは、とうていそんな数字には収まらない。米国が想定している致死率20％で計算をすれば、650万人になるし、世界銀行が想定している5～15％の致死率でも、160万から480万人の犠牲者数が想定される。被害想定は、ワクチンの生産量などに直結する数字でもあるから、まずは、厚労省に被害想定をまともな数字に修正するよう、認めさせることが肝要なのだ。

ワクチンをなるべく多くの希望者が接種できれば、基礎免疫をつけることで重症化を防ぐことができるし、それは、国民の健康被害を少なくすることにつながる。さらに、国民の6割、7割にワクチンを打ってもらえば、新型インフルエンザH5N1の大流行は起こらず、季節のインフルエンザ並みの流行に留めることができる。流行が小規模であれば、社会機能を守ることができるのだ。

大田は、

「強毒型ウイルスH5N1の新型インフルエンザの対策には、プレパンデミックワクチンが大前提で、これがなければお手上げだ」

とまで言っている。今、3000万人分しかないプレワクチンを、なんとしても、国民の希望者に平等に与える政策を整えるべきだと思っていた。

この講演で、新聞社に、そこのところを認知してもらいたい。綾は新聞社の講演で、強毒性鳥インフルエンザの病態や致死率の想定について、詳細に触れて説明をした。藤岡の顔も見えたが、幹部責任者の多くも姿を見せていたことに、綾は大きな期待もかけていた。

講演の後、その新聞社から、

「新型インフルエンザの行動計画を監修していただけませんか」

という依頼も来て、綾はその大役を引き受けた。

今年になって、その新聞社が地下の駐車場をつぶして、新型インフルエンザの防備用品や医薬品の倉庫に改装したことも聞いた。新型インフルエンザH5N1の対応が進んだのだ、わかってもらえたのだ、と綾は嬉しかったが、その社内の対策の躍進に比べると、新聞の記事に変化はないように思えた。やはり、新聞の記事は本省発表中心でなければ書かれないのか。

その新聞社を皮切りに、別の新聞社からも講演に呼ばれた。まず、朝の重役会議で新型インフルエンザの講演をこなし、昼の部、夜の部と、一日に3回をこなした。一回90分の講演を3回こなすのは、ハードワークだった。重役講演は朝8時に始まるので、前日に新聞社の近くのホテルに宿泊をセットされ、朝7時には職員の女性が迎えにきた。そのまま打ち合わせを兼ねて、朝食を一緒にとって、いざ、本社最上階の重役の集まるフロアーに出向く。そこの中央の会議室が講演会場だった。

社長に向かって、危機管理担当部長から綾の紹介が初めにあって、20名近い重役が社長を中心に楕円形の机に座って綾を凝視している。その後ろに数人の担当部署の職員が、部長とともに立ったまま講演の行方を見守っている。

「新型インフルエンザの発生時には、病欠者が多発する可能性があります。H5N1型強毒型ウイルスならば、高致死率2割も想定されます。その中で、どうやって、新聞を発行し続けますか？　会社幹部、中枢として、それを認識して、全社的対応の事業継続計画を立てなければいけないでしょう」

そう力説した。

さらに、強毒型の新型インフルエンザだったらどうなるのか。1割以上の致死率の伝染病などの場合、事業継続計画とともに、ワクチンや防備用品の用意なくしては、取材にも行けないだろうということ。もし、新聞が滞れば、インターネット社会の中で、流言飛語が出て、国民がパニックになる可能性もあること。新聞社での事業継続計画は至急立てるべきであること。――綾は懸命に訴えた。

そしてつい、

「御社では新型インフルエンザ対策にあたって、社長が亡くなったときの決定権の譲渡を、

５番目くらいまでつけて計画に載せていますか？」

と社長に向かって聞いた。社長はぎょっとした表情を見せ、担当部長の顔は青ざめ、重役陣は爆笑した。

綾が言いたかったのは、米国では、新型インフルエンザの強毒型が出たとき、大統領は先頭に立って表に出て対策を進めるが、副大統領は核シェルターに入って隔離されるという裏の行動計画があるらしい。このようにトップを不在にしないことが新型インフルエンザ対策なんだということだった。

綾はすぐさま謝って講演を続けたが、この朝の重役会議で、「社長が死んだときの計画はできてますか？」と社長に言ったという綾の大失態は、その日のうちにも噂となって全社員に伝わった。綾はその後、取材のたびに、いろいろな記者から、繰り返し発言の真偽を問われる始末になった。

残る2回の講演は、現場の記者を中心に行われた。科学部だけでなく、文化部や社会部の記者にまで及ぶ講演だ。綾は、ここで、新型インフルエンザＨ５Ｎ１が社会に与える甚大なる影響を示し、単なる感染症対策、医療問題に留まらない危機管理であることを明確化することに固執した。

新型インフルエンザＨ５Ｎ１の被害想定とともに、特に強調したのは、Ｈ５Ｎ１型ウイルスの人での全身感染だった。ウイルスは人の血液からも分離され、血中に入って全身に回ることで、全身にウイルスが回り、多臓器不全を起こすということを明確に説明した。

これを阻止するにはプレパンデミックワクチン、パンデミックワクチンのワクチン接種が有効だ。ワクチン政策にまで踏み込んだこの講演の最後に、綾は、多くの記者……２００名はいたろう……に向かって、懇願した。

「報道してください。新型インフルエンザＨ５Ｎ１の感染で起こる病気は、これまでの新型インフルエンザの弱毒型とはまったく、違う病気だということを。そして、ワクチンの必要性を国民に知らせてください。お願いします。厚生労働省の想定は強毒型Ｈ５Ｎ１であるにもかかわらず、弱毒型ウイルスの被害想定に留まっています。このままだと、強毒型ウイルスの対策が不十分なうちに、プレワクチンが国民分揃わないうちに、大流行が来てしまいます。国民の世論なくして、ワクチン政策の拡充は困難です。日本のインフルエンザワクチンの製造ラインは、いまだに発育鶏卵でウイルスを増やしています。これを先進国並みにするためには、組織培養のシステムを導入せねばなりません。鶏卵が揃わねばワクチンができないのでは、緊急対応できません。まずは、強毒型ウイルスのワクチン備蓄拡充と、ワクチンの緊急大量製造に対応できるワクチン行政の整備が必要です。これなくして、Ｈ５Ｎ１のウイルスに対応はできない。新型インフルエンザ対策の遅れは、国民の命の危機に跳ね返るのです。どうか、新型インフルエンザH5N1をわかってください」

会場がしんと静まり返った。

お願いしますと腰を折り、深く、頭を下げる綾に向かって、突然、ガタンという音をたて、一人の若い記者が椅子から立ち上がった。柚木だった。大田が、以前、「新聞記者に優秀な若いのが、いたよ。あいつは伸ばしてやりたい」と評価していた記者だ。

初めて会ったときには、初々しさがあったが、今日の柚木の姿には、綾は目を疑った。白髪が増えて、1~2年のうちに10歳以上老けて見えるほどの変わりようだった。まだ30代か、綾よりずっと若いはずなのに。

その柚木が綾に向かって叫んだ。

「僕は、僕はちゃんとH5N1の強毒性の病原性や危機を書いていました。でも、上が通さなかったんだ!」

大勢の記者が、柚木を振り返った。隣の同僚が、柚木の手をひっぱったが、それをふりほどいて、柚木は目を真っ赤にしてなおも叫んだ。

「僕は書いてきた!」

——その講演後、柚木は地方の支局に異動になったと聞いた。東京を離れて以降、綾は彼に会っていない。

また、別の新聞社では、新型インフルエンザの綾の講演を、四元中継して記者に聞かせた。東京本社の綾の講演は、仙台、大阪、福岡でも同時に配信された。新聞社の社内の新型インフルエンザ対策行動計画は、完成度の差は多少はあるにせよ、H5N1型強毒型ウイルスを想定して、短期間に非常に進んだ。

綾は、スペインインフルエンザのときの例を挙げ、取材で現地に行くことで、記者が感染したり、亡くなった事例などが多数あったことも伝えた。それらをふまえ、何としても報道を確保し、流言飛語に国民がパニックになるのを防ぐためにも、新聞社の事業継続計画を充実させたかったのだ。

綾は、こうして、新聞社の、新型インフルエンザの啓発や対策計画の策定に直接関わって、テコ入れしてきていたのである。

◇ついに、国内初の感染者。混乱する国民たち

ついに、米国帰りの高校生への感染が、成田空港の検疫で見つかった。

感染が確認された本人と、その人と濃厚に接触したと考えられた人たちの隔離、停留が行われた。〝入国手続きをする前〟に措置が取られたとの理由で、国内発生ではないと発表さ

れた。

そして、それに続き、神戸市内で複数の高校生が感染していることが確認されたが、この高校生は、海外からの帰国者ではなく、普段の生活の中で集団感染したものだった。つまり、「市中感染」である。

神戸市内での高校生らの感染に続いて、大阪でも高校を中心とした集団感染の報告がなされ、また報道は、新型インフルエンザ一色となった。

しかし、綾は、感染事例の報道が、まるで事件報道のような様相を示して熱を帯びてきているのを、危険に感じ始めていた。

感染者は、被害者であるはずなのに、「うつす可能性がある」「うつされたら大変だ」そんな心理を人の心に呼び起こす。感染者の出た学校や職場に、中傷メールや電話が来たという。あたかも感染者自身や感染者を出した学校や職場の責任者までが、犯罪者であるかのように追及され、謝罪が求められた。

これも感染症の怖さの一面なのである。

伝染病は、罹った者が社会からも追い詰められる。病気そのものの苦しさだけでない苦痛が付きまとうこともあるのだ。過去のペストやハンセン病、エイズなどと同じような差別に結びつく状況が、21世紀の日本でも起こっているのだ。しかも、メディアがこれを助長していることが危惧される。綾は、感染者への理解を繰り返し説く努力を、番組で試みた。

ちょうどこの頃、神戸や大阪では、マスクが品切れとなって、市内のどこに行っても買えない状況に陥っていた。

大手スーパーチェーンのチェリーマートでは、リスク管理部の城嶋が陣頭指揮を執って、店舗での新型インフルエンザ対策が動いていた。

チェリーマートは日本国内でも先駆的に新型インフルエンザ対策をやってきている。新型インフルエンザ発生時にも、自分たちは、食糧や生活必需品をお客様に届けるライフライン維持者であるという自覚を持って事前対策をやってきていた。

今回も、チェリーマートでは、H5の対策を緩めて、混乱なく新型インフルエンザ弱毒型のH1型に即座に対応していた。城嶋は、大阪や神戸などの感染者が発生した商区では従業員にマスクをさせることにした。

だが、マスクが店頭で品切れになったとき、レジの女性従業員に中年の男性がくってかかった。

「なんでおまえがマスクしとんねん。おまえの分のマスク売らんかい！」

怯(おび)えたパートの女性から連絡を受けた店長が、走ってやってきて、その男性に説明する。

「すんません。これは万が一にも従業員が感染して、潜伏期で気がつかない場合でも、お客さんにうつすことのないように、従業員用に揃えてありますもので。どうぞご理解をよろしゅうお願いいたします」

店長が頭を下げて、一生懸命に説明すると、それを取り巻くように人だかりができていた。皆、マスクの品切れに殺気だっている。その中の女性が声を荒らげた。

「ほな、マスクはいつ来んの？」

その翌日、午前中に入荷したマスクも、従業員が段ボール箱から、商品棚に並べようとしたとたん、一斉にマスクを求める人々にとり囲まれて、箱の中からなくなってしまった。

チェリーマートでは、発生地域の店舗だけでも、数万人の従業員が働く。店員の接客用マスクの在庫も、今後の流行期間を考えれば、不安の材料である。城嶋は、マスクの再利用の手立てはないか？　と綾に問い合わせてきた。

「電子レンジでチンしたら使えるでしょうか？　どうでしょう」

城嶋の気持ちは十分理解できるが、綾としては、「使い捨てが原則です」を繰り返すしかない。

綾の出ている番組でも、マスクを買うために長蛇の列に並ぶ女性のインタビューが流された。

それを見た綾は、人ごみを避けることが大切なのに、マスクを求めて人だかりができたり、また繁華街を探しまわることは、感染のリスクを上げることになると考えて、ひどく気落ちしていた。やはり、市民は、新型インフルエンザの本当のところが、わかっていないのだ。新型インフルエンザだけでなく、咳やくしゃみなどで飛沫感染する呼吸器感染症についても、その性質や怖さが理解されていない。綾は画面に映る人のいいおばさんといった女性の顔を見つめながら、そう実感した。

「孫が学校に行くんにマスクがいるんよ。会社に行く息子にもいるんよ。せやから、神戸中さがしとんよ」

インタビューに答えた女性はそう言って、

「どこに売ってんのか、知っとお？」

と、逆に記者に質問をしていた。綾は、こうやって人ごみを歩いて、自分が感染したら、同居の家族にもうつすことになるのにと、泣きたい気持ちで見ていた。

神戸市内でのマスク不足もあって、マスクの効能についての番組が異常に増えたようだった。いろいろなマスクの詳細な機能や効果、さらにマスクのつけ方から外し方、捨て方まで、番組が作られていた。

だが、その同じ番組のいくつかで、キッチンタオルを使った手作りマスクの実演が放送された。「キッチンタオルを蛇腹に折って、輪ゴムをホチキスで留めて作る」と番組では説明している。綾は、このマスクの効果はあまり見込めないからと、反対の姿勢を示したため、この番組の出演は立ち消えになっていた。

品薄で困った挙句のやむなしの活路かもしれないと、番組を見ながら綾は唇を嚙んだ。

メインキャスターの男性が、一応自分で作って、不格好にしてみせながらも、「これ、効果ないんじゃないですか？」とコメントをして、釘をさしてくれたことが救いのように思われた。

「いえ、先生やお母さんの心がこもっていますから！」

だから効果があるとばかりに声を張り上げた同席者は、自治体の感染症対策の責任者だった。

◇正しい、〝新型〟インフルエンザの理解

「ああ……」と綾は声が漏れた。

綾はこの人を知っていた。以前、知事にインフルエンザ対策の説明に上がったときに同席した人だ。

こんなことでいいのだろうか？　国は曲がりなりにも、個人一人当たり25枚程度のマスクの備蓄を数か月前から呼びかけていたのである。といっても、〝呼びかけた〟といえるかどうか。厚労省のホームページにあったとしても、ほとんどの国民はそんなことは知らなかったろう。行政の担当者がキャンペーンをして、本気になってアピールして実施する対策でなければ、国民には浸透しない。「やってはいました」という、批判に対するアリバイ作りやエクスキューズでは、到底国民には伝わらない。

綾は、そのときハッとした。

もともと、行政は、国民に伝えたいと思って対策をしていたわけでないのかもしれない。伝わらなくてもいいと端からそう思っての対策だったのかもしれない。ワクチン製造システムの整備がいまだ途上なことやH5N1のプレパンデミックワクチンの不足など、準備の怠慢を突かれないように、新型インフルエンザ対策は、長い間ひっそりと、なるべく目立たないように啓発されてきたのではないか。その言い訳として、「国民に無用な不安を与えないため」「パニックに陥らせないため」との説明が用意されていたのでは？

感染症対策は、発生する前の事前準備が肝心だ。特に新型インフルエンザのような伝播拡大が急速に起こるような伝染病は、それに尽きる。だから綾は、執筆やマスコミでの発言などを介して、これまでも新型インフルエンザの事前対策の必要性を主張してきた。

でも、その時には「煽(あお)りだ、おおかみ少年だ」と揶揄(やゆ)される。しかし、新型インフルエンザがいざ出現してしまって、どうにもならなくなれば、今度は、科学的な理論は置き去りにして、キッチンタオルのマスクを行政が推薦する。本来、そうならないように、準備しておくことが大事なはずなのに。

いや、今さらそんなことに憂いていても埒(らち)はあかない。この豚由来の新型インフルエンザＨ１Ｎ１が、今後、秋や冬に流行することがあるだろう。この状況を打開し、秋冬の大流行の際に、可能な限り、重症患者、死亡者を出さないようにするためにも、これからの梅雨や夏に流行が小休止するであろう時期に、どう、国民に準備してもらうかだ。そう、物だけじゃなく、心の準備も必須だ。

綾は、この機に、自宅療養の方法を伝えたり、重症化しやすいハイリスクと言われる人たちへの注意喚起をしようと思った。

さらに今後、市中にこのまま流行が急速に広がっていくようなことも起こると想定して、感染の機会を減らすためにも、日用品や食品の買い置きを呼びかけたかった。流行が始まってから、一斉に買い置きに走られれば、そこが一大ウイルス伝播の場所になりかねないし、品薄になったりすれば、パニックが起こることもある。それは神戸のマスク騒動の例だけで沢山だ。

想定される混乱を回避する策を、前倒しに少しずつ言い続けていくことが、国民の混乱を減らしていくことになると、綾は思った。

しかし、この大阪や兵庫の新型インフルエンザの混乱の中、突然強調されだしたのは、「今回の新型インフルエンザH1N1は、季節のインフルエンザと同じ程度」だから「季節のインフルエンザと同じ対応で」ということだった。

ここには大きな誤解がある。

今回の豚ウイルス由来のH1N1型新型インフルエンザウイルスは、ウイルス学的には季節のインフルエンザと同等である。これを専門的に言ったら、

「どこに感染するかを一義的に規定するHAタンパクの開裂部位のアミノ酸配列は、強毒型H5N1などとは異なって、典型的な弱毒型であって、全身感染を起こすことはない。さらに、H5N1やスペインインフルエンザウイルスに認められるような強い細胞障害やサイトカインストームなどを誘発する遺伝子の変化も一切認められない。ウイルス遺伝子構造に関する限りは、弱毒型である季節性インフルエンザと変わりはない」

ということだ。

しかし、この豚由来のウイルスに対しては、ほとんどの人間は免疫を持たない、〝新型〟インフルエンザである。この点は、毎年の流行によって、ほとんど全ての人が基礎免疫を獲

得している季節性インフルエンザと大きく異なる点である。このことこそが、新型インフルエンザにおいて最も重要な点であるのに、これを議論から外すのは何故か。

免疫がない分だけ、感染を受けやすく、感染を受ければ季節性インフルエンザよりも重症化しやすい。そして、国民の６割程度が感染を受けて免疫を持つに至るまで、２回、３回と流行は波のように繰り返されるのだ。

季節性インフルエンザに対しては、国民のほとんどが、何回も感染した経験があり、さらに、ワクチン接種による免疫も持っている。それでも、日本だけでも毎年１０００万人程度の人が感染発症し、１シーズンに６０００〜３万人もが亡くなっている事実を、国民は意識しているのだろうか。それでも、致死率は０・１％未満である。

新型インフルエンザである以上、ウイルスは季節性インフルエンザと同等であっても、感染患者数が数倍になり、そして、重症化の割合もある程度高くなる。入院を要する重症患者や死亡者の数は、季節性インフルエンザよりも多くなることは当然予想される。その社会的影響が「季節性インフルエンザと同等」であることは、全くありえない。

現段階で、ＷＨＯはＨ１Ｎ１型インフルエンザの致死率を０・４％と報告している。このままで推移し、今後国民の３分の１が罹ったと仮定すると、この冬の超過死亡は、16万人にもなるではないか！

しかし、「季節のインフルエンザと同じ」という厚労省の説明は、「自分たちに与える影響も、病気も生活も、毎年のインフルエンザと同様の影響」と国民の多くに印象づけた。学校の先生にも、自治体の責任者にも、企業の担当者にも。

これで、一気に社会の緊張感が緩んでしまった。そして、「柔軟に対応」という言葉のもとに、ここ数年間にわたって築き上げげつつあったウイルス対策が一挙に崩れていった。

綾は、テレビやラジオに出演するごとに、

「今回のH1N1の状況に限っては、合理性をもって、対応計画の不必要な一部分を緩めるのであって、なし崩し的な緩めすぎはダメです」

と釘をさしたが、それは当たり前のごとく無視されていく。全体の対策の方向性が大きく変化してしまったのだ。

綾がこうした発言をするには明確な理由があった。

このころ、「寝ていれば治る」という表現が繰り返し言われ出し、「感染してもたいしたことにはならない、予防にもそう血まなこになることはない」といった風潮が溢れ始めたからだ。

ここにも、新型インフルエンザに対する根本的な誤解がある。

「今回の新型インフルエンザは、致死率は０・４％とも言われます。皆さんが怖いと感じるエボラ出血熱とか、一旦発症したら致死率の高い病気H5N1型鳥インフルエンザなどに比べたら、健康被害の程度は低く、怖くないと思われるかもしれません。ですが、たとえ病原性が低くても、H1N1の大流行では、国民の4人に1人から半分もの人が感染し、1週間程度、仕事や学校を休んで寝込むことも考えられます。これだけでも社会機能には大きな影響が出ます。さらに、たとえ致死率が低くても、感染者の数が多くなるので、犠牲者が何万、何十万にも及ぶことになるのです。このように、国民的な大きな問題となるのが新型インフルエンザなのです」

綾は、ことあるごとに訴えた。

「ちなみに、軽症だと考えても、神戸市のデータですと、9割の患者が38度以上の熱を出し、また1割は下痢もしています。そんな病気が、多くの人の間で同時期に流行することが考えられるのです。そうしたら、病院に一斉に患者さんが押し掛けることも考えられますよね。その結果、病院は混雑する、順番も来ない、薬も足りなくなるかもしれない。医師や看護師さんが感染したら、医療が立ちゆきません。さらに、病院には抵抗力の弱った様々な患者が入院していたり、受診しています。季節性インフルエンザでさえ、院内感染による入院患者の健康被害が大きな問題となっていますが、新型インフルエンザではその危険がさらに高くなるのです。

ですから、流行を大きくさせないことが大事なんです。そうやって、医療提供体制を守ることが必要です。だから、予防です。

それにもう一つ、心配があります。

季節性のインフルエンザでは、重症化したり死亡する危険が高いハイリスクの方がおられます。まず乳幼児と高齢者が相当します。さらに、糖尿病の患者さん、人工透析を受けている方、心臓や呼吸器に、ぜんそく等の慢性の病気を持つ患者さん、免疫機能が低下している患者さんなどが、これに含まれます。妊娠されている方もそうです。そういった方々がインフルエンザに罹ると、症状が重くなる可能性があり、死亡する危険も増えます。

ですから、こういう方々には、できる限りウイルスを感染させないようにすることが必要です。

例えばインフルエンザに罹った多くの人が病院に殺到したら、同じ待合室にいる持病を持つ患者さんに、ウイルスをうつしてしまう可能性が高くなります。自分は治っても、うつされた方が重症になる、命を落とすこともあるわけです。また、医療従事者が感染を受けて寝込んでしまったら、医療サービスの機能も低下します。インフルエンザ以外の通常の診療にも大きな影響が出ます。必要な手術も延期せざるを得なくなるかもしれない。緊急医療にも影響するでしょう。ですから、なるべく、流行の山を平坦化して、同時期に多くの患者が発生しないようにすることが重要となります。だから、今、まだ本格的な大流行が始まる前に、国民全員が当事者として、自分たちの新型インフルエンザ対策を、インフルエンザにかからないための予防を、またかかった際にどうすべきかを、しっかりと考えるべきなのです」

綾は、何度もそう説いた。

テレビでは、コメントできる時間は短くなる。ラジオは時間を長くもらえるので、ラジオに出ることで、その部分を埋めるかのように語った。

だが一方で、別の番組では、他のコメンテーターが「心配はありません。寝てれば治ります」と明言する。ブログでも同様な論調が増える。

寝てれば治るなんて、どうしてそんな無責任なことが言えるのか？

「99％は寝てれば治る」というコメントも出た。そんなことはわかっている、でも、残り1％が重症化したら、その半分が死んだら、莫大な犠牲者が発生するのだ。だから、その1％を救う努力をせねばならないのだ。弱者を切り捨てるつもりならば、新型インフルエンザ対策などは最初から無用である。

物は言いようとは、よくいったものだと綾は思う。その典型として、「99％治る」と「1％の重症化率、致死率」は、同じことを言っているのだが、印象がまったく違う。

さらに、メキシコ、カナダ、米国では、若い健康な人でも、時に重症のウイルス性肺炎による犠牲者が出始めていた。これは、通常の季節性インフルエンザでは見られないことである。

　また、多くの途上国では、医療体制の対応能力を超えることが容易に予想される。WHOもこれらの点を重視した。今回のH1N1新型インフルエンザの健康被害程度を、アジアかぜの新型インフルエンザに匹敵する〝中等度〟とし、決して季節性インフルエンザに相当する〝軽度〟とはしなかった。

　今後、日本でも感染者数が増加すれば、当然重症者も死者も出てくる。米国でも、患者数が10万人程度を超えると、犠牲者が各地で確認され始めた。

　予防の心がけが薄れれば、感染症は広がりやすくなり、健康被害は増える。

　そして、実際に感染は拡大していった。

◇医療現場での医師の怒り。検査しないため、感染者数がわからない

　6月19日、WHOがフェイズ6のパンデミック宣言を行ってから、1週間経っていた。

　日本での患者数も、徐々に増加傾向にある。厚労省から今回の新型インフルエンザ（H1N1型）について、秋以降に予想される本格的な流行を見据えた対応の基本指針が示された。

発熱外来を設置せずに、一般の全医療機関で新規患者を診察する。患者の全数把握は中止し、学校などの集団感染が起こった場合にのみ行うという。

綾は、新聞の一面のこの記事を読みながら、胸がむかむかした。全数調査なんて、今までだってしてこなかったじゃないか！　何が中止だ。腹立たしさがよぎる。

肘川市の中学校で集団感染が起きたときのことだ。その学校区では、インフルエンザ様の症状で多くの患者が医療機関を訪れていた。5月も過ぎれば、例年通りに季節性インフルエンザの発生は収まるはずだ。

小児科クリニックを開業している飯塚医師は、外来にやってくる、季節はずれのインフルエンザの患者らに異変を感じていた。

「念のために、新型インフルエンザの検査をしておきたいな」

と、看護師に検査の検体を取る準備を命じ、自分で保健所に依頼の電話をかけたのだった。

飯塚医師は、新型インフルエンザに対する適切な危機感を持っていた。

「うちの県でも、新型インフルエンザの感染者は出ている。たしか、米国からの帰国者だった。同じ県内でも離れた地域だったが、国内での感染の広がりの可能性もある以上、やはり調べておくことは必要だ。万が一にも新型インフルエンザだったら、うちの待合室で、他の患者にうつらないとも限らん。あ、そうだ、天気もいいし気候も良い頃だし、ウイルス対策には換気が一番だ。待合もこの診療室も、そう窓を開けるか」

さて、飯塚医師自ら、保健所に新型インフルエンザの検査を依頼したのだが、最初に電話を受けた医師の課長は、検査するともしないともはっきり言わない。検査を依頼したのに。しかも、今問題になっている新型インフルエンザの検査だ。それをなぜ、検査を請け負うことに躊躇するのか？　飯塚医師は、イライラした思いを募らせて、思わず、言葉も乱暴になった。

「なんで、検査をしてくれんのかい？」

「国の指示では、アメリカとかメキシコ、カナダから帰国した人等を検査するということになっておりまして」

相手の課長は、あくまで、

「検査は保健所の判断でするのだが、厚生労働省の方から県や市を通じ、米国やメキシコからの帰国者等については、総合的な判断をして、検査対象を決めることが指導されている。飯塚先生から依頼されたこの患者は、海外渡航歴はなく、その判断基準には該当しないので、患者検体の検査はできない」

という。

飯塚医師は、

「でもね、神戸もそうだけど、渡航歴がない人でも、感染者は出ているよね。それに、この頃、外国帰りの人だけでも、国内の感染の報告が増えているでしょ。もう、広がって、日本人同士で感染してることも十分想定されるでしょ。調べんかったら、よけいに広がるでしょ。うちの患者さんが新型インフルかどうかはわからんけど、この時期にインフル様の疾患が増えとるのは変やと、あんたも保健所にお勤めの医者ならわかるでしょ。調べてほしいんだよ」

重ねてまくしたてるが、「できません」「該当しない」の一点張りで、検査はできずに終わった。

これは後になってわかったことだが、肘川市の医師会では、他の開業の医師も同様の危惧を感じて、検査を依頼したが、保健所も行政機関の答えはすべて、NOだったという。

肘川市の中学校で新型インフルエンザの集団感染が発生したのは、間もなくのことだった。さらに小学校も休校になり、家族や学校の教員、事務職員にも感染者が出た。

飯塚医師は、その週の医師会の会合で珍しく発言を求めて、今回の保健所の対応や感染拡大の顚末を説明した。

「保健所、ううん、行政側の対応でしょ。保健所にそうさせる力は、その上の組織から掛かっているわけだから」

耳鼻科を開業している女性の医師も言葉を継いだ。彼女のところにも、同時期にインフルエンザ様の患者が多く受診に来たという。保健所では、決して現場の担当者がサボタージュしたわけではない。上の方から、なるべく検査をさせないという力が働いていることは間違いなかった。

あの時に、感染が確認されていれば、学校での集団感染や地域での広がりを阻止することもできたのではないか？　学校医をしている医師は、検査体制の整備を医師会で要請すべきだと声を荒らげた。

割り切れない思いが、どの医師にも渦巻く。新型インフルエンザが地域で流行すれば、その医療を受け持つのは、かかりつけ医である自分たちなのである。

肘川市での地域流行は、メディアでも大きく取り扱われ、新聞でもテレビでも報道されるところとなった。

飯塚医師や仲間の開業医は、いくら患者発生数が報道されても、そこに至った、消極的な検査体制の実態や、実は適切に検査されていない事例が多くあること、そのための見過ごしによって拡大が防げなかった点を、メディアが全く指摘していないことに強い憤りを覚えた。

そして、県で第11例目の感染者とされる外国人が、実は肘川市を訪れていたことが明らかになった。このことを、地域流行が発生してしばらく経ってから、初めて県から報告されるに至っては、県や国の感染症の危機管理の甘さ、行政のいい加減さを思い知らされたような気持ちがした。

馬鹿にするな、振り上げた拳を下ろす先もない。もう患者は大勢出ているのだ。

肘川市の定例議会では、担当の課長が、淡々と「今後は県や国とも密に連携をとって、指導をいただきながら、円滑に進めていく」と答弁して幕引きとなっていた。

密に連携するからこうなったのではないか。まともな指導がされるように改善されるのか。

新型インフルエンザ対策はこれでいいのか。


綾は、東京都や首都圏を中心に、感染者の報告が、いずれも海外からの帰国者などの渡航歴のある人たちばかりなのが気になっていた。疑い患者の中で、北米からの帰国者しかウイルス検査の対象にしていないのではないだろうか。今の段階では、日本人同士の感染を疑うべき時であるのに。

隠蔽（いんぺい）。そんな文字がちらつく。

新型インフルエンザの広がりを抑える努力をしなければ、ウイルスは全国に飛び火する。

梅雨時期や夏は、目立った流行は起こらなくとも、着実にひろがったウイルスは小流行や集団感染を起こしながら、気温が20度を下回る頃に、爆発的に感染者を増やす。それが怖いのだ。夏休み明けの9月、そして10月に流行が大きくなるだろう。

先送りした問題は、あとで数百万倍の感染者となって返ってくる。

検査しない。

検査しなければ、白も黒もない。

そうやって確定しなければ、感染者数には反映しない。確定しないことは、なかったことにでもなるというのか。見なかったことは、ないことになるのか。

新型インフルエンザの患者の医療費は、国の負担となるはずだが、確定検査しないならば、救済にはならない。だいいち、秋以降、莫大に増える患者の医療費は、膨大な額になるはずだ。そんな予算のあてはあるのか？　秋冬になれば指定の感染症から外すということか？

「県議会、都議会選挙、衆院選、人の集まる決起集会には新型インフルエンザ対策なんて邪魔なんだよ」

役所からはそんな声も聞かれた。

「新型インフルエンザが出れば景気に影響するんだよ」「人ごみを避けろなんて言うから、5月、百貨店はガラガラだったじゃないか！」「観光には打撃なんだよ」

新型インフルエンザは、病気そのものより、その社会影響で疫病神扱いされるのだった。

この国では人の健康や命よりも、経済活動や政治活動の方が大事なのか。

病気そのものの怖さは、実際に大流行するまで、人には伝わらないものだ。

しかし、綾は、新型インフルエンザの患者の発生は、決して隠し遂せるものではない、と思った。秋冬の蔓延時期になったら、「新型インフルエンザは流行するもの。仕方ない、そんな伝染病です」と開き直るつもりなのか？　「外国でも大変でしょ。途上国よりはマシじゃないですか」とでも言うつもりなのか？　いや人口密度も高く、人の流動が激しく、ハイリスクの人々の割合が高く、高齢化した日本で、途上国よりマシかどうかはわからないが。

今回の新型インフルエンザの対応については、厚労省は、「季節のインフルエンザ同様、普通の病院窓口で通常診療と同じように扱う」と発表した。

肘川市の市政だよりにも、「新型インフルエンザは一般の医療機関で検診できます」という赤字で大きく書かれたお知らせが載った。

国内侵入の初期のウイルスの動向を調べていないのだから、水面下ではジワジワと染み出すように夏にも拡大しているはずだ。ということは、秋冬になれば、同時期に、莫大な患者が押し寄せる。全医療窓口としているのは、自宅での療養になるしかない、ということを見通してでもいるかのようだ。

ちょうど一月前、「収束の方向」「安心宣言」「安全の宣言」を印象付ける発言が、自治体のトップや政府関係者などからも、さかんに出されていた。

それに伴って、今回の新型インフルエンザ騒動について、〝騒ぎすぎ〟というニュアンスの報道批判も湧きあがり、一気に報道もニュースも激減していった。

だが、収束を裏付ける、感染者の検査や調査が行われていただろうか？

どんなデータを以て、収束と言えたのだろうか？

事実、神戸と大阪の学校を中心に発生した流行は一旦おさまったかに見えた。しかしその後、患者発生は日本全体に及び、徐々に増え続け、夏でも小流行、集団感染が起こっているではないか。

自治体のトップの気持ちも、よく理解はできる。業界からの要望もあり、悪い影響を最小にとどめたいという役所の都合もあるだろう。

だが、役人も首長も、ひととき冷静になって、半年先のことを見据えてもらいたかった。

国や行政は、あくまで、「気をつけて、注意して」と市民に注意喚起をしながら、粛々と「動向調査をぬかりなくやり」、拡大状況を把握しながら、国民に予防知識を広めて、啓発するべきであるはずだ。

対策にサイエンスが欠如している。サイエンスが介在しない対応になだれ込んでいく。

本当にこれでいいのか。いったい誰がこのような流れを進めているのか。

◇不透明さを残す、国の姿勢

国立伝染疾患研究所の伝染病情報センターの長の講演が行われた。綾も聞きに行くことにした。新型インフルエンザの出た今だ。伝染病情報センターのトップはどんな見解を市民に示すのだろうか？

彼女は、情報センターの役割について、こう語っていた。

「当情報センターの目的は、『その判断者、情報提供者がパニックに陥らぬよう、情報を提供すること』『一般にもできるだけ正しい情報を早く伝える』『過剰心配症候群、楽観視症候群の対策』です」

綾はこの講演に、彼らのスタンスが正直に出ているように思った。判断者が〝パニックにならぬように〟〝できるだけ正しい情報〟を与える。

すなわち、不安をもたらすような都合の悪い情報は伝えないということだ。目的に沿って情報は操作され、修飾されるということか。その修飾の仕方が問題だ。

以前、米国保健省の長官が来日したときに、米国大使館で講演を聞いたのだが、終了後に交した会話がよみがえった。

彼は、新型インフルエンザ対策の情報提供は、発生前から、

「悪い見通しも良い見通しも、すべて国民に提供すること」

と綾に強調していた。そして、新型インフルエンザに対して、
「国民に、心と物の両方の準備をさせることだ」
と語っていた。米国政府が巨額の予算を出して、新型インフルエンザの映画まで作って、テレビで放映をしていたのも、日本と対照的だった。もう2年も前のことだ。

なぜ日本では、新型インフルエンザが発生してからさえも、情報に不透明さが伴い、さらに隠蔽されるのか。しかも、国の情報提供をする部署が、こんなことを言っている以上、それは国民教育にとって致命的であるとも綾は思った。

死亡者数が、弱毒型の新型インフルエンザでも17万人と推定されるとのデータも、その伝染病情報センター長の講演ではちゃんと示されていた。

証拠に残るデータは、きちんと示されている。きちんとデータを示して危険性は十分に説明しているという状況証拠を残すためだ。

ただ、講演の随所に「大したことない」というメッセージが織り込まれていて、結果的に全体の危機的印象が5割引になっているような、巧妙なテクニックが織り混ぜられていた。

内容をよく知っている人間ならば吐き気をもよおすような、こんな巧妙な講演会も、終わってみれば、会場の人々は、口ぐちに「安心したね、大丈夫だってね」「心配しすぎのとりこし苦労だったね」と言って帰っていく。事態を知らない一般市民においては、それでパニ

ックを当座、封じたとでもいうのか？　これが彼らの言うリスクコミュニケーションなのか？

17万という数字は、強毒型のH5N1によるパンデミックにおける被害予想に比べれば、はるかに少ない数字ではある。しかし、この数字は、首都圏の直下型地震の想定死亡者を上回る数字である。

普通の感覚を持つ人であれば、17万人が亡くなるかもしれないといわれたら、それは恐怖であろう。でも、数字だけが画面に出ても、人はなかなか実感しない。要は言い方なのだ。

「新型インフルエンザは大変だから、皆さん、協力してください」

「気をつけてくださいよ。あなどっちゃだめですよ。我々も頑張りますから」

そんな意思を示したら、国民にも通ずるものがあるはずなのだが。

17万人もの死亡が「大したことはない」と本気で判断しているのであれば、敢えて緊急対策の必要性を述べる必要はない。危機管理など必要ないことになる。

予想される事態をある程度認識しているにもかかわらず、対応の不備に対する批判を回避するために、あえて気休めの発言を繰り返す国の方針、国の意向を代弁するような講演は、厳しい目を持つ一部のメディアの記者たちの信頼を失うことになった。

まさにリスクコミュニケーション上の失策となった。

しかし、こうして、日本において多くの報道がパッタリとなくなり、人々の興味も失せ始めた頃、南半球の冬に合わせて、ウイルスは南下し、チリ、アルゼンチン、オーストラリアでの感染者が急速に増加しはじめた。日本も含め、北半球は、夏に向かってインフルエンザウイルスが小康状態に入っても、オーストラリアなどの南半球は冬だ。インフルエンザシーズンに突入する。

オーストラリアや南米で大規模流行が始まれば、このH1N1型ウイルスは、もう地球上からは消えることはないだろう。そして、南半球で流行中に、完全なヒト型のウイルスになって北半球に再び戻ってくる。それは10月か。

あと、5か月。5か月しかない。

日本における新型インフルエンザワクチンは、今年中に1700万人分しかできないという。生産ラインもワクチンウイルスを増やす有精卵も、それが限界なのだ。しかも、現在WHOが提供しているワクチン製造用のウイルス株では、ワクチン抗原の回収率が悪く、予定された製造量の半分程度にとどまる可能性が出てきた。従って、国民のごく一部にしかワクチンは届かず、流行に間に合わないだろう。この5か月を無駄にしてはならない。

一度、緩めた感染症対策を、再び厳しく引き締め直すのはとても困難である。それは、綾が伝染疾患研究所時代に、感染症対策をやって、身に沁みたことだった。

「この病気は大したことがない」と、いったんすりこまれると、後で大変だ。気をつけて予防してくれといくら啓発し直しても、国民の心にはなかなか響かないのだ。

緩めすぎの対策。伝えようという姿勢を見せながら、提供されない正しい情報。本質がわかっていない大多数の国民。ひととき、新型インフルエンザに目を向けた国民を、すぐに無関心にしてしまったのは、〝楽観視のすりこみ〟なのだ。

自治体や役所にも問題があった。政策を立案して決めたり、情報提供する一部の公務員は別として、多くの自治体などの役所や保健所の担当者たちは、上からの通達だからと至極当然のように受け取って、一律に対応しただろう。彼らは、役所の縦割りの中では、同じ状況の立場ならば誰もが同様に対応するものと考えたのだろう。検査も情報提供対応も、その結果がどうなるのかについて、漠然とした不安や懐疑はあっても、結局は、それ以上の思考を停止させて、上からの通達に無批判に従う。そうすれば自分の責任は果たしたことになる。悪しきお役所の無責任体制がここにもあった。

ただ、ここに異例もあった。最初の神戸市の事例だ。

海外渡航歴がなくても、疑いを感じた医師は、念のためと検査に回す。検査を担当する衛生研究所の職員がやはり、念のためと新型インフルエンザ遺伝子診断であるPCRをかける。このちょっとした「念のため」という、その仕事の姿勢が肝心なのだ。その気配りこそが、職務への責任感だ。

今の日本には、多くの無責任層がいる。さらに、自分に関わること以外には興味を持たず、「新型インフルエンザなんてどうでもいいよ」という無関心層も少なくない。でも、この人たちも感染して他の人に伝播させることもあるし、発症すれば、薬も医療も必要になるのだ。

新型インフルエンザに無関心なこの人たちに、新型インフルエンザを自分の問題として、再認識させられないだろうか。しかも、もう、時間的な余裕がなくなっていた。

◇日本における、プレパンデミックワクチン確保の遅れ

4月にH1N1型新型インフルエンザが発生したとき、

「プレパンデミックワクチンはないのですか」

という質問を綾はよく受けた。と同時に、

「新型インフルエンザのワクチンはいつどれくらいできるのですか？」

とも聞かれた。

いざ新型ウイルスの感染の可能性が自分の周囲までやってきたら、人々の心はワクチンと薬に集まっていく。

しかし、薬は全輸入で、国産ではない。ワクチンはつくるのに半年はかかる。国民全員分となると1年半くらいの時間が必要になる。この話をすると、相手は初めて、それは困ると医療体制に怒りが向く。

新型インフルエンザが発生してから、ワクチンの製造が開始されて出てくるまでに、日本の現状では6か月はかかる。しかも、国民全員分が出るわけではなく、少量ずつ供給されることになる。

今回の4月に発生したH1N1新型ウイルスでも、ワクチンは早くても10月末にならないと出ない。しかも、その時出るのは少量だ。そして年内には2500万人分が供給される見込みだと発表されたが、思うようにワクチン株ウイルスが卵の中で増殖せず、1700万人分程度にとどまる見込みだという。いや、それ以下の1400万人くらいとの話もある。

すでに、この新型インフルエンザは、5月から日本で患者も発生し、6月には全国に広り、遅くとも10月には秋冬の流行が本格的になるだろうと言われだした。

二波の秋冬の流行には、一部の人にしか、ワクチン供給が間に合わないため、政府は接種の優先順位を検討している。

新型インフルエンザが発生してから製造されるワクチンは、このように、最初の流行はもちろん、さらに大規模流行となる二波にも間に合わないのが、日本のワクチン行政の現状なのだ。

　このため、新型インフルエンザが発生する前にワクチンを事前に作って、備蓄、もしくはあらかじめ接種しておく「プレパンデミックワクチン政策」がある。

　ここで接種するワクチンは、その新型インフルエンザ発生が予見されている強毒型H5N1型鳥インフルエンザウイルスで作ったワクチンである。これをプレパンデミックワクチンという。この強毒型のウイルスに限って、プレパンデミックワクチンが作られている。

　このプレパンデミックワクチンは、新型インフルエンザウイルスそのもので作るパンデミックワクチンより、予防効果は劣るとは考えられるが、H5N1型ウイルスの全身感染を阻止することが、動物実験により強く示唆されている。そうして、重症化を阻止し、致死率を下げることが見込まれる。すでに米国、スイス等の先進国では、全国民分が用意されている。

　医療の見地からみれば、重症者を減らし、負担を軽減することで、その機能維持を図ることができるし、個人として致死率が下がるのは大きい。

　新型インフルエンザの流行時には、医療のキャパシティーの問題からも、ほとんどの国民は自宅療養をせざるをえない。自宅療養なんて、重症では無理だ。限りなく軽症化させる対策をうたねばならないのは自明である。

さらに新型インフルエンザは、二波、三波と流行がやってきて、国民の6割くらいの人間が免疫を持った後、季節のインフルエンザになっていく。

この免疫の持ち方は、感染して免疫を持つだけでなく、ワクチンで免疫を持つことでもよいのだ。プレワクチンを国民の希望者、7割に事前に接種させて免疫を持たせることができれば、その国では新型インフルエンザのパンデミックは起こらず、はじめから季節のインフルエンザ並みの流行で済むという数理統計の論文もある。

これによって、大流行を回避し、医療はもちろん、個人と社会を守るという対策が強毒型新型インフルエンザ対策の切り札とも言える「プレパンデミックワクチン政策」である。

このH5N1用プレワクチンを、今国は3000万人分を備蓄している。その接種者は、社会機能維持者となっている。

綾は、希望する国民全員に接種できる機会をつくってほしいと、あと1億人分を積み増ししてほしいと訴え続けてきた。

◇ワクチンに命を賭ける人々

遠浅の海の潮が引いて、砂浜には、親子連れや中学生くらいの子供たちが、一斉にしゃがみこんで砂を掘っている。足元には、小さな蟹がしきりに足を動かして、泳ぐように水の中を滑っていく。風もないだ穏やかな午後。瀬戸内海には、ぽっかりと小さな島々が海の上に稜線を描いたような小山のように見える。

砂を掘って、点々と穴が出て来たら、そこに塩を撒く。その穴に塩を落とし込む。すると穴から垂直にマテ貝がニュウと出るから、そこを、ヒョイと割りばしでつまんで引っ張り上げる。ここの潮干狩りは、マテ貝釣りが主だった。近くの中学校の生徒が、ジャージ姿でやってきては、大きな塩袋をみんなで共有しながら、歓声をあげてマテ貝を採っている。

綾は、大手流通企業チェリーマートの城嶋とふたりで、砂浜を歩いていた。裏の松林からは、カッコウの鳴く声が長閑（のどか）に聞こえてくるし、目の前の中学生らは、マテ貝が顔を出すたびに屈託のない笑い声をあげる。海は穏やかで、遠くに漁船が行き交っている。

「本当に新型インフルエンザって出たのでしょうか。本当なんでしょうか。すみません、なんとなく、こんな穏やかで楽しげな風景の中にいたら、新型インフルエンザは悪い夢で、目が覚めたら消えている、そんな気持ちがして」

綾は城嶋の横顔を見つめながら、そうつぶやいた。

「こんな中学生や高校生の世代に、今も多くの感染者が出ているんですよ。大阪でも神戸でもね。そんなことがここでは嘘みたいだ。でも、現実です。そして、犠牲になるのは、こんな子たち。だから、我々は、この子たちのワクチンを作らないといけないし。また、私は、チェリーマートがライフラインの食糧供給ができるように、現場の対策をやらんといかんと思うのです」

「秋が来て、気温が下がったら、この新型インフルエンザは、もっと大きな流行になる可能性があります。まだ、今は鳥インフルエンザに近い。豚に罹った鳥インフルエンザが人にも感染するようになった、そんな段階です。でも、秋に戻ってきたウイルスは、本当のヒト型ウイルスに変化している。こんな春の先触れみたいな、やさしい流行で済むはずはない」

綾の側(そば)を、女の子たちがバケツを持って通り過ぎて行く。海水の張られたバケツの中にはマテ貝が何十本もいて、水管を伸ばしている。

ふと綾が、「ねえ、どうやって食べるの?」と声をかけると、「ええと、お母さんはバター焼きにします、おばあちゃんは、湯がいて、醤油で煮しめます。私は、採るだけです」と言って、一斉に友達とともにワッと笑った。綾もその笑顔につられて、微笑みながら、この子たちに何としてもワクチンを、という決心が、心に湧きたってくるのを感じていた。

綾は城嶋を促すと、琴音荘へと砂浜を戻り始めた。

6時に海音寺微生物研究所の所長である奥沢望と会う約束をしている。綾と奥沢は、綾が伝染疾患研究所へ入って以来、10年来の親交があり、また、お互いの信頼関係が築かれている。奥沢は、ある意味頑固と評されるほどの、筋の通ったまっとうな物言いをする研究者であり、医師でもある。大田とも似たその姿勢が綾を安心させていた。この二人を綾は信頼し、尊敬して、仕事を共にしてきた。

一方、城嶋との出会いは、2006年の春である。大手流通チェーンであるチェリーマートの危機管理担当責任者であった城嶋から、新型インフルエンザ対策の相談を受けたのが始まりだった。

当時、ほんの3年前のことだが、新型インフルエンザ対策に本腰を入れて対策を始めた企業は、このチェリーマートだけだった。

そのころは、綾も、まだ、新型インフルエンザの本格的な対策本は出していない。綾にとっても、新型インフルエンザの企業対策は、城嶋の対策を見ながら、学ばせてもらったという感が非常に強かった。

綾は、ウイルス学的見地から、インフルエンザウイルスの伝播方式や予防方法を示し、具体的な対策の助言をしていたが、同時に、流通という〝業界〟での新型インフルエンザ対策に学んでいた。

チェリーマートの新型インフルエンザ対策は、実践と実行力に富んだ本気の企業対策であった。

「永谷先生、うちの商区で新型インフルエンザが発生したら、店頭商品を生活必需品だけに絞って、できるだけお客様にも従業員にも感染させないことを、まず第一に、念頭において やりたいんです。で、レジなんですが、セルフレジの導入をやってみようと思ってます。お客様ご自身で会計をやっていただく。そこで、いくつかの店舗で試験的に導入してみました」

城嶋はレジの写真を示しながら、さらに続けた。

「実は、このシステムは、ごっつうお金がかかります。人件費の抑制にやってんだろうと思われる人もいますが、実際は全くコストダウンになんてなりません。ですが、新型インフルエンザのときにいきなりセルフでやってください、となっても、お客様も困られると思います。ですから、その練習として、今から導入して、慣れていただこうと思います」

城嶋らの危機管理グループが、新型インフルエンザ発生時の流通確保、事業継続を試行錯誤しながら、現場目線でやっていることが感じられる。

綾は、セルフレジ、その慣れないシステムを使う自分を想像してみた。自分でバーコードを機械に認識させて、累計をしていくのだろうか。お金は現金とかカード決済とかに対応できるのだろうか。おつりは、やはり駅の券売機のようにチャリンと出てくるのかな。綾がそんな思いを巡らしていると、城嶋は、真剣な表情で綾に詰め寄った。

「心配しているのは、お客様が一斉にいらっしゃる——つまり、新型インフルエンザだぞ、発生したぞと、もし、強毒型の新型インフルエンザとなれば、みんなが備蓄品を買いに殺到される、そんな事態が起こったら……ということなんです。そうしたら、店内がごった返す。そこに、もしも、感染した潜伏期の人が紛れ込んだらという点なんです。入り口で入場制限するとは言っても、なかなか難しい。いらしたお客様にお断りはなかなかできません。それに、店内が広くとも、やはり大勢ですと、空気も滞留しますでしょうし」

綾はハッとして、

「城嶋部長、それならば、あの広大な駐車場はどうでしょう？　あそこに生活必需品を出して売るのです。もしも、万が一、感染を知らないでお出でになったお客様がいても、排出されたウイルスは、屋外ならば、三次元的にすぐに拡散します。うつす可能性は、かなり低くなりますでしょ。また、駐車場ならば、とにかく、広い。人が密集しないで行けるかもしれませんから」

「それは、いいですね。地震対策用にでっかいバルーンテントも、うちは備えています。そんなのも利用できますね」

城嶋らチェリーマートには、真っ正直にきちんと仕事を成し遂げようという意思がある。だから、あらゆる方向から物を見るし、厳しい想定も当然のごとくに視野に入れて、さまざまなアイディアを出していく。「これで手を打ったから、一応、やったことにしましょう」なんて思想は皆無だ。綾は、そんな城嶋の仕事への姿勢に強く惹かれていた。

この遠浅の海と広大な松林をもつ一帯は国立公園になっているが、その中でいい風情を醸し出している宿が琴音荘だ。琴音荘の前を通って家路を急ぐ中学生に交じって、綾も城嶋とともに、宿泊先であるここに戻った。

駐車場に停まっている数台の車の中の、白いカローラが目に入った。あれ、奥沢先生がもう着いている。綾はさっと腕時計で時間を確認したが、まだ、約束まで15分もある。

玄関の前で、奥沢は襲ってくる藪蚊を手でしきりに追いながら、待っていた。

「先生、お久しぶりです、永谷です」

「いやあ、永谷さん、元気でしたかあ。待っとりました」

と奥沢はにこやかに綾を迎えた。

黒ぶちメガネの厚いレンズの奥で、小さな目が優しそうに笑っている。奥沢は、綾の隣にいる城嶋にも頭を下げて、

「ようお出でくださいました。さ、ご案内しましょ」

と声をかけ、城嶋も、

「先生、チェリーマートの城嶋でございます。今日は、本当にありがとうございます。どうも」

と相好をくずした。

「今晩は、ええとこがあるんです、私の行きつけでして。さ、参りますか」

奥沢の姿をみとめると、奥から琴音荘の女将が着物姿で飛び出すようにして、見送りにきた。

綾は、海音寺市で一番いい女子の就職先は、海音寺研究所のこのワクチンメーカーだと、タクシーの運転手さんから聞いたことがある。この海音寺研究所の所長である奥沢は、海音寺市の名士であり、琴音荘はそこに来る客の宿泊を一手に引き受けている宿だ。奥沢は、今日は綾たちを美味しい地元の店に案内するという。料亭座敷の肩の凝る接待ではなく、打ち解けた席でゆったりしてもらおうという、奥沢の心遣いが見えた――。


二人が研究所へ案内されたのは、そんなもてなしを受けた翌日だった。

松林を抜けると、部活動の朝練習だろうか、校庭から野球の打球の音や掛け声が響いてきた。生垣の先のテニスコートでは、一列になってラケットを素振りしている姿が見える。中学校の先には、農家のビニールハウスが何棟も朝日を反射して光っている。その奥にあるのが海音寺研究所である。

正面玄関を入ると、すでに城嶋と綾のために、二組の上履きが揃えてあった。グレーの制服を着た事務の女性が応接室に案内し、すぐに別の女性が麦茶をグラスで運んできた。

　奥沢が作業着姿になって現れた。スーツ姿か白衣姿の奥沢しか見たことがなかった綾は、ああ、とってもよく似合っていると感じながら、ふと、テレビ局の制作スタッフから聞いた彼らの失敗談を思い出した。


　日本のワクチン政策の番組を特集したときのこと。ワクチンメーカーの奥沢にインタビューを申し込み、取材陣がテレビカメラにキャスターを従えて、この研究所に大挙してやってきたという。入り口に立っていたのは、作業着姿に牛乳瓶の底のようなメガネをかけた、小柄な60歳くらいの男性だった。

　彼こそが奥沢本人だったのだが、守衛さんと間違えたスタッフは、「親父さん、どこに車停められますかねえ」と声をかけ、奥沢は、「そうですねえ、ちょっと聞いてみますわ」と駐車場探しに奔走したという。それが奥沢所長であったと知ったとき、クルー一同、その失態に平身低頭だった。でも、当の奥沢はまったく、気にも留めていないにちがいない。綾はその話を聞いたとき、奥沢らしいエピソードだと微笑んだ。眼光するどく、厳しい表情の大田なら、こうはならない。

　奥沢はそんな人だが、実は、奥沢家のために京神電鉄が駅を造ったというほどの大地主の長男。親戚、親兄弟、息子も娘も医者、という一族。地元一の進学校から帝大医学部というエリートコースを進み、臨床もやったが、自分は広く人の命を救うためにも、公衆衛生をやろうと研究に入った。彼の父親もそうだった。日本のワクチン研究の第一人者とされたのは、彼の父だ。

面白いエピソードがある。天然痘ワクチンを作った偉業が讃えられているジェンナーは、息子にワクチンを打って効果を実験したと言われるが、実は、最初に実験したのは近所の子供であったという。しかし、奥沢少年は本当に実験台にされた。彼の父は、作ったワクチンを、小さい奥沢に打って安全性と有効性を見たのだという。

奥沢は、「ひどいっしゃろう?」と昔話を語りながらも、偉大なワクチン学者であり医師である父を尊敬している。

大金持ちと揶揄されるが、本人は地味で、金や贅沢とはおよそ無縁だった。機能的であれば十分、と大衆車に乗り、衣食住も質素、いや、贅沢に興味もないのだろうとも綾は思う。

彼の頭の中は、いかに安全で有効なワクチンを世に出して、人を救うか、それしかないのだ。奥沢は、感染症対策の一点に関しては、てこでも動かない頑固さを持って正論を守り、ワクチン政策に真っ向から対峙(たいじ)していた。

臨床もでき、ウイルスの研究もやってきた奥沢は、何より行動の規範たるモティベーションが人命尊守にある。不器用だが実直真面目な奥沢を、大田同様、綾は人柄も能力も信用できる人物と思っている。

奥沢は、城嶋と綾に、帽子とマスクをつけさせると、

「城嶋さん、工場を見てもらいましょうかね。ワクチンのラインですわ。永谷さんは、査察をやってた人ですから、私より詳しいですが」と先に立った。

研究所は、入り口こそこぢんまりしているが、奥に進めば、カッコウが鳴く広い敷地につきあたり、そこに生産ラインの棟がそびえたっている。日本で一番のワクチンメーカーだけある。

「ここは、インフルエンザのワクチンに特化した新しい棟です。手前のこちらでは、今、水痘のワクチンを作っとりますね。奥には研究棟に、動物実験の施設もあります。ご近所の農地を買い取って、必要になったら、建てて……とやってくうちに、奥へ奥へと広がりまして」

一行がプラントの入り口に近付くと、作業帽をサッととって、「所長、待っとりました」と頭を下げたのは、この棟の工場長の佐々木だった。

恰幅（かっぷく）のいい体を作業着の上下に包み、「ご案内は、私が。説明いたします」と人の好さそうな笑みを見せた。

　工場長は、工場案内は慣れたものといった様子で、大まかな説明コースも決まっているように見える。要所要所で、勘どころを外さない説明は、素人にもわかる砕いた語り口で、ワクチンの生産のプロセスやラインを理解するにはいい具合だった。

　器具を滅菌する施設から始まって、種になるウイルスを細胞や卵に接種し、感染させて増やしていく工程に入る。その後、ワクチン用のウイルスを含んだ液を取り出し、精製して不純物を取り除く。そのウイルスを殺して、不活化する。

「一日、20万個の卵を処理できます」

　と工場長らしい誇りをもって、佐々木は力を込める。卵というのは、ワクチンウイルスを増やす、有精卵のことだ。

　ウイルスは、生きた細胞をハイジャックするように乗っ取って、その細胞の中で子孫ウイルスを増やす。これが〝感染〟だ。我々には迷惑な話だが、ウイルス側にとっては、子孫を増やす生き残りの手段である。細菌（バクテリア）のように、栄養分を与えれば寒天培地の上でも増える、というのとは訳が違う。インフルエンザのワクチンは、現段階、日本では、有精卵という胎児のいる卵で増やしてワクチンを作るしかない。

「1週間、フルで稼働しますと、およそになりますが、100万人分のワクチンを生産できます」

佐々木の声にも表情にも、自分の責任下にあるこの工場で多くの部下を率いて、インフルエンザワクチンを生産しているんだという自信が滲む。

この人は、インフルエンザのワクチンの意義も役割も、それを一手に自分で引き取るようにして、この仕事に専念しているんだと綾は感じた。「このワクチンに人の命がかかっている」――そんな使命感が、彼の中を太い芯のように貫いている。特に新型インフルエンザのワクチンとなれば、より、その重要性も増す。

佐々木は廊下ですれ違う部下たちに、「皆さん、おはようございます。今日もよろしくお願いします。少し、見学させてもらいます」とそつなく会釈して声を掛けながら、ガラス張りの向こうにある作業ラインを指さして説明する。

「今、こっちのラインでは、季節のインフルエンザのワクチンの製造を開始しています。ご存知の通り、今、新型インフルエンザのH1が発症しとります。国からは、『季節のワクチンもいつも通り作れ』と言われていますから、今、フルにやってます。来月にも、伝染疾患研究所さんから新型のH1の種ウイルスをいただけるゆうことですから、季節ワクチンが終わったら、ラインを洗浄、滅菌して、なるべく早くに切り替えます」

奥沢も佐々木の言葉にうなずいた。佐々木は、そっと奥沢の顔をうかがい見てから、工場長らしい本音を綾にのぞかせた。

「国から『いつも通りに』と言われてますから、作ってはいます。ですが、季節のインフルのウイルスは、新型インフルが出れば、新型ウイルスに駆逐されて消えていくのが今までの例です。永谷先生、今回も、その可能性が高いでしょう？　そうなれば、季節のワクチンは不要になります。我々は、新型インフルのワクチンに力を入れた方がいいんじゃないかと思うのです。この冬の流行が、〝新型中心〟になれば、需要の中心は新型ワクチンになります。売れ残った季節のインフルのワクチンは、いわゆる〝損失〟ということになりますが、それは国が補助してくれるわけではない。我々研究所が負うことになります。それなのに、作るワクチンの種類や量を我々が決められないんですよ。新型インフルのワクチンに切り替えて、そっちを増産したいのですが、勝手にはできない。国の命令通りに作るしかない。でも、リスクは全部、うちが引き受けるんです。ちょっとやりきれません。私も現場で、多くの従業員を仕切ってます。彼らにも意見があるし、私も彼らに説明もしてやらんと。部下にとったら、工場長は親方なんですから」

国の政策に左右されながら、あるときは翻弄されるようにワクチンを作っていく。でも、何かあれば、その損失補てんはメーカーが引き受けなければならないのが、日本の現状なのだ。

「いくら公益法人でも、国の命令で作って、でも、赤字ならメーカー側の補てんを、というのは、厳しいですよね」

民間企業の城嶋からしたら、その苦労はよく理解できるところだ。

「何に対しても、国の指示があって、国が前向きになってくれんと、うちは働けないんですわ。公益とはすなわち、人を助ける。それを思ったら、インフルエンザワクチンのラインを遊ばせとくことが切ない。まして、今、新型インフルエンザが出たときです。このあと、H5が新型インフルとなって追いうちを掛けるとも限らんのです。だから、H5のプレワクチンも国民のためにもっと作っておかんといかんのに。新型インフルエンザのワクチンは、もっと積極的に作っていかなきゃいかんのです」

奥沢が苦しい溜息をついた。

国というのは、厚生労働省のことだ。綾はその所轄の研究所にいたわけだから、奥沢の苦悩も、佐々木の言い分も、メーカーと厚労省の極端な力関係も、その間の事情も、手に取るようにわかる。綾自身、H5N1型の強毒性新型インフルエンザのプレワクチンの増産を叫んできたのだから身に沁みる。

工場の廊下を、若い女の子たちが、白い作業着に帽子、マスク姿でパタパタと小走りに通り過ぎながら、奥沢や佐々木に笑顔で会釈していく。

「御苦労さん、お願いします」

奥沢が声をかけるのを、綾は、昨夜のことを思い出しながら、割り切れない思いで見つめていた。

前の晩、奥沢が、綾と城嶋を連れていった割烹は、新鮮な魚と地元の酒の出る旨い店だった。奥まった座敷に案内されると、すぐに地ビールで乾杯となった。うまい魚のお造りに3人が打ち解け始めたころ、奥沢から愚痴ともつかないぼやきが出た。

「今回の新型ワクチンH1N1も、10月中旬には出てきますわ、ですが少数です。実は永谷さん、うちは、ワクチンのためのタンパク質の精製技術はずば抜けてるんです。だから、今回のワクチンもうちは、季節のワクチンも入れて〝4混〟でも行けたんです」

たんぱく質が、ワクチンの本体である。ワクチンの中に入れられるタンパク質の量の上限は決まっている。安全性のためだ。ウイルスのタンパクの精製の度合いが低ければ、不純物が多くなり、その分、ワクチン全体における総タンパク量が増える。インフルエンザのワクチンは普通、季節のインフルエンザワクチンでも3種類のウイルスのタンパクが入る。B型ウイルス、A型香港、ソ連型ウイルスの3つだ。規定のタンパク量の範囲内で、もう一種のウイルスを添加できるのか。同じ一本にたとえば、新型インフルの豚由来H1ウイルスを入れ込むことができたら、一本の注射の接種で、季節プラス新型インフルの免疫をつけることができる。それだったら効率も良いし、医療現場や国民の負担も軽減される。しかも、迅速により多くの新型インフルエンザのワクチンを供給できるのだ。だが、総タンパク量の範囲内で4つのタンパクを入れられるかどうかは、タンパク精製技術に依るところだ。

「うちは、ウイルスの精製技術が抜きん出てるんです、不純物がほとんどない。だから、季節のインフルエンザウイルスプラス今回の新型H1の4つ入れても、基準のタンパク量の範囲内でワクチンができるんです。

でも、他のメーカーさんは、できない。だから、国も、メーカー協会も、一律のワクチンということで、〝4混〟ワクチンはダメだとなったんです。結局、うちは、技術はあっても、季節のワクチンを今まで通り作り、新型ワクチンはまた別に作ることになりました。しかし、『季節も新型も両方、この一本でまかなうワクチンが作れる』となったら、国民の利益はこっちのほうにあるはずです。第一、早くに供給できるし、量も増やせるし、両方の免疫をつけられますし。右と左の腕に各々1本ずつ打ちますより、いいやと。経費も節減になります。でも、だめやとなった」

奥沢は大きく溜息をつき、

「城嶋さん、今、新型インフルが出てしまったんですよ。私らも、一日も早く、必死でワクチンを作るために、幹部だけでなく、部下もみんなに頭下げて、残業してもらってます。でも、良い技術も、眠ったままでは、働いている従業員にも納得してもらえません。『なんで、うちの技術をフルに生かせないんですか』って。役所は確かに強いけれど、でも、医療のことがわかって、流行が起きた現場をわかって、混乱を想定してですね、それに即して、ベストな方法をとっていくという選択肢もあると思うんですわ。もうちょっと、国民の方を見てもらわんと」

工場を出ると、奥沢と城嶋、綾の3人は、所長室に戻った。さっきの事務の女性が気配りを見せて、すぐに温かいコーヒーを持ってきてくれた。

城嶋は、事務の女性が下がると、奥沢に言った。

「H5N1のプレワクチンの受注生産は不可能なんでしょうか？　私どもも、雇用主は従業員と、その家族の安全の確保に万全を期さねばなりません。国は社会機能維持者に優先的にプレワクチンを打つとしています。それらは、国で作ったワクチンの〝国家備蓄品〟のことです。うちは、チェリーマートで独自にお金を払って、発注を掛けて、うちの提携医療施設等で、従業員の希望者に打たせたいと思っております。新型インフルエンザ発生時に、お客様に食糧や生活必需品をお届けする業務維持のためにも、ワクチンを打ち、マスクやらの予防もやって、それで働いてもらう。それは社会責任だと考えております。ご検討をいただけませんでしょうか？」

食い入るように見つめる城嶋の視線から目をそらすことなく、奥沢も城嶋を見据えて答えた。

「よく理解できます。うちも、あの工場でお会いになっていただいたように、若い従業員が500人います。あの子らに、私は、H5N1のプレワクチンを接種できんでいるのです。いつ出るかもしれない新型インフルエンザのまさに強毒型の方のH5のプレワクチンを彼らに打ってやりたい。でも国、厚労省は、私たち、ワクチン製造者は、『社会機能維持者ではないから』と、接種を認めていないのです。だとしたら、どうやって彼らを守ればいいのか。新型インフルエンザ発生時に、パンデミックワクチンを作るのは彼らなんですよ！　ワクチン打たんで、働けと言えますか？　おかしい、思うんです」

「じゃあ、うちからの依頼、受けてくれますか？　うちも同じ気持ちなんです。H1N1のこの秋の新型インフルエンザワクチンではありません。H5N1の強毒型のワクチンです。弱毒型のウイルスならば、まだ予防対策でなんとか従業員に働いてもらうことも考えます。でもH5N1の強毒型ウイルスでは、ワクチンをやはりなんとしても打ってやりたいと思うんです」

詰め寄る城嶋に奥沢は怒りを含んで、語気を強めた。

「ところが、国が認めてないんです。うちだって、ラインをフル稼働で作りたいですよ。儲(もう)けるためではなくて、Ｈ５Ｎ１型の強毒型ウイルスの新型インフルエンザのワクチンは、今すぐにでも必要ですよ。第一、致死率が高い。ワクチンで軽症化して、致死率を下げることが、まず、国民の命を守るんですよ。ワクチンは急に作れるわけではない、だから、今から作って、貯めて、で、打ちたいという希望者に普及させたい。でもね、現状では国からの委託下で、国の備蓄ワクチンしか作れない状況なんです」

綾は、おおよその状況は覚悟はしていたものの、納得できない思いで奥沢に聞き返した。

「奥沢先生、なぜなんでしょうか？　だって、Ｈ５Ｎ１のプレワクチンの製造承認はおりていますよね。法的には、製造承認がおりていれば、製造して販売はできる。作らせないなんてことは、法的にはできないはずです。製造承認の出ているワクチンが作れないのはおかしいでしょう。なぜダメなのか、私は理解できないんです」

「永谷さん、私もわからんのです。ただ、国に楯突(たてつ)けば、次のワクチンの製造承認やら、何やらそんなもので、報復が来るんです」

城嶋が、吐き捨てるように言い放った。

「認可だとか、許可だとか、そんな権限持った役所は、決まって腐敗していくんです。権限を持つ役所には、誰もが頭下げて、土下座してやってくる。その上下関係に慣れてしまうと、役人たちは理屈に合わないことも平気で言うようになる。それでもわれわれは頭を下げ続ける、こんなことが続いてきたんです」

国は国民に十分な量のワクチンを用意し、国民に差をつけず、希望者にはワクチンを接種できるチャンスを均等に与えるべきだ。でも、それを今、厚生労働省は、H5N1型強毒型の新型インフルエンザのプレワクチン3000万人分、つまり国民の4人に一人分しかつくっていないのだ。

綾は、以前、電力会社の危機管理担当者から聞いた話を思い出した。その担当者は、いかにも困ったと苦悩の表情で綾に言ったものだ。

「〝送電〟に必要な従業員のリストを作っています。すなわちこれがプレワクチンを打つ者のリストになります。今年度末にその名簿を完成せねばなりません。プレワクチンは必要最小限しか、うちにも来ませんからね。リストを作ったら、接種者のひとり、ある従業員に言われたんです。『その分を現物でもらえませんか』って。『子供に打たせたい』って。『自分はしっかり予防して仕事もしますから、信じてください。でも、うちの子供にください、心配だから』っていうんです。僕にも子供がいますから、その気持ちがよくわかります。H5N1のような強毒型の新型インフルエンザのプレワクチンなら、家族にも打ってやりたいです。それが普通でしょう。きっとこういう従業員が増えてくる。我々は、新型インフル発生時には、家族をおいて出社です。国民のため、電力供給のためです。泊まり込みの人間もいるんです」

怒りに似た感情が湧き上がったのか、目を赤くして唇を嚙むと、綾にさらに迫るように言った。

「国は『電気は止めるな、事業継続しろ』と言います。それは当たり前です。電力マンはいかに送電するかを必死になって考える。『こっちの発電所がだめなら、あっちの発電所から送電して』ってね。でも、新型インフルエンザは伝染病でしょ。一気に病欠が出たらって、思いますよね。ならば、病気にかからない、かかっても重症化させない、軽症で戻ってきてもらう。早くにね。そう考える。それは、家族でも一緒なんです。家族の看病もあるじゃないですか。親や子供を守る家庭人としての責任もあるんです。新型インフルエンザって、災害じゃありませんか」

城嶋と奥沢の思いが一緒でも、その実現は、現状では非常に困難だった。不可能だ。

綾は、この国の箍をどうにかできないものか、と考えた。厚労省がプレワクチンを国民全員分用意してくれることを、もはや期待しているわけではない。もう、自分が3年も言い続けて、そして、職まで失ったのだ。動かせないなら、次はどうしたらいいか。

ならば、企業や個人の責任で、プレワクチンを接種する道筋をつけられないだろうか。綾は、模索していた。法的に製造承認がおりているということは、国が予防接種として、その安全性と有効性を認めたということであろう。

他のワクチンは、製造承認がおりていれば、メーカーは受注に応えて製造し、販売もできる。医師の元で任意接種としてワクチンを打つことができるのだ。

それなのに、なぜ、プレパンデミックワクチンにだけ、同じ法律の下で対応が異なるのか？　この強毒型インフルエンザのプレワクチンこそ、理解をしてもらっての事前接種が肝心なのに。

「うちにも顧問弁護士の先生がおられます。先生にもお聞きして、コンプライアンスとして、問題はないことを確認した上でのお願いなんです」

城嶋はなおも繰り返す。

しかし、企業人として、城嶋は、後々の圧力までも理解している。唇を噛みしめながらも、奥沢にそれ以上詰め寄ることはなかった。

城嶋が、チェリーマートの地元の支店を見て回るというので、城嶋を送ってから、研究所に戻った。奥沢はふたたび綾を工場に誘った。

「ここの工場から見る夕日は、天下一ですから、見とってください」

工場の3階の廊下は海に面しており、さっきとは打って変わって、白い壁も天井も一面が、オレンジ色に美しく染まっていた。遠浅の海の上に、真っ赤な夕日が、海面に赤い薄べりをしきながら、落ちていこうとしている。

「ここは日本の夕日百景の一つに選ばれているんです。あの夕日の隣にある島では、ここらで名産のうどんのうまい出汁(だし)を取るいりこがたくさん採れるんです。ここは自然が豊かでしょう。いい養鶏場もあって、必要な鶏卵が供給してもらえる。だからこの地で、ワクチンを作ろうと工場を建てたんです。新型インフルエンザ、ことに強毒型のH5N1のリスクが高まっている今この時、われわれが粛々と積み上げてきた技術を無駄にせずに、やるべきことを全力でやって、それで救える命は救いたい。綾さん、今、ここで、働けなかったら、私がなんで研究の道に入ったのか、なぜ公衆衛生を目指したのか、その意味がわからなくなるんです」

綾は奥沢の方を向き直った。

「先生、私、また、陳情に回ります。政治家の方々にも、有識者とされる方々にも。そして、日本の経済界の方々にもご理解をいただけるように。私、私また頑張りますから」

綾は、奥沢に何度もそう繰り返していた。

一生懸命、説明に回るのだ、それしかない、わかってくれる理解者を増やして、声を上げるしかない。世論ができれば、厚労省も無視はできまい。

第三章　本格的流行

◇10月　秋冬の本格流行

新型インフルエンザＨ１Ｎ１は、５月に安全宣言ともとれる内容の発言が出されると、国民の予防の意識は打って変わって、低くなった。

海外から帰った人を中心とした検査は、実際の感染患者の〝ごく一部のみ〟をカウントするだけだ。それらの患者発生件数が公表されるたびに、これは氷山の一角だと綾はコメントをしてはいた。

しかし、本来の実数に近い数字は推定の域を出ない。過小な数字は、国民に新型インフルエンザの広がりを認識させるには、あまりにも不十分だった。

そして、夏の都議会議員選が終わり、集中豪雨の被害が出た。これらのニュースとともに、夏休みとなるとサークルの合宿、スポーツ大会などで、若い世代の集団感染が起こってきた。

８月にはその数が増え、そして、ついに沖縄県でインフルエンザＡ型の感染患者が大勢報告され、定点あたりのインフルエンザ様の患者は、20人を超えた。そのほとんどが、新型インフルエンザH1N1であった。

そして、大阪や東京などでも、感染者数が増加し、ついに8月19日、厚生労働大臣は新型インフルエンザの流行開始を記者会見で発表した。

綾は、厚生労働大臣の「本格的流行が始まった」との宣言を聞きながら、本当に怖いのは9月以降、本番は10月だと思っていた。現在の流行はまだ序章でしかない。

9月に学校が始まれば、1週間後には学級閉鎖が立て続くであろう。そして、学校からその地域住民にも感染の拡大が起こってくる。こうして、10月になれば、気温の低下とともに患者の大発生となることは目に見えている。

5月の「とりあえず安全宣言」などの措置が、国民の気持ちにゆるみを与えて、その結果、ウイルスの拡大を止めることができなかった。そのツケが今、こうやって目の前に現れたのだ。折しも、衆議院選挙の真っ最中でもあり、あちこちで集会も続く。

「熱や症状のある人は、家にいていただき、健康な人のみが集まるのだから、選挙集会には新型インフルエンザ問題はないと考える」といった主旨の答弁が、大臣からなされたが、それは不適切な説明だった。

選挙を優先した苦肉の答弁かもしれないが、インフルエンザウイルスは、熱などの症状の出る一日前から、ウイルスを外に出して他人にうつす。つまり、感染しているかどうかわからない、症状もない間に伝播するウイルスなのだから、症状のない人ならば安全というわけではない。インフルエンザは人ごみを避けることが予防の第一歩であるのに、流行宣言とはうらはらに、予防対策は、科学的ではない〝都合〟によって崩壊していく。

　この大臣発言は、今後、地域での流行阻止のための集会の規制や学級閉鎖などの学校対策にまで影響を与えていくことになる。

◇重症患者の悲痛

「すみません、うちの子、高校生です。ええ、17歳、男の子です。昨日の晩から熱が出て、もう、今朝も39度あって、意識がぼんやり、朦朧（もうろう）として、お宅の救急で見ていただけませんでしょうか、土曜の午後ですし、近所の医院も、はい、お休みですから」

　母親が息子の部屋のベッドの側で、すがるようにして救急指定の病院へ携帯で電話をかけている。

「そうなんです、急な熱で。もう、いつもは野球部で、もちろん持病もなくって、健康です。こんな熱なんて小さかったころにはそりゃありましたけど、ここのところこんなことなかったものですから、私も動転して」

母親は、おろおろとして、携帯を持つ手が小刻みに震えている。

「意識ですか？　ぼんやりしています。ええ、車で、すぐに。ええ。真一、歩ける？　歩けそう？　では行きますから、すぐに出ます。よろしくお願いします」

母の聡子は、バッグの保険証、財布、車のカギを確かめ、息子の真一を振り返った。

「さあ、母さんと病院へ行きましょう、真一」

真一は意識が朦朧として、反応が鈍い。高熱のせいだ。早く病院へと聡子は焦るが、真一は起き上がるのもやっとで、立ち上がると足元がふらついて、歩くのもおぼつかない。

ぐらっと前のめりになった息子を、聡子は受け止めようとしたが、そんなことは到底無理な話だった。180cm近い長身、筋肉質の健康的な体格の息子の体重を支えきれるわけはなかった。

「真一！」

ドタッと鈍い音をたてて、部屋に倒れ込んだ息子を抱き抱えて、聡子は泣きながら、今度は119番をプッシュする。

「助けてください。お願い、息子が……」

高熱で目の焦点のさだまらない真一の頬を擦りながら、

「真一、真一、ちょっともうちょっと待って。今、救急車が来るから、大丈夫よ、母さんがいるから」

そう叫び続けていた。

＊

マナーモードにした携帯電話がポケットの中で震えている。秀雄はそっとデスクの下でメールを確認した。妻の恵子からだ。

「会議中なのにごめんなさい。未来(みき)が急に熱を出したので、これから小児科に連れていこうと思うから。今日は早く帰ってきて」

未来は2歳になる秀雄の長女だが、あんよも上手になった娘は、このごろ片言のおしゃべりも出るようになった。恵子が2人目を妊娠していることもあって、秀雄も育児にはできるだけ協力している。

また熱か。この間は突発性発疹とかだったたな。

あの時も急な高熱で驚かされた。秀雄はひとりでうなずきながら、腕時計を見る。会議も長引きそうだが、7時には帰れるだろうか。

懸案事項も一通り片付き、ようやく会議が終わったと、秀雄がほっと息をついた矢先に、危機管理部門のリスク担当の係から、追加の説明があると言われた。

やれやれ、子供の熱で早く帰りたい時ほどこうなるものだ。リスク担当の部長が立ち上がると、部下の若い職員が手際よく、テーブルの上に手提げのついたアタッシェケースくらいの白い箱をのせ、ふたを開けた。

「皆さん、新型インフルエンザは、今年の5月に国内発生してから、ときどき全国で集団感染が報告されてきたことはご存じの通りです。わが社も、リスク管理部が中心に新型インフルエンザの社内対策を進めてきました」

ああ、新型インフルエンザか、半年前にはそんな話もあったっけ。豚のインフルエンザの話だな、季節のインフルエンザ程度で大したことはないって、さんざテレビでもやっていただろう。もう、わかったから早く帰してくれよ。

秀雄は愛娘（まなむすめ）の熱の方が気になって、いらいらした思いで再び腕時計を見る。

「新型インフルエンザは、この秋冬にも流行が懸念されます、専門家の言うことには気温が20度を下回るとウイルスが活発になるそうです。そこで、本日配布するのは、新型インフルエンザ予防対象セットです。通勤用のマスク50枚、ビニール手袋、うがい薬、ジェルタイプの手指の消毒剤、空間除菌剤の二酸化塩素ゲルなどが入っています。福利厚生部とも協議し、社員の健康管理のため全社員に配布いたします。もっと早くに配布したかったのですが、国内在庫不足で今、やっと確保に至りました。

国立伝染疾患研究所の伝染病情報センターの統計によると、患者の発生報告が全国的にも増えてきたそうです。本日、各々がこれを持ち帰っていただき、明日からの予防に役立ててください。また、社内マニュアルに従いまして、発熱、咳などの症状が出た場合には、出社せず、発症した翌日から7日間はお休みいただき、発熱等の症状がなくなって丸2日を経過した後に出勤を再開していただきます。その際の安否確認マニュアルは、5月の時点で示した社内マニュアルから変更はありません。再度、社内の新型インフルエンザマニュアルも再確認を全員にお願いいたします」

新型インフルエンザキットの箱を開け、若手社員が中身を部長の前のテーブルに広げてみせる。

秀雄は、「ずいぶん手の込んだ対応だな、毎年のインフルエンザではこんなことしなかったじゃないか。季節のインフルエンザと同程度だっていうのに、新型ってついただけでこれか」と少々嫌気もさしていた。

会議が終わってデスクに戻ると、各自に1個ずつ、新型インフルエンザキットがすでに配布され、イスの上にのっていた。

秀雄は、上司に、

「すみません、今日はこれで帰らせてもらいます、娘が熱を出してまして」

と頭を下げると、急いで帰り仕度を始めた。

「新型インフルエンザじゃないだろうな、奥さんもお腹に下の子、いるんだろう？」

同期の佐々木が心配そうな目を向ける。

「いや、熱は娘だから。かみさんじゃないよ」

「いや、そうじゃなくて、うつるだろ。新型インフルエンザは、妊婦は重症化しやすいって言うぜ。ハイリスク群ってやつよ。大事にしろよ」

「妊婦は重症化しやすい？」

秀雄はバッグを手にしたまま、佐々木の顔を見た。

「そうさ、だから大事にしないとな、急ぎの仕事があったら、メールしろよ」

秀雄もうなずいた。

秀雄は、ふと、イスの上の新型インフルエンザキットを手にすると、「持って帰るかな、やっぱり」そう言って、職場を後にした。

家に帰ると、恵子が待ちくたびれたというふうに玄関の戸を開けた。

「大変だったの、未来、インフルエンザのA型だって。小児科も満員で待合室もいっぱいで、3時間待たされたの」

「インフルエンザ？　新型か？」

「ううん、それはわかんない、普通のインフルかもしれない。だって、インフルエンザかどうかの〝白黒〟を調べる検査しかしないし。とにかく、熱さましとか、薬をもらってきたし。今もまだ38度5分もあるんだけれど」

　ベッドの未来は水枕をして、額には濡らしたタオルをのせて寝かされている。

「君はどうなの？　具合は？」

「私？」

「そう、君だよ、お腹に子供がいるんだから、うつらないようにしないと」

　秀雄はそう言いながら、待合室で3時間も待ったのだから、新型インフルエンザの患者が紛れていたら、うつらないわけはないなと思った。それに、未来も新型インフルエンザかもしれないし。看病していたら、感染しないわけはないとも考えた。

「春の頃は、『熱が出たら、まず保健所へ連絡』って、言ってたよね。もう、それはないの？」

　秀雄は、ネクタイをほどきながら恵子にたずねた。

「うん、今はね、かかりつけのお医者さんに直接電話して行くのよ。保健所に電話しないでいいの。でも、考えたら、怖いわよね。そこで新型インフルエンザをもらうかもしれないもの。今日も、咳をしてて高熱、なんて子、いっぱいだったもん。未来もその典型」

恵子はベビーベッドを覗(のぞ)いている。ベッドの未来は赤い顔で呼吸も速い。

その翌朝のことだった。恵子を急な発熱が襲った。妊婦の39度の発熱。さらに、咳もひどくなり、下痢をするようになった。未来も高熱が下がらず、咳と鼻水もおさまらず、おむつには緩い水のような便が何度も多量につく。

秀雄は仕事を休まざるをえなかった。営業職である彼には、取引先との約束もあって、心中は穏やかではない。が、どうにもならない。恵子は、お腹に手をあてて、ひざをついてトイレに行った。熱でふらふらするからという。恵子を産科か内科の病院に行かせたいが、一人で歩けるだろうか？　未来の高熱も続いているから、未来をおいて行くわけにはいかない。田舎からおふくろを呼ぼうかと思ったときに、秀雄ははっとした。

これが新型インフルエンザだったら？　いや、これは新型インフルエンザじゃないのか？

昨日、持って帰ってきたキットの白い箱が目に入った。佐々木の言葉を思い出した。妊婦は重症化しやすい。新型なら、自分も感染するかもしれない。このマンションで3人が同時に寝込んだら、どうなるのか？

そこまで考えて、秀雄はことの重大さを身につまされた。

未来の呼吸が異様に速いように思う。ハッハッハッハッと速く、浅く、顎(あご)を上下しながら苦しそうだ。恵子も、トイレから這い出てきて、リビングに右肩を下にして、大きなお腹を床に倒すように寝ころんだ。手足が熱い。相当熱があるように思う。

「大丈夫か？」

心配そうな秀雄に、恵子は小さな声でやっと答えた。

「うん、未来の熱は？　薬、あげる時間かな。見てあげて」

恵子の肩が呼吸のたびに、細かく速く上下する。

「恵子、救急車を呼ぼう、お腹の子にもさわる。未来も心配だ。今、救急車を呼ぶから」

秀雄はそう言って、１１９番に連絡を取るが、なんと救急車の出動要請が殺到しているらしい。

救急車がすぐに来てくれない？　そんなことってあるのだろうか？

秀雄を、絶望的な気持ちが襲った。そんなに多くの救急患者が発生しているのか！

大阪府街鐘市立病院、救急部外科部長の柴崎は、この数日、夜間や休日の救急に、インフルエンザ様の症状で運ばれてくる患者の多さに、いやな予感を覚えていた。内科や小児科の通常の外来でも、インフルエンザ様の患者が増えて、簡易キットによる検査ではインフルエンザＡ型陽性が多く出ているという。

10月で季節性のインフルエンザの流行発生は早すぎる。通常なら年明けからの2、3か月に流行（はや）る。となれば、春に出た新型インフルエンザが再度流行しているのではないだろうか？

「保健所に連絡を入れたが、学校や職場などの集団感染事例が最優先で、検査はできないと断られた」と、内科部長の遠藤が医局で激怒していたことも思い出した。

外来患者のほとんどは、季節のインフルエンザと同程度の症状だ。9割方は、38度以上の発熱。急な発熱の後に、咳や鼻水、筋肉痛。そして、1割から2割が下痢をしている。嘔吐（おうと）する患者もいる。大人の38度以上の発熱は、患者にとってはかなりつらいものだ。外来では、点滴をつけた患者が、処置室から待合室の長いすにまで、あふれ出していた。

5月にあれほど大騒ぎして、神戸、大阪ではマスクをした人が街にあふれかえっていたが、マスコミが騒がなくなったせいか、マスクもせず無防備に病院へやってくる人が多いことに驚いていた。外来の受付に置いてある紙マスクを、何枚も取っていく人もいる。

保健所が、新型インフルエンザの疑いがある検体のPCR検査を、重症者や集団発生のケースを中心としてしか対応してくれない以上、季節のインフルエンザか、新型インフルエンザかは、日本中のどこの病院でも、独自には判別はできない。ということはつまり、今の段階では季節のインフルエンザと同等に扱うしかない。

感染症法でいう「5類」の疾患だ。新型だと確認されれば「1類」の疾患に近い扱いになるのだが、現状では「5類」として、こうやって、外来でほかの普通の患者さんとともに診て、治療をすることになるのだ。

本当なら、診療の時間帯、外来の窓口も待合室も、発熱インフルエンザ様の患者とそうでない患者を分けたいところだ。しかし、現状、病院の医師の人数を考えても、構造上も、完全に場所や時間帯を分離するのは無理だ。外科外来から病棟に戻る間、内科小児科の外来の前を通り過ぎながら、柴崎は大勢の患者が順番待ちしている光景を苦々しく思いながら見つめていた。

柴崎は、この病院の院内感染防止委員会の委員長も務めている。

この病院は、地域の核たる感染症指定病院であり、救急指定もされ、市民病院として公の医療機関である。だからこそ、新型インフルエンザ発生とあっては、感染防止対策を整備せねばならない。

秋冬の流行時に向けて、急きょ、院内感染防止対策を構築し、実際に徹底させなくては。それには、医師、看護師、事務職まで、全員の協力を取りまとめる実行力と人望が必要だ。

「柴崎に託すしかない」そんな院長の思いを受けて、柴崎は新型インフルエンザと対峙することになっていた。柴崎は、院長から新型インフルエンザ対策を言い渡された時、数年前から親しく交流のある永谷綾のことを思い出した。国の伝染疾患研究所にいた綾は、厚労省に新型インフルエンザ対策、特にH5N1型プレパンデミックワクチンの増産を訴えていた。

その綾が、不整脈の多発を訴えて、友人である柴崎を頼っていた。柴崎も、綾の一本気な性格で、学者として思うことを言う意思を尊重して、彼女の相談を受けていた。今、こうして新型インフルエンザが発生しかけており、まさにその綾の仕事の一端を、自分がこの病院で担当することになったのだ。

「今度は俺が永谷さんの世話になる番か」

柴崎はそのことの重大さを十分知りつつ、この大役を引き受けた。

まず、柴崎は、内科や小児科で、発熱患者専用に使う診察室をあらかじめ決め、その医師や看護師も当番制にした。国が6月に、当初計画されていた発熱外来を中止し、一般全医療窓口で、季節性のインフルエンザと同じ様に新型インフルエンザH1N1の患者を診る政策を打ち出している以上、柴崎にできることは限られている。その方向で行くしかない。

柴崎は、少なくとも病院内での感染のリスクを下げるため、発熱、インフルエンザ様症状で来診した患者とその他の患者を分ける努力はせねばならないと思った。

永谷綾に相談した時に、彼女が繰り返し要望した、発熱患者と一般患者の診療時間分けを午前・午後とにすることも考えたが、現実的に、医師の人数からして、とうてい不可能だった。さらに午前に受け付けた患者の診療が、午後の時間になっても終わっていないことも考えられた。そこで、発症患者とそれ以外の患者を、なるべく接触させない方向を模索した。

街鐘市立病院の待合室は、今流行りの明るい広間形式ではあったが、発熱患者用の待合室は、ついたてで仕切って区分することにした。そうは言っても、会計は一緒だし、トイレや売店、レストラン、廊下などでも、接触する機会はある。だが、なるべくリスクを下げることを目的とした。当番医師もナースも、発熱診療室から外に出るときには、白衣も着替え、手洗いもして、マスクも聴診器も変える。

「しかし」と、柴崎は思った。

医師は、外来が終われば、一般病棟の診療に行かざるを得ない。受け持ちの入院患者が何人もいる。医師が外来で感染して、入院患者にうつすこともありえる話だ。インフルエンザは、症状の出ない潜伏期から、ウイルスを外に出して他人にうつるものなのだ。

さらに、柴崎は悩みを抱えていた。もし、重症化した新型インフルエンザの患者が出たら……。

街鐘市立病院には、感染症の専門施設もあるが、インフルエンザ対策用のベッドは数床しかない。流行が始まったら、一日でいっぱいになるのは目に見えている。それらの施設をまたがって、医師も看護師も行き来をすることになる。たとえば、一人の医師が専門施設で感染して、一般病棟でくしゃみを一度すれば、もう終わりだ。新型インフルエンザは院内感染をしていく。

柴崎は、そもそも新型インフルエンザの院内感染を完全に阻止しようなんて考えは、ウイルス学的にも物理的にも無理だと思っている。

では、どうする?

いざとなったら、行政も頼れない。流行が始まったら、俺たち医師と患者本人とで、ウイルスと闘うしかないのだ。感染症は、個々の人間とウイルスとの闘いであって、それに医師が必死に加勢するしかない。

感染症の流行は、そんな個人の戦争が、あちこちで同時期に莫大な数で起こってくることである。新型インフルエンザの大流行は、戦時下突入に似ている。ただ、違うところは、感染した病院関係者もウイルスを撒き散らし、ウイルス拡大に加担することになるという点だ。俺は、どうやってこの病院で大切な患者や職員の命を守れるだろうか。

柴崎の脳裏に、彼の執刀した患者が多数入院している病棟の情景が浮かんできた。

あの進行がんの患者さんは、がん切除の手術も成功して、全身状態もずいぶん持ち直してきている。みんなよく病気と闘ってくれている。ここに新型インフルエンザが横やりのように参戦したら……。彼らの病室に新型インフルエンザウイルスが侵入したら……。想定される合併症は？

柴崎はいやいやと頭を振った。今夜から土日通して、当直することになっている俺に、新型インフルエンザの急患が殺到するなんてことは、勘弁してほしい。いや、俺がいる時の方がまだいいのかもしれない。他人に任せるより、俺自身で対応できる方が……。

柴崎は自分の現場判断の感覚の鋭さには、自信があった。

＊

救急隊員が、真一の受け入れ病院を探して電話をしている。

隊員が「高熱、咳そう」と説明すると、先方の病院は、新型インフルエンザを疑って、受け入れを断ってくる。40代の隊長、20代から30代の隊員が2名の、3名1組だ。

救急隊員が到着したとき、母の聡子はすがりつくようにして、「お願いします、真一を助けてください」と涙声で叫んでいた。隊員は、的確に淡々と職務をこなしていく。救急車に真一を乗せ、その足元に聡子も乗り込んだ。

しかし、救急車は赤いライトを点滅させたまま動かない。受け入れ病院が決まらないのだ。隊員は次々に医療機関に連絡を取る。聡子は、唇を噛み、祈るように真一を見つめている。

隊員は、母親から、病態を詳細に聞き取りながら、真一に的確な処置をしつつ、隊長の指示を待つ。ようやく真一の受け入れ先を見つけることができた。

「街鐘市立病院に運ぶ、ちょっと遠いが」

救急車はサイレンの音を鳴らしながら、注意深く速度を上げていく。

聡子は、「ありがとうございます。真一、頑張って、真一」と繰り返した。

＊

秀雄もまた、妻の恵子と未来の二人を連れて、自分の車で街鐘市立病院を目指していた。恵子が、妊婦検診をここの産科で受けているからだ。未来もこの病院で生まれた。総合病院であり、救急指定病院でもある。公立病院であることも、精神的には心強い。きっと診てくれるだろう。

秀雄は、妻を抱き抱えるようにして車に乗せ、ぐったりした未来をベビーシートに乗せた。未来は、もはや嫌がりもせず、泣く元気もない。恵子も重症だが、愛娘もとうてい自宅で看護などできる状態ではないことは、秀雄の素人目にも明らかだった。

とにかく、医師に診てもらいたい。病院に入れてもらいたい。秀雄は車を走らせた。

だが、街鐘市立病院に近づくと、秀雄の目に駐車場の「満車」という赤く点滅した文字が飛び込んできた。「この時間に満車？　もしや、救急外来に、人が殺到しているのだろうか？」

街鐘市立病院は豪華客船のような形をした病院で、船首の部分に総合窓口があり、2階の船尾部分に救急医療の入り口がある。そして感染病棟はその地下1階になっている。

その2階につけた救急車の中から、救急隊員が真一を診察室に運び込む。転げるように聡子も真一の後を追う。

ベッドが一つずつ、白いカーテンで仕切られており、たくさん並んだ診療室の中で、柴崎ら医師や看護師達が白衣にマスク姿で立ち働いている。慌ただしく入ってきた真一をすぐに柴崎が覗き込み、看護師に目くばせをした。

「O2サチュレーションモニターと心電図装着、中心静脈ルート確保と動脈血採取準備」

と言葉を続けた。救急部の研修医が真一の親指に動脈酸素濃度を測定するシールを貼ろうとしているがうまく貼れない。

横にいた看護師が「心配ありませんからね」と声をかけ、真一の手を押さえて装着した。

真一は息苦しそうな表情をしながらも自分の右手に目を向け、動かさないよう努めている。

「先生、酸素飽和度52％です」

と研修医が言うと、柴崎は、

「酸素マスク10リッターで、胸部レントゲン撮影」

と指示をした。

呼応して研修医が、

「末梢ルート確保しました。時間100mlで点滴開始します」

と言うと、柴崎は、

「中心静脈ルート確保にかかってくれ、気管内挿管と、レスピレーター（人工呼吸器）も準備してくれ」

と声をかけながら真一の呼吸状態を診ている。

柴崎は、酸素マスクの横からシューと漏れ出す酸素を額に感じながら、聴診器を患者の胸の両サイドにあて、吸気した酸素が肺の末端である肺胞まで届いているか確認する。

息を吸い込もうとしても肺は膨らまず、肩が大きく上下している。スタッフは中心静脈にカテーテルを挿入し、さらに手首の動脈から動脈血採取を同時に行っている。

その慌ただしい診察室のまわりには、カーテンひとつ隔てて、何人もの人が点滴を受けたり、医師や看護師の診察や処置を受けている。

診察室の前にある待合室で、看護師が聞き取りを始めた。

「お母さん、では、お母さんが見たこれまでの状態を教えてください」

聡子はおろおろしながら説明を始めた。

「2日前から体がだるいと言って、昨日は学校休んで。近くの先生に電話で相談したんですが。今日から高熱が出始めて……」

真一のレントゲン写真を手にしたエックス線技師が、あわてた足取りで診察室に入ってくると、「柴崎先生、できました」と、横にある真っ白い蛍光灯のシャーカステン（レントゲンフィルム用のディスプレイ）にフィルムを仕込んだ。

そこに映し出された胸部レントゲンは、通常見慣れないレントゲン像であった。柴崎は一瞬、息をのんで、そのフィルムを凝視した。

左右の肺の部分の黒っぽく映る空気の映像は、気管支と呼ばれる気管の中の空気のみ映し出され、肺野と呼ばれる肺そのものの部分は、左右の鎖骨あたりを除いてすりガラスのように白く曇っていた。

「成人型呼吸頻拍症候群ＡＲＤＳだ」

と柴崎がつぶやくと、研修医も緊張した面持ちで食い入るようにレントゲン写真を見つめた。

聡子は、入院の手続きをし、側の待合室に座り込んでいた。ここにも大勢の患者が待っている。

付添の家族だろうか？　本人か？　マスクをし、咳をし、長椅子に寝転んで待つ者もいる。

誰かが、「新型インフルエンザ」という言葉を言うのが聞こえると、聡子はビクッと体を震わせた。

そういえば、受付の側にも、入り口にも、「新型インフルエンザが疑われる患者さまは、マスクをして申し出てください」と大きく貼り紙がされていたっけ。新型インフルエンザ……、真一も新型インフルエンザなんだろうか？　春にはテレビでも騒がれていたけれど、今でも患者が出ているのだろうか？　報道では、大したことはない〝軽症〟だなんて言っていたし、国もH５N１のような特別な対策は必要ないと言っていたようだけれど、真一は〝軽症〟ではない。〝重症〟だと思う。聡子は言い知れない不安に襲われた。

「林さん、林真一さんのご家族の方」

看護師が聡子を呼んでいる。

「はい、私、です。います、ここに」

聡子は診察室に足を踏み入れた。

柴崎は聡子に向き直ると、

「お母さん、息子さんですが、急速に重症肺炎が進んだようですね、肺の炎症が広がって、息が苦しいのです、まず、全身に麻酔をかけてさらに気管に管を入れて、人工呼吸器をつけましょう、これでは息子さんは呼吸がうまくできません」

肺炎、しかも重症。人工呼吸器。医師の言葉を聞いただけでも、聡子は足がガクガクと震えだした。

「せ、先生、どうぞ真一をよろしくお願いいたします」

聡子は柴崎を一心に見つめて、そう叫んだ。「どうか、よろしく……」

柴崎が示した真一の胸のレントゲン写真では、白い雲のような影が肺を覆っている。柴崎は、その白い雲をペンで示して、静かに冷静に説明を続けながら、心の中で葛藤していた。

「まさか、新型インフルエンザじゃあ、ないだろうな？　急速に重症化するウイルス性肺炎、まさか？」

医師として、目の前の患者の命を最優先したいという意思が強く働く。

柴崎は、医師という仕事は、目の前の人を助けたいと思う気持ちがすべてだと思って、これまでやってきた。しかし、病院に新型ウイルスを入れるのは何としても避けたい。だが、今、ここでこの患者を受け入れるしかないじゃないか。他のどの病院でも受け入れてくれないだろう。これだけ重症な肺炎患者を見捨てられるか！

感染症の陰圧病床は、すでに新型インフルエンザやその疑いのある患者で、ベッドがない。林真一は、一般病棟で緊急入院にするしかない。

そして、聡子もやっと柴崎の言ったことの意味を受け止め始めた。

人工呼吸器（レスピレーター）。——そうだ、人工呼吸器なんだ。そんな大変なことなんだ。柴崎が「人工呼吸器」という言葉を看護師に向かって口にするのを聞いて、聡子にも真一の容態の深刻さが具体的に理解されてきた。柴崎は、心の中の葛藤とは裏腹に、表面上は冷静さを保っていた。そして、目の前で聡子がひどく取り乱しかけたのを、柴崎がさっとフォローした。救急医療をやってきた長年の勘だ。患者の家族の気持ちが揺れるその先を読んだ。

「お母さん、詳しい検査結果はまだあとです。みんなここで、最大限にできるだけのことを真一君にしますから、まずは治療をしましょう」

最大限にできるだけのことをやります、という部分を明瞭にゆっくりと強調して、聡子に語りかけた。聡子がポトンと涙を落とすのを見ないふりをして、柴崎は、会釈をすると立ち上がった。

＊

「柴崎先生！　妊婦と小児の急患、飛び込みです。ご主人が車で連れてきています」

救急担当のナースが小走りにやってきた。

「妊婦？　何週だ？　お産？」

「違います。小児も母親の妊婦も高熱と咳そう、下痢、子供は吐いています。もう、今、待合室にいます。それがかなり呼吸も速く、熱は39度です」

柴崎は、すぐに、

「産科の当直は？　連絡して」

と言ったが、

「それが、今、お産中ですぐには来られないそうで、産科病棟の別の先生を呼んでいます」

柴崎は、

「そうか、じゃあ、自分がまず診るから」

と答えて急いだ。

今夜の当直は、大入りだ。重症な患者が多い。しかもインフルエンザ様疾患だ。柴崎の胸に、言い様のない不安が広がってくる。これはやはり、新型インフルエンザの流行開始ではないのか？

小児科の当直医もやってきて、未来を診察し、即時の入院が決まった。未来は昨日の午前中に、ここの小児科を受診していたらしい。インフルエンザ陽性とカルテにあった。恵子もインフルエンザであることは、ほぼ間違いがないところだが、簡易診断キットでは、恵子はインフルエンザ陰性であった。

簡易診断キットなど、この程度の感度なのだ、と柴崎は思った。発熱して一日、二日は、ウイルスの量が少ないので、陰性に出る。再検査すれば、陽性となることはよくある。明日には、恵子も間違いなく陽性になるはずだ。

未来に点滴が始まった。28歳、妊娠26週目の恵子は、ここの産科で検診を受けていることが、すぐに知れた。持病もなく、妊娠の経過にも、特別に問題はない。だが、妊婦は要注意だ。インフルエンザが重症化しやすいのである。日本産婦人科学会では、新型インフルエンザでは、抗インフルエンザ薬を妊婦に処方し、重症化を阻止することと提言を出している。しかし、現段階ではインフルエンザ陰性である以上、処方を適用するのか？

産科の医師が小走りにやってきて、柴崎に会釈をした。レントゲンをはじめ、検査項目を確認する。高熱、下痢のため、恵子にも点滴が始まった。

夫の秀雄に、産科の医師から説明が始まった。秀雄は恵子の入院を強く希望している。医師も了承した。しかし、秀雄は、

「インフルエンザの検査は陰性であったたし、薬はお腹の子供に心配なので、止めておきます」

と、頑として、タミフルやリレンザの投与を拒否していた。

「タミフルの異常行動とか、心配なんです。さんざん、テレビでも子供が駆け出したとかやってたじゃないですか。まして、家内は妊婦だし、赤ん坊に影響が出たら困るんで。それに新型インフルエンザでも、今度のウイルスは弱毒性だから寝てれば治るって、テレビで聞いています。入院もさせるんだから、大丈夫でしょう」

秀雄は、家では愛娘と妻の容態に狼狽したものの、この近代的で新しく、地域の中心的な医療機関となっている街鐘市立病院に入院できたことで、安心しきっていた。

柴崎は、他科の患者に口は出さないのが鉄則とは言え、産科の若い病棟当直医の側から秀雄に話しかけた。

「奥さんは、明日にはインフルエンザの検査でも陽性反応が出ると考えられます、お子さんの看病は濃厚な接触ですから、うつっている可能性は高いと思います。それに妊婦は重症化しやすい〝インフルエンザハイリスク〟だと、されています。お腹の赤ちゃんを守るためにも、まずお薬でインフルエンザを早く治して、重症にさせないことなんですよ」

柴崎は力を込めるが、秀雄は笑っていなした。

「だって、6月にテレビで、保健所にいた専門家のお医者さんが、新型といってもインフルエンザに変わりないから心配しなくていい。かかったら免疫ついて、ワクチンみたいなものって言ってましたよ。第一、こんな重症の病気がインフルエンザであるはずないでしょう」

産科の若い医師も、

「新型インフルエンザではないでしょう。もし、新型としても、今度のＨ１Ｎ１は弱毒型ですし」

と軽く受け流した。

廊下に出た柴崎は、この若い医師に、

「なんで新型じゃないって、わかる？　ＰＣＲ検査してないだろう？　妊婦が新型インフルエンザで亡くなっているケースもあるのは、報告されているじゃないか？」

と詰め寄った。

「まあ、患者さんの旦那さんが、ああ言うんじゃゃ。妊婦の薬の投与トラブルは、あとあと面倒くさいんですよ。ああ、はっきり拒否されているんですから。妊婦だからこそ、タミフルは飲ませにくいんです」

若い産科の医師は、トラブルのもとになることは避けようとばかりに歩きだした。その背中に向かって、柴崎はさらに続けた。

「じゃあ、吸入式のリレンザはどうなんだ、英国から論文が出てたじゃないか、英国では妊婦に使うために、備蓄も増やしてる」

　立ち止まって向き直ったその医師は、淡々とした声で返答した。

「そうなんですか？　勉強不足でした。産科は忙しくて、なかなかそこまでは、手が回りませんよ。しかし、あの呼吸の状態では、もう吸い込めないんじゃないですかね」

「だから、今、あの妊婦に、タミフル・抗インフルエンザ薬を投与するべきなんだ」

　柴崎が身を乗り出すと、その医師は、おもむろに携帯電話の点滅を確認し、柴崎に会釈すると、さっさと柴崎を置いて病棟に上がって行ってしまった。

　その日の深夜、ようやく時間のとれた柴崎は、思いあまって、医局から綾の携帯に電話を入れた。

「とうとう、うちの病院にも新型インフルエンザがやってきたようですよ。妊婦のタミフル投与の拒否が出てしまった。なんとかハイリスクを救うためにも、予防と薬の説明が、もっと国からされたら……」

　綾に話しながら、綾が、もう国の研究所を辞めていることに気がついた。

　綾は、

「先生、なんとか、私ももっと発信するようにしますから」

　と、力なく答えて黙り込んでしまった。

綾に愚痴のような電話をしてしまったことを後悔しながら、柴崎がソファで仮眠をとろうとしたところへ、また呼び出しがかかった。もはや当直医だけでは足らず、拘束している医局にも招集をかけて救急をこなすことになった。

◇混乱の始まる病院

この土曜日の急患を皮切りに、深夜も日曜も、インフルエンザ様の患者が増え始めていた。そして、月曜日、内科小児科を中心に、同様の症状の患者が激増した。こうなると、発熱を専門に診る医師だけでは、とうてい捌ききれない。外来では、全部の窓口でこれらインフルエンザ様の患者も診ることになる。それでも、外来は3時間、4時間待ち、医師が外来を終えて、昼食をとれるのは夕方になる。

大勢の発熱患者が来診してきたが、その9割方は、季節のインフルエンザと同じ様な症状を示している。ただし、熱が高いので重症感は強いが、入院が必要な状況ではない。新型インフルエンザの検査診断はできないものの、迅速診断キットでA型インフルエンザ陽性と診断されると、処方箋を書いて在宅安静を言い渡す。

しかし、真一や未来、恵子のように入院が必要な重症患者も確実に増えている。たとえ弱毒型であって重症化の割合は低くても、全体の感染者が増えれば、重症患者や死亡数は必ず増えてくるに違いない。

持病のために通院している患者組も、巻き添えをくって、普段の数倍の時間を要して、診察を受けるしかなくなっていた。同じ待合室に、咳き込んで発熱した患者と、術後、退院してから通院している患者が、隣り合わせになって順番待ちをしている。

柴崎は、待合室に、自分の患者さんを見つけては、ああ、あの人には、抗がん剤が出ているはずだ。抗がん剤やステロイドを飲んでいる患者さんは、免疫抑制になっているから、インフルエンザだけでなく抗生物質の効かないＭＲＳＡやＶＲＥなどの耐性菌で、致命的な細菌感染症が発症してくる可能性がある、と苛立った。

柴崎は、心の中に、言いようのない不安が波立ってくるのを感じた。

保健所は、「すでに対応できる検体数は超えている」などと言って調べてくれないが、これは新型インフルエンザじゃないのか？　でなきゃ、こんなに急に患者が増えるわけがないじゃないか！

こうやって、季節性のインフルエンザとして対応を続けたら、通院を要する持病持ちの患者にまで感染が広がる。そして、術後の患者さんや、投薬治療中の患者さんのような、かかったら重症化しやすいハイリスクの人にまで、感染が広がってしまう。

感染症病棟など、とうの昔に満員だ。外来分けも、先週まではどうにか分けられたが、今日、朝いちからの診察受け付け開始と共に、崩壊するのは間違いない。増えすぎた発熱患者を分けることなんてできない。

「柴崎部長、一昨日の急患の妊婦さんですが、今日はインフルエンザ陽性になりました。急激に肺炎が進行して、今、呼吸器管理になっています。ウイルス性肺炎です。抗生物質もいっさい効かない」

産科部長が、若い担当医の対応について、すまなそうな顔をして柴崎に声をかけてきた。恵子のことだった。

「新型インフルH1N1でも、妊婦のウイルス性肺炎で死亡例があります。保健所へは、もうPCR検査依頼を出したんでしょうね？」

柴崎は、産科部長に問いかけた。

「ごもっともです。検体はすでに採取して、保健所に要請をしていますが、集団感染事例でないから、検査できないと言われています。検査のキャパシティーの中で、検査する検体を保健所で選ぶというのです」

柴崎はカッとして声を荒らげた。

「私が保健所に電話をします。重症例、入院例ですから。検査の対象にはなるはずです。とにかく検査していただく」

柴崎は医局まで階段を駆け上がった。同じ日に入院させた林真一の様子を担当医師に確認するためだ。

真一は、急速に進行する肺炎で、さらに重症化していた。インフルエンザ陽性だ。抗生物質も効いていない。白血球数の上昇は軽微で、CRP炎症反応はとても高く、乖離（かいり）している。まぎれもなくウイルス性肺炎だ。

柴崎は、拳を握った。この真一くらいの世代の健康な若者が、季節のインフルエンザでこんな重症なウイルス性肺炎を起こすはずはない。新型インフルエンザH1N1は、5月以来、日本では重症患者が少なかったので、季節のインフルエンザ並みとされて、ほとんど注目されなくなっていた。しかし、メキシコ、米国、カナダでも、時に健常で若い世代にウイルス性の重症肺炎が起こり、死亡した症例が報告されている。このベッドにいる高校生の患者は、新型インフルエンザに間違いない。柴崎の臨床医としての鋭い勘が、確信を持ってそう思わせた。

日本でも、患者数が増えれば、海外と同じことになるのだ。患者数が数千人でまだ第一波の大流行にも至っていなかった6月の段階で、国が、早々と重症患者発生の可能性の低い季節性インフルエンザと同じ取り扱いをすると、対応方針を変更してしまったことが、問題だったのではないだろうか。そもそも新型インフルエンザの本質を理解せず、見くびっていたとしか思えない。

このとき、頼みの綱のワクチンは、まだ、供給されていなかった。そもそも1700万人分程度と、国民の1割分しか製造できないのである。8月に流行が始まったとき、「メーカーの供給量がそれしかない」と、まるでメーカーの責任であるかのような発言が聞かれもした。

しかし、メーカーの責任であろうか。日本のワクチンメーカーは、厚労省の強い指導の下に、これまでワクチンを製造してきた。そして、厚労省は、ワクチン政策には長く後ろ向きだった。毎年6000人から3万人の季節のインフルエンザの犠牲者の出る日本で、しかもここ10年間、新型インフルエンザの危機が叫ばれてきた中で、ワクチン製造の整備を国策としてテコ入れするべきではなかったか。

米国は、ワクチン製造体制を、強毒型新型インフルエンザH5N1を見据えて、短期間に整備したが、それとは大きな、政策としての差があった。米国では、新型インフルエンザを危機管理、安全保障問題ととらえていた。一方、日本では、主に医療問題として対応してきた。その結果が、このワクチン製造能力の差に出ている。今、一方的にメーカーの責任のような物言いをするのは間違っている。

さらに供給量の不足とともに、供給時期も、遅れている。1700万人分程度というのは、年内に出る量だ。しかも、優先順位がついている。

真一のような10代は、感染者数も多い年齢層で、しかも、症状が強めに出てくる傾向がある。つまり、重症化するリスクが他の世代より高いことになる。そして、治療薬のタミフルは、異常行動の因果関係にまだ白黒がついていないために、投与には医者も保護者も躊躇い（ためら）が大きい。

厚労省は、〝新型インフルエンザ〟には10代でもタミフルの投与を妨げないとしているが、〝季節のインフルエンザ〟ではそうはなっていない。使用に際して現場の医師にその判断や責任が重くのしかかっている。医療現場では、インフルエンザであることは、簡易診断で判定できるが、新型インフルエンザであるかのＰＣＲ検査はできない。10代には、治療薬タミフルの使用に大きな制限があるのだ。リスクも高く、薬に制限があるならば、ワクチン接種が望ましいはずだが、それは実現しないままに、真一は重症化していた。

また、不足分を緊急輸入するという措置を取るという政府関係者からの発言も出ていた。しかし、すでに新型インフルエンザが発生し、世界中が要望しているワクチンを、日本が輸入することには非難も大きい。日本は、ワクチン製造能力があるにもかかわらず、抗インフルエンザ薬の多くをこれまで使ってきたという認識が世界の中にあるためである。逆に、日本は、先進国として、途上国やワクチン製造のできない諸国に供与することを強く求められているのだ。

真一の足元では、母親が放心状態で、人工呼吸器で機械的に上下する息子の胸の一点を見つめていた。泣きはらした目が、無意識下に焼きついた。

柴崎の医者としての闘志のようなもの、そんな炎がむらむらと燃え上がってきた。俺は、病院中の患者を守らねばならん。新型インフルエンザのウイルスが、この病院の病棟にも入り込んでいるのは間違いないのだ。

柴崎は、ふと振り返った。この病室……、ベッドも手すりも、レスピレーター（人工呼吸器）にも、一面にウイルスがびっしりと張り付いている絵が見えるようだった。この母親にも、ウイルスは感染しているだろう、きっとあの救急隊員らにも。担当の看護師も医師も可能性はある。そして、俺もだ。

医師、看護師にタミフルの予防投与を考えねばならん。しかし、予防投与は耐性ウイルスの出現を高めるかもしれないとの報告も出始めている。だが、医療従事者の要員を確保せねばならん。エレベーターのボタン、手すり、カウンター、不特定の人間が触れる場所を、消毒剤でふき取らねばならん。

もはや、柴崎には、外来にやってきたインフルエンザ様の患者が新型インフルエンザの感染者であることは、まぎれもない事実として、認識されていた。もし、保健所が調べないなら、俺は、新型インフルエンザとして、これらの患者を扱うしかない。危機管理の問題だ。そして、すでに、その新型の感染症がウチに入り込んだのだ。

街鐘市立病院では、その週のうちに、入院者のいる病棟にも、新型インフルエンザの患者が出始めた。一人、2人と、発熱者が病棟に報告されると、翌日、翌々日には同室の患者の多くが発熱や症状を訴えた。その次の日には、同じフロアーから、病院のあらゆる病棟へと広がっていった。

給食の配膳係の女性も寝込み、掃除を一手に引き受けていた事業者も、従業員の発熱による欠勤を伝えてきた。医療廃棄物の山が、病棟裏の通用口の横に日に日に溢れ出していた。医療事務の派遣女性職員や、警備会社からの出向の若い男性社員にも、病欠報告が出始めた。こういった、病棟の中をフロアーにわたって縦断するような仕事を担っている人々は、感染のリスクも高く、また、ウイルスの運び屋にもなるのだ。

インフルエンザに感染すると、気道の粘膜が損傷していく。上気道を中心に、ウイルスが上皮細胞を食い荒らすのだ。そうやって、畑を耕した後に、目には見えないがさまざまな場所にいる細菌が、その患者の喉の畑に住み着く。その細菌が、抗生物質の効かない耐性菌であったら……。その感染した人間がもともと持病があり、免疫が落ちていたら……。高齢者であったら……。妊娠していたら……。

ついに、街鐘市立病院の病棟でも、新型インフルエンザ感染が火の手を上げた。

まず、病棟看護師、外来看護師、医師、放射線技師など、直接患者に接するスタッフが次々に罹患して欠勤しはじめた。そのうちに臨床検査技師や薬剤部、医療機材のサプライ部にも、欠勤者が出始めた。本人の感染に加えて、在宅治療している家族の看護や、学校閉鎖で家にいる子どもたちの面倒も見なければならない。

一方、外来患者が減る様子は一向になく、院内感染患者も一気に増えてきて、どの部署も、普段より人手が必要になっている。医薬品や医療機材の納入、酸素の供給、さらに給食にも影響が出始めた。病院全体が、パニック状態に陥った。

以来、柴崎は、目の前の患者を、医師としての本能のまま、ただ我武者羅に、まるでそれ以外の思考は停止したかのように、診療を続けていた。

しかし、実は、柴崎も数日前から喉の痛みと軽い熱体感を覚えていた。

「だるい。喉も痛い。熱っぽい……。もしや、新型インフルエンザか？」

柴崎の脳裏に「感染」の文字が浮かび上がった。柴崎は、自前のタミフルを、一日1錠、とりあえず飲んで、様子を見た。あふれる患者、拡大する院内感染。今、おれの代わりはいないんだという思いが強かった。体温は36・9度であったが、N95のマスクをしながら仕事をしているうちに、体は楽になった。3日のうちに症状もなくなった。

「今さら、A型インフルエンザの診断がついたとしても、うつさないことを心掛ければ」

と、自らに言い聞かせていた。

平常通り、彼は、外来、病棟診療そして手術をこなし、院内感染対策会議の座長として、病院内の新型インフルエンザ対策の陣頭指揮をとった。

2週間ぶりの当直を終えた朝、柴崎はふと、前回当直したときの最初の新型インフルエンザの重症患者を思い出した。

男子高校生と、タミフル投与を拒否した妊婦とその小児。小児は女の子だった。

「たしかまだICUだったかな」

あの日以降、新型インフルエンザの患者が増え続け、院内感染も起こり、病院は修羅場と化した。「これは新型インフルエンザに違いない」そう直感した瞬間から、柴崎は医師として新型インフルエンザに全力で対峙してきたのだ。

手術室の手前の「ICU」と表示された自動ドアの前で足をとめ、「よくなっていますように」と祈るような気持ちで入室した。柴崎は多忙を極める中でも、何度かICUに足を向けて彼らの様子を見ていた。今日は3日振りになる。

アルコールで手指消毒をしてガウンを羽織り、マスクをする。ＩＣＵは、大手術や内科の重症患者などを受け入れるための、人工呼吸器管理や循環管理など重症管理がされたユニットだ。通常であれば、日々患者の入れ替えが行われて、看護師や医師の活気が感じられる場所でもある。しかし、今はいつもと違う沈鬱な重苦しい雰囲気がそこに立ち込めている。

ベッドは10床のところを、15床が所狭しと並び、一人を除く14人のベッド脇には人工呼吸器がさまざまな機械音を発しながら忙しく動き続けている。血圧や心拍数、そして酸素濃度が異常値をとると、〝ピコピコ〟と警報が鳴り響く。その患者の担当の看護師が、まるで目覚まし時計の音を消すかのように機械的にボタンを押す。

ここに収容されている患者はすべて重症者。そして新型インフルエンザも合併しているのだろう。柴崎は一人一人の患者の病状や治療歴を思い出しながら、患者たちのベッドを見渡していた。

左奥の個室の入り口に、ＭＲＳＡ＋と赤い文字で書かれたマグネット板が貼り付けられている。そこには人工呼吸器が装着された、あの日やってきた妊婦の患者がいた。

2歳の女の子の、確か未来ちゃんとか言ったな。あの子が回復したことは、小児科の部長から、いつだったか医局で聞いたっけ。しかし、妊婦の母親の方は重症化して、油断できない状況だった。そのお腹の大きい妻を個室の外からガラスの窓越しに呆然（ぼうぜん）と見詰める男性。肩を落としたその後ろ姿を見て、柴崎は目を伏せた。

「妊婦とお腹の子は、もうだめだろう。あの女の子も2歳やそこらで母親を失うのか……かわいそうに……」

その反対側には唯一人工呼吸器の装着されていない若い男性。加湿された白い煙と酸素が、気管切開された青い蛇腹のチューブから送り込まれている。柴崎はその患者と目が合った。あの高校生、真一君だ。柴崎は彼に右手の親指を立てるしぐさをすると、合図のように、真一も右手の親指をベッドから懸命に立てて挨拶を返してきた。力強さはないものの、その真一の姿に、柴崎は、彼はもう大丈夫、助かるなと思った。

ＩＣＵを見渡す柴崎に、ふとある問題が頭をよぎった。

重症化した患者の医療費は、とてつもないコストがかかっている。いったいどうなるのだろう。確か、新型インフルエンザは、指定感染症で入院患者は全額費用免除ではないのか？しかし、季節のインフルエンザだと保険診療で3割は自己負担になる。でも、ＰＣＲ検査がなされていないのでは、確定診断とならない。

◇本格的パンデミックの悪夢

この新型インフルエンザＨ１Ｎ１は、はじめ、小中学生に多くの感染者を出し、次に保育園児にも増えてきて、家族内感染を起こし、梅雨が明けても流行は終息せず、小流行と集団感染を繰り返しながら、そのまま秋に突入していった。そして、11月の気温のさらなる低下とともに、本格的に、全国一斉に火の手を上げた。乾いた藁に火が点いたかのように、次々と患者が出る。

新型インフルエンザの患者の報告数が増え、流行が拡大し始めたごく初期には、ほとんどの人々は、5月や6月の先触れのような、あの大したことのなかった流行を思い出して楽観視をした。しかし、それが1～2週間もすると、すぐ自分の直面する問題となって目の前に現れ始めた。

自身の職場でも、子供の学校でも、身近な人々の中で、発熱して寝込む人の噂が出ていた。そして、自分も家族も、感染の当事者になるかも知れない危険が実感された。

春夏の豚ウイルス由来の新型ウイルスは、まだ完全なヒト型ウイルスに変化していなかった。鳥インフルエンザウイルスの性質を保持した豚型ウイルスが人の世界に侵入してきただけで、まだ大流行の前触れ程度だったのだ。だが、今のウイルスは、南米、オーストラリア、アフリカ等の南半球での冬季に、人の社会で1シーズン流行し、その間に〝完全なヒト型〟

に順化して、北半球の冬季に向かって帰ってきた。7月の時点で、冬を迎えていたニュージーランドでは、一人の感染者が2人に新型ウイルスを伝播すると試算されていた。さらに、この冬にはニュージーランド国民の78%がこのウイルスに感染すると推定されていた。秋以降、日本でもそれが現実となったのだ。

11月、流行が日本国内でさらに本格化すると、2週間でその地域の住民の3分の1が感染するという事態が起きた。

ひとたび、学校にウイルスが侵入すれば、2、3日後にはたくさんの病欠児童の報告が、養護教諭の元に寄せられる。中には、発熱して病休する担当の教師も出た。

さらに、中学校、高校、大学等で若い世代の集団感染が多発した。人口が集中し、地下鉄等の交通機関が発達している都会では、特に感染の拡大が速い。遠距離通学している生徒がいる私立中学高校は、通学時の感染が、直面する重大問題ともなった。

公立の学校でも、養護教諭は校長と協議し、校長は教育委員会にも連絡をして、急きょ、学校は休校となった。子供たちには、自宅でおとなしく勉強するように指導し、用意してあった自宅学習用のプリントを担任教師から配布させた。しかし、その子供たちの中に、すでに感染した子供たちも多く含まれていたため、数日内に自宅で発熱して、家族にもうつすことになった。夏の間にくすぶるように進んでいた現象が、何千倍もの大規模な形で起こっていた。

過去の新型インフルエンザの流行の経験でも、学校が地域の流行の起点となったことが記されている。1918年のスペインかぜの時も、学校と軍隊の〝人の集団〟が、ウイルスを地域へ拡大させた。迅速な休校措置がとられなければ、学校のような集団生活の場は、インフルエンザウイルスの一大伝播場所になりかねないのだった。

しかし、6月以来、国によって、H1N1型新型インフルエンザに対しては、基本的には季節性インフルエンザと同様の対応をとると変更された。「学校、事業所などの現場も、自治体が中心となって、それぞれの計画に沿った独自の裁量で、現場状況に見合う判断をし、現場対応を決める」とされている。感染予防、拡大予防の対応のほとんどが現場に任されている。言い換えれば、その組織内の判断で決めねばならない。あらかじめ新型インフルエンザの理解や対応計画が、学校や企業でできていなかったところは、混乱を招くことは自明であった。そして、地域の自治体や学校で、対応にばらつきが出てくることは、目に見えていた。

新型インフルエンザには、迅速な状況判断と、適切な対応を実施する決断が必須だ。流行拡大が非常に速いので、校長や社長、自治体の、一日の判断の遅れが、ウイルスの拡大を招いてしまう。

新型インフルエンザ流行時に現場の議論を整理しやすくし、円滑な現場判断ができるようにするためにも、厚労省は、対応の目的と到達目標、それを実施するための基本的な指針や判断基準を、自治体等に具体的に明確に示しておくべきであったが、自治体の現場がその状況に応じて判断するものとしてしまったため、それはほとんどなされていなかった。

流行時の医療の確保等をはじめとして、現実の対応は、大まかな方向性が厚労省から示されただけで、すべて地方自治体と現場に任された。

春に発生した新型インフルエンザ対策では、「柔軟に対応」という文言がよく使われたが、〝柔軟性〟の持たせ方を示すことは、各自治体に責任を負わせるということでもあったのだ。本来、柔軟性の持たせ方には、合理性がなければならないはずだ。それは、国の専門家委員会等が示すべきもので、現場判断にゆだねるのは無理があった。

また、季節性インフルエンザと同様に対応するということは、多くの場合、学校等の集団やクラスなどで、多数の患者や欠席者が出てからの判断となる。すなわち、ウイルスが学校に侵入してから対応するケースがほとんどとなる。ところが、インフルエンザウイルスは、発熱などの症状の出る前日から、感染者が自覚せぬままにウイルスを排泄して、他人にうつすものであり、従って、患者が確認されたときには、その周囲にはすでに感染者がいるのは自明のことなのだ。

そうやって、兄弟姉妹は、たとえば、弟が小学校で感染してくれば、家で2、3日以内に、兄や姉、妹にもうつる。兄は同地域の中学校に潜伏期にウイルスを持ちこみ、姉はバスと電車で地域を越えて、高校に通学していく。妹は保育園で友達に感染を広げてしまう。——こんなことが日常的に起こりうる。子供が発症すれば、母親もパートを休んで面倒を見ざるをえない。それは、家計へ深刻な影響を与えるし、急な欠勤はパート先にも痛手だが、どうにもならない。そうこうしているうちに子供たちから両親への感染も起こってくる。

完全なヒト型に変化した秋冬の新型ウイルスの、人から人への伝播効率は、初春の〝新型もどき〟のウイルスに比べて飛躍的に上がっていた。家族の一人が感染したら、1週間以内にほぼ全員が感染してしまうという事態を招いたのだ。

感染した人々の中で、高齢者の中にはごく軽い症状の人もいたが、多くの人々が、38度以上の発熱を経験し、その後、関節痛や筋肉痛が出て、さらに咳等の呼吸器症状が出た。この程度の病態は、いわゆる〝軽症〟という部類に入るのだが、季節性インフルエンザよりは明らかに重い症状である。たとえウイルス自身の病原性は低くても、感染を受けた人の方に全く免疫がなければ、それなりの重い病気となるのだ。

大人の38度の熱は、結構つらいものだ。また、中には嘔吐や下痢をする人もいて、小児を中心として、これはややもすると脱水症状を起こす。多くの患者に、生命の危険は低いとは言え、市販のかぜ薬を飲んで在宅安静で回復を待つだけで対応できるとは思えない。

人々は病院や地元のかかりつけ医を頼った。こうして、多くの患者が、3時間、4時間待ちの外来の受診の列に並ぶことになった。町の医院の待合室は、修羅場と化した。待つ間にも具合が急に悪くなる患者も出た。

特に乳幼児などの小児科医院は、別の感染症による風邪症状の患者と入り乱れて、患児が文字通り、待合室からあふれ出した。駐車場の車の中で、母親と順番を待つ、熱にうかされた子供たちもいる。その母親にも、新型ウイルスは感染を広げていく。

しかし、それだけではない。問題は、医師と看護師への感染だ。これら医療従事者にも、新型インフルエンザウイルスは院内感染を広げていく。院内感染を防ぐには、パンデミックワクチンの早期接種が必須である。

この年末までに国が製造供給できる新型インフルエンザH1N1型ワクチンは、年内に1700万人分程度となっていた。これは、当初発表された「秋以降、2500万人分くらいを用意する」という見込みを大きく下回る数字だ。しかも、11月のはじめには、まだその新型インフルエンザ用のワクチンは、全国のほとんどの病院には届いていない。そのワクチン接種の前に、新型インフルエンザの大流行がやってきてしまった。

そもそも、ワクチンが届いても、十分な免疫を得るためには、3週間の間隔を空けて2回の接種が必要であり、合計で1か月くらいの時間がかかる。一度目の接種で免疫記憶を誘導し、2回目の接種でより強い免疫とする必要があるためだ。

だから、「先生！　新型インフルエンザのワクチンをうちの子にお願いします」と訴える母親の切迫した要望にも応えることはできない。医師たちは、母親たちのそんな声を、毎日外来で何十回と聞くことになる。中にはヒステリックに叫ぶ若い母親もいた。保健所でも、パンデミックワクチンの問い合わせが殺到しているという。

現段階で接種可能なワクチンは、ほとんどの医療機関では、まだ季節のインフルエンザ用のワクチンのみだった。これは、新型インフルエンザには残念ながら効果はなかった。結果として、押し寄せる患者やワクチン希望者から、医師にも多数感染し、医療を担う現場は大きな痛手を被った。

一人の医師で開業していた町の医院やクリニックでは、院長が急病となれば、休業せざるをえない状況に追い込まれる。そうなると、医師が複数いる総合病院の外来や救急医療に、大勢の患者が藁にもすがる思いで殺到することになる。しかし、病院も普段からぎりぎりの医師などのスタッフの数で診察をまわしている。その中の一人でも二人でも感染すれば、医療行為には大きな影響が出る。

◇インフルエンザ脳症の恐怖、防げない院内感染

このころ、街鐘市立病院の柴崎のところには、以前に増して、多くの患者が来診していた。発熱専門の外来も列を成し、病院の入り口の外に設置されたスチール椅子には、マスクをした子供や大人が所狭しと座っている。

「確か、患者同士の距離を2メートルとると言っていたが、これだけ患者が増えれば仕方ないな」

と、柴崎は外来患者の流れを見ていた。これから、気温が低下してくる。外に並んで待つには寒くなる。いつまでこんな流行が続くのか。柴崎を先の見えないやるせなさと不安が襲ってくる。いやいや、つらいのは患者さんの方だ。俺はまだ頑張れる。そう自分にムチを打つようにして、診療室へ向かった。

人であふれる外来診療室の前を通り過ぎようとしたそのとき、「ぎゃあー！」という悲鳴が突然、外来ホールに響き渡った。

「なんだ！」

柴崎が、声の方を振り返ると、院外処方箋の待合の前で、10歳前後の男の子が仰向けに倒れ、白目を剝(む)いて、反り返りながら機械的に手足を大きく動かしている。母親とおぼしき女性が助けを呼んで、周囲を見回すが、周りの人々も驚いて立ちすくんでいる。

柴崎が駆けつけると、発熱外来から、白衣を着た小児科医らしき医師が、少年の頭を抱えて、呼吸をしやすくするために気道を確保した。

「硬直性間代性けいれんだな。インフルエンザ脳症だ」

と、柴崎は小児科医に声をかけ、駆け寄った男性の看護師に抱きかかえさせると、外科の処置室へ運び込んだ。

「静脈ルート確保、酸素マスク7リッター、セルシンIU3分の1アンプル！」

と、外来副看護師長に声をかけた。

「先生、また他科の患者を連れてきましたね。うちも大変なのに」

と苦笑しながらも、副看護師長は、てきぱきと準備を始めた。

その横で、母親は小児科の医師に詰め寄っている。話によると、40度近い発熱と咳で、家では不安だから入院させてほしいと訴えていたのに、「発熱と咳だけでは重症ではないから」と自宅治療を指示されて、院外処方箋の手続き待ちで倒れてしまったということだ。そして「インフルエンザ脳症」という柴崎の言葉にひどく動転していた。

少年は、鎮静薬でけいれんは収まり、呼吸も比較的安定してきた。

「まずは、入院ベッドの確保と、脳波、MRI、そして脊髄（せきずい）液検査だな」

と、柴崎が言った。それにすぐに呼応するように、

「ＩＣＵはもう満床ですよ。小児科も内科も」

と副看護師長が柴崎を困った顔で見つめた。

柴崎は、ちょっと考える様子をして、

「確か、今週から外来化学療法の実施制限をしていたね。まず、そこにこの子を収容しよう。小児科と外科の共患で診るしかないな。外来は私が主治医をするから」

と言った。

処置室の前で小児科医に向かって声を荒立てている母親に目を合わせると、急に心配そうな顔で、柴崎に「助けてください。病院に入れてください」と詰め寄ってきた。

「息子さん、けいれん収まりましたよ。なんとかベッドも確保しましたから、ご安心ください。ただ、もし呼吸困難が進むと、人工呼吸器管理をする必要がありますから、外科と小児科両方で、しっかり診させていただきます」

母親は、柴崎にすがるようにして、

「脳症なんですか？　もう回復しないんですか？」

と取り乱している。その母親に柴崎は、

「タミフル投与での治療効果を期待しましょう」

と力強い口調で答えながら、小児科医に目くばせして、発熱専門外来へ戻るように指示し

た。一方で、たまたま外来診療をのぞき込んだ研修医の川村を呼びとめると、

「川村先生、悪いけど、ちょっと手伝ってくれないかな。インフル脳症疑いの患者を引き取ったんだ。検査指示しておいたけど、意識がないから、バイタルチェックがしばらく必要なんだ。付き添ってくれないかな」

そうして、川村に指示をしながら「呼吸状態悪くなったら、人工呼吸器だからね」と付け加えた。

柴崎は、「ICUに人工呼吸器の調達と、入院交渉しに行くから」と言って、歩き出した。

「そういえば、アメリカのダラスで中枢神経障害の4割は、いずれも少年で、タミフル投与で後遺症なく改善した報告があったな。ただし、呼吸器管理した重症例の死亡率は30%、決め手はタミフルの早期投与か。日本では、タミフルが原因と疑われる小児の異常行動がある。タミフルと異常行動の因果関係をはっきりさせてくれんと、現場は困る」

柴崎は唇をかんだ。

インフルエンザ脳症は、毎年の季節のインフルエンザでも、日本で年間少なくとも100人の患者が出ている。そして、亡くなるケースもある。また、命をとりとめても、重い後遺症が残ることがある。そのため、日本では大きな問題となっていた。欧米ではそれほどでも

なく、日本人の小児に熱性けいれんが多いことが関与しているとも言われ、人種に関係した遺伝子的な問題かもしれない。急速に進行して、数時間から数日で小児が亡くなることもある、非常に痛ましい病気である。

新型インフルエンザの流行で感染患者が増えれば、このようなインフルエンザ脳症の患者も増えてくるのだ。このインフルエンザ脳症は、投与する薬との関係も知られている。しかし、まだ母親の多くにインフルエンザ脳症と解熱剤の関係の知識が普及していないのも事実であった。


当然のごとく、街鐘市立病院でも、医師、看護師に、さらに感染が広がっていた。

柴崎は、季節のインフルエンザ対応ではなく、新型インフルエンザ対応の防御用品を装着させて、スタッフ全員に診療をさせてはいたが、院内感染は防止しきれるものではなかった。

国は、基本的に重症でなければ、自宅療養するようにと打ち出しているが、柴崎の医師の目から見て、どうしても入院加療が必要な患者が、日を追って増えていた。乳幼児や高齢者、妊婦、糖尿病や定期透析の患者、呼吸器や循環器に基礎疾患を持った慢性患者などは、ハイリスク群と呼ばれて、季節性インフルエンザでも重症化しやすい。こういった人々が感染して、救急患者として街鐘市立病院に運び込まれてくる事例も多発し始めていた。柴崎は、新型インフルエンザの患者用の入院ベッドを、一般入院患者の病棟とは別のフロアーに分けるなどして、急きょ確保したが、それとて、すぐに満床になった。

また、医療スタッフに感染者が続発したり、外来や入院患者への対応量の激増によって、十分な検査、手術、術後医療の体制が組めないため、柴崎ら外科スタッフが予定していた手術は、軒並み延期となっている。緊急の手術にのみどうにか対応している状況だ。

柴崎自身、毎日、入院病棟を回診しながら、新型インフルエンザに感染してしまったと思われる入院患者の治療に追われている。感染してしまうと、まず、インフルエンザを治してから、本来の疾患の治療に当たらざるをえない。もともとの持病に加え、新型インフルエンザの感染の疑い疾患で肺炎を起こしている者もいる。

保健所はもはやウイルスを調べてはくれないが、これは、まちがいなく新型インフルエンザなのだ！　と柴崎は奥歯をかみしめていた。

柴崎のＰＨＳの院内電話が鳴り出した。出てみると外科病棟の看護師長の声が飛び込んできた。

「先生、すぐに11階北病棟まで来てください」

「どうしたんです？」

「先ほど亡くなられた患者さんご家族の方が怒鳴られて、責任者出てこいと騒がれています。主治医の島先生もおられるのですが……」

「すぐに行きます」

柴崎は慌ただしく携帯を切り、病棟へ向かった。やれやれ敵はウイルスだけど、診療現場の責任はわれわれに向けられるのか……と、逃げ出したい気持ちを抑えながら11階のエレベーターのボタンを押した。病棟へ向かうと30歳前後の男性とその家族と思われる数名が、主治医の島の周りに立ち、何か言っている。そしてその向こうには葬儀屋さんらしき白い服装の男性2名が亡くなられた患者さんを移送台に乗せて、待機している。

柴崎が近づくとそれに気づいた30前後の男性が、振り向きざまに、

「あんたが外科の責任者か。この病院はどうなってんのや。話聞かせてもらうで」

と食ってかかってきた。

柴崎は冷静を保って、

「わかりました。患者様は先にお通しし、われわれはこちらの別室で」

と患者説明室へ案内しながら、部下である島の報告を確認した。それによると、死亡した患者は、胃がん再発の抗がん剤治療のため入院していたが、退院間際に、インフルエンザ症状が出たのだった。その後に肺炎と腎不全を併発し、さらに腹水がたまりだした。がんの再

発もあったため、人工呼吸器対象とならず呼吸不全で死亡確認したとのことであった。そして死亡経過を主治医が説明したあと家族の言い分は、「院内感染で死亡した事実を認めて謝罪しろ」「責任取れ」という内容であることを確認した。

このような新型インフルエンザの院内感染で、入院患者の重症化や死亡例が発生し、その患者家族とトラブルが起こることは、新型インフルエンザ発生時にすでに想定はしていたことだった。遺族の気持ちは理解しうるものでもあったが、新型インフルエンザの院内感染は、流行が始まり、全医療窓口で季節のインフルエンザ同様に対応せよと厚労省が指針を発表した時点で、防ぎきれるものではないことも明確だった。

柴崎はついにやってきたなと思い、悲痛な気持ちになり、まるで被告席に立たされる思いで家族5名を前にして口火を切った。

「本当に残念なことになりまして、私どもの力不足に関してまことに申し訳なく謝罪申し上げます。お父様の義男様には胃がんの再発で4回目の抗がん剤治療を行ってまいりましたが、がん細胞は、だんだん抗がん剤に対して抵抗性を示し、むしろ今回の抗がん剤治療ではがんを抑えることはできず、逆に免疫力を抑えてしまう結果となりました。マスコミ等でもご存知のように、当院でもインフルエンザ様の症状で急に入院中の患者様が発熱することがあり、当院では季節性のインフルエンザとしてではなく新型インフルエンザを積極的に疑い治療をさせていただいてまいりました。しかし、前回入院時にも確認されましたがＭＲＳＡという抗生物質に効果を示さない菌を、もともとお父様はお持ちでした。間が悪く、ほかの患者さま同様インフルエンザ様の発熱症状が出てまいりまして、さらにＭＲＳＡ肺炎がその後合併してまいりました。バンコマイシン等ＭＲＳＡに対する抗生物質の投与を行いましたが、その菌が急速に全身にひろがり、さらにがん性腹膜炎も併発し、治療抵抗性のため呼吸不全にて本日永眠されました」

家族の一人、娘さんと思われる女性がポツリと質問してきた。

「だったらどうして人工呼吸器つけないんですか、少しでも長生きをしてもらいたかった」

その一言に柴崎は唇をかんだ。そして、はっきりと家族に説明をした。

「本当に申し訳ございません。現在人工呼吸器はフル稼働しており、調達することができませんでした」

「えっ、調達できなかった？　それでお父さんは人工呼吸器をつけてもらえなかったんですか？」

女性が口に手をあてると、ぼろぼろと涙をこぼした。その様子に逆上したように親族の男性が怒鳴りちらした。

「結局、親父はここの病院で新型インフルエンザをうつされて、死んだんだろう？　この死亡診断書は間違ってるから書き直せよ。新型インフルエンザって書け！　この病院に入院しなかったら、親父は死なないですんだんじゃないのか？」

柴崎が、診断書を見ると、そこには肺炎、がん性腹膜炎と再発性胃がんと記載されていた。

「わかりました。死因に関する付帯事項の欄にインフルエンザA合併と記載いたします。新型インフルエンザの遺伝子解析用として、患者様の検体は保存しております。今後、保健所で検査可能とされた時点で確定診断を行い、新型インフルエンザが確定すれば、ご連絡差し上げます」

と言葉を進めた。

柴崎の説明の態度に誠意を感じたのか、興奮していた男性の目が少し穏やかになった。そして、柴崎らに会釈をすると、遺族はそれ以上もめることもなく引き取った。その家族の後ろ姿を見送りながら、柴崎は激しい憤りを感じていた。こうした患者の命を短くした直接の死因は細菌感染かもしれないが、患者を殺す引きがねになったのは、新型インフルエンザの感染じゃないのか！　しかし、彼等は新型インフルエンザの検査はしていないため、確定診断はできない。そして、死因は細菌感染である。この場合、新型インフルエンザが原因じゃないということになるのか？

新型インフルエンザに対して、すべての医療機関で、季節性インフルエンザと同じ対応をしろというのは、患者数が膨大となったパンデミック蔓延期では仕方ないと思われがちだが、様々な持病で入院・通院を必要としているハイリスクの人々からしたら、感染の危険が増すばかりだ。そして結局、こうやって持病のある弱者が犠牲になっていく。

新型インフルエンザでは、こういうハイリスク群を犠牲にすることは仕方ないとされていいのか？　持病持ちだから仕方ない、年寄りだから仕方ない、そんな議論でいいのか？

春夏の間に、新型インフルエンザの担当と、他の疾患専門というふうに病院を分けるとか、または新型インフルエンザの当番医院を決め、防御用品をもれなく配布して医療を分けて確保する等、まだ〝尽くすべき手〟はあったはずだ。

自治体に医療確保を任せるのではなく、厚労省の指導で、犠牲者を少しでも減らすような対策をやっておくべきだったのではないか。自治体に「医療を確保すべき」というざっくりしたアドバイスを出すだけで、具体的な対応計画の策定も実行も予算も、すべて自治体任せでは、こうなってしまうことは十分に予測されたはずだ。

そうでなくても、この10年以上にわたって、医療の合理化とやらで、人手は最小限度までに削減されて、毎日の診療にも支障が出てきている。まして、このように患者が急増し、大勢のスタッフが欠勤しているのに、予備のスタッフも補充要員もいないのだ。要するに、この様な非常事態には到底対応できなくなっている。

さらに肝心な点はワクチンだ。医師、看護師に、ハイリスクの人々に早くワクチンを回してくれ！　現場は、こんなに重症化しやすいハイリスク者が多いのだ。ハイリスクの人を重症化させず、さらに医療の人員を確保させてくれ！　もはやそれしかない。

柴崎が何度保健所に電話しても、検査もワクチン供給も埒があかず、県や市の自治体の保健医療担当者に連絡しても、「国、厚労省から詳しいワクチン配布の具体的な説明はまだないし、検査も国の指導に沿って実施している」としか返答がもらえない。

綾に電話をして、ワクチンの供給態勢を聞いたが、年内の生産量も少なく、優先順位もあり、現実的にはかなり遅くなることも考えられるという。彼女も、厚労省の後ろ向きな行政を批判し続けてきた人間だった。その彼女が、ますます落胆の色を濃くしている。

元来、日本のワクチン行政は、これまでも遅れに遅れてきた。ワクチン製造や接種のシステムに関する「ワクチン行政」は、長いことなおざりにされてきた。そのツケが今回ってきているのではないか？　ワクチンが足りないのではなく、十分な製造システムを積極的に構築してこなかった厚生行政が問題なのだ。

柴崎が、さらにいたたまれなくなるのは、手術待ちの患者たちだ。自分の手術を待つ、多くのがん患者の人々。手術の延期を、この患者らは強いられている。幸いにスタッフがそろっても、次に出てくる問題はクリニカルパス（診療工程表）だ。手術予定の患者が入院してくる。そこで発熱していたら、まず手術はできない。当日の朝の発熱でもそうだ。病棟にインフルエンザの患者がいるので、手術予定者が感染すれば、のきなみ手術は延期の連続だ。

　組んでいるオペが飛ぶ。あとにずれる。すでに手術室で待機していたナースも、麻酔科の医師の予定も、番狂わせである。柴崎は何度も、術場で外科と麻酔科の医師が揉めるのを仲裁した。心の準備をしていた患者は熱にうかされ、手術を心待ちにしていた家族はがっくりうなだれる。

「早く、早く、この患者の手術をして助けたい」

　後にずれれば、進行性のがんならば、命にかかわる事態もある。街鐘市立病院では、毎月、百数十の手術が組まれて、手術室のスケジュールは満杯である。それが稼働しなくなって、医療サービスはガタ落ちになった。

　一方、やっとのことで手術をし、うまく行った患者が、今度は術後に高熱を出すこともあった。ICU病棟でインフルエンザに感染したらしい。術後管理の重要な時期に、新型インフルエンザの感染が襲ってきてしまった。

　7月には、アルゼンチンでは医療体制が崩壊して保健大臣が引責辞任をした。タイのバンコクでは、このような病院やクリニックの混乱がすでに起こっており、それは、秋冬に向けての日本の医療現場対策に重大な示唆を投げかけるはずのものだった。しかし、日本では、そんな外国の状況に目を向ける者は、ほとんどいなかったのだ。

通常ならば助けられる命が、新型インフルエンザ流行の医療混乱と院内感染で、こうやって、いわば巻き添えで失われていく。病棟で、そんな患者を看取り続けていた柴崎ら医師の中を、怒りと失望が交互に襲ってくる。

ふと、柴崎の脳裏に、阪神大震災のときの記憶が甦ってきた。

阪神大震災、あの時、柴崎は野戦病院化した診療所で、必死で怪我人の治療にあたっていた。朝から深夜まで、怪我の患者の傷を縫って縫って、時間も忘れて、懸命に働き続けていた。外科医となった自分は人の役に立つべきだという使命感が、肉体の疲労や睡眠不足を超越して、彼を奮い立たせていた。

ふと、その患者が途切れたとき、顔を上げた柴崎の目に入ってきたものは、遠く濛々と立ちのぼり、風に靡く灰色の煙だった。ああ、自分の街が燃えている。呆然と立ち上がった柴崎に駆け寄ってきたのは、同じ医局の医師だった。

「柴崎、高橋先生の病院が崩れているそうだ、安否不明だ！」

——あれは、災害現場の医療だった。

だがどうだ？　もうすぐ、この街鐘市立病院も災害医療の現場になりはしないか？　弱毒型のH1N1型ウイルスごときでも、救急指定のうちのような病院は、災害医療さながらになるんじゃないのか？　これを乗り越えて、どれだけ減災できるのか、今はそれを考えねばならないのではないのか！

◇手遅れの報道

このころ、マスコミでは、一斉に「新型インフルエンザ、秋冬流行本格化！」と題して報道の特番を組み始めていた。夏にはほとんど消えていた新型インフルエンザ報道が、一夜にして復活した。

永谷綾の元にもマスコミから出演依頼が殺到していた。しかし、永谷とてワクチンは打ってはいない。感染・発症の可能性はあった。

電話で出演依頼をしてきたある番組では、ワイドショーの特番で、現場の病院を取材して、待合室での患者やその家族のコメントを取るという。カメラマンや現場担当アナウンサー、アシスタントディレクターらのクルーが、すでに病院の映像と、医師や患者の生のコメントを取ってきていると報告を受けた。綾は、やっきになって、電話をしてきたディレクターに問いただした。

「どんな格好で行かせたの？　感染防御は？　病院はウイルスが蔓延している可能性もあるでしょ？　取材スタッフが感染したら、どうするの？」

ものすごい綾の剣幕に、ディレクターの男性は驚いて、たどたどしく答えた。

「え？　季節のインフルエンザ同様の対応をって、国がそう説明してますから。以前、季節のインフル流行で、学校の休校や開業医を取材したことがあります。確か、一昨年ですか。基本的には、マスクをして。はい、不織布のマスクはさせています。本人たちは、局で用意したのを持っていたろうと思います。国の専門家委員会のガイドラインが推奨している不織布マスクです。前のインフルエンザの取材も、それで感染しませんでしたし。今回もスタッフみんな不安なく、行ってくれましたよ」

彼の説明には、間違いがあった。前の季節のインフルエンザの時だって、感染していなかったかどうかはわからない。季節のインフルエンザ流行時に発症していない人の喉からも、ウイルスが分離されることがあるのだ。ただ、季節のインフルエンザにはほとんどの人が免疫を持っているから、感染はしても病気として発症はしない、そんな人もいるのだ。

ところが、新型インフルエンザは違う。ほとんどの人が免疫を持たないのだ。ウイルスに曝されれば、感染するだろう。そして発症する。

綾は、落胆した。しかし溜息まじりになった声でも、繰り返して説明を試みた。

「新型インフルエンザに対しては誰も免疫を持たない。だから、ウイルスに曝されれば感染が成立しやすい。感染して局に戻って、潜伏期のうちにスタジオにウイルスが入ってくることもあるから。季節のインフルエンザと同じというのは、ウイルス学的性質が同じということであって、個人や職場での影響が季節性インフルエンザと同じ程度という意味ではありません。季節性インフルエンザと同じ程度のウイルスでも、免疫がなかったら、圧倒的に広がりやすいし、より重い症状をもたらしやすい。そして、あなたの番組の〝職場〟でも、流行するかもしれませんよ」

結局、綾は、その番組の仕事を受けることにした。テレビの本番の放送が始まる。ディレクターには、何度も「ゲストにもウイルスをうつすかもしれませんよ」と伝えていた。

綾はキャスターと並んで、報道部の作成した取材ビデオを凝視する。全国各地に新型インフルエンザの流行は拡大していた。

伝染疾患研究所の伝染病情報センターから出る患者数の集積では、推定で全国の患者発生数を見る。また厚労省が7月24日から採用した新しい調査システムでは、新型インフルエンザの患者数を推定することも困難だった。綾は、わざわざこんなシステムを、今動かす理由がまったく理解できなかった。おおよその傾向であっても、患者数が急上昇したカーブを描いている。綾は、本番中に映し出されたこの画面を見ながら、今はもっと増えているだろう、ここに出ている数字は氷山の一角だと思う。いよいよ危惧していた秋冬流行の本番がやってきたのだ。

春の、新型インフルエンザもどきによる先ぶれの時にも、たくさんの報道番組が組まれたが、国の「流行終息宣言」によって、誤解しただろう国民の多くは、興味も失ってしまった。

綾は春先の、この国の大臣や自治体のトップによる、終息宣言とも、安心宣言ともとれる発言の科学的なエビデンスを、今でも見つけ出せずにいる。まだ大流行の第一波にも遠く及んでいない先ぶれの段階で、何をもって、何のデータを根拠にして、秋冬の流行を〝季節並み〟と判断し、対応方針の変更を発表したのか？　厚労省はそれまで本当に全数調査をやっていたのか？

当時の政府要人の発言以来、マスコミ報道も急速に減っていた。しかし、この秋の流行で一気に復活していた。

〝Ａｌｌ　ｏｒ　Ｎｏｔｈｉｎｇ〟のような報道の大きな振れ幅に、綾は憤りを感じた。国民も、忘れていた新型インフルエンザについて、本格的な流行が始まってから一気に思い出すことになった。

そもそも、新型インフルエンザは、流行が起こる前に、一生懸命報道して、事前に準備をうながし、流行が来たら、落ち着いて報道するものだ。と、マスコミを責めても、厚労省がそれをあまりやってこなかったのだから、マスコミがそれをしないのも当たり前かもしれないが。

ところが、いよいよとなるとマスコミは、新型インフルエンザの流行の急速な拡大状況や、医療現場の混乱ぶりを取材し始め、自治体や学校の対応の不備を指摘し、ワクチンや薬の状況についても、事件報道さながらに繰り広げるようになった。

また、事件報道の繰り返しで、マスコミは政府の揚げ足取りもし始めた。だが、準備不足への批判を今この事態でやっても、国民の不安をあおるだけで、何の解決にも結びつかない。なぜ夏の間に、このような批判と建設的な議論をしてこなかったのか。それに、大流行が起こった際に、メディアはどのようなメッセージを国民に伝えるべきかを、予め検討していたのだろうか。

いずれにしても、このような事件報道によって、一気に新型インフルエンザへの危機意識が国民の間に復活した。

しかし、今さら、新型インフルエンザの危機を報道して、国民の「新型インフルエンザ対策」は間に合うだろうか？　この秋冬の流行は、〝新型もどき〟でなく、〝本当の〟ヒト型ウイルスとなっており、ウイルス伝播は速い。この報道のように全国同時流行となってしまった今では、流行阻止にどんな手のほどこし様があるだろうか。

夏の流行の小休止の時期に、新型インフルエンザの本格的な大流行が秋冬に起こることを見据えて、予防も医療の確保も、十分に準備されないといけなかったのだ。自宅療養についての知識も、国民に広く認知してもらわねばならなかったはずだ。

政権交代が予想された選挙前の時期にも重なって、政治家も行政担当者も、強力な政策を遂行できなかったという事情があったのかもしれない。しかし、国民の健康、生命にかかわる新型インフルエンザ対策においては、政策論争や政治路線の違いなど存在しないはずである。当然、最優先政策として、実施しておくべきであったのだ。番組で、なすべき予防対策をコメントしながらも、時すでに遅しといった無念さが、綾の心に広がっていた。そうして番組は終わった。

綾の脳裏に、春夏の先ぶれ流行の際に起きた、ウイルス検査拒否事件が甦る。

確かに肘川市の保健所は開業医の依頼検査を拒否した。しかし、それは首都圏はじめ他の地域でも起きていたことだ。それをウイルス検査の主な対象として、海外帰り以外の日本人

（＝市中での感染疑い例）での検査はされてこなかったというのがほとんどではなかったか。

「まともに調べた大阪や神戸は、社会的にもバッシングされて、大変な打撃を受けたでしょ。学校にもクレームがくるし、風評被害もあったでしょ。四角四面に調べるのもいいんですが、あとが大変ですからねえ。地域経済にも影響与えますしね、観光地の宿泊施設もキャンセルなんかでも困りますよねえ。他県でも積極的には調べていませんよ、対応が大変ですからね」

　といった内容を、繰り返し聞かされた自治体の人間もいる。自治体の担当者も、板挟みになって、動けなかったそうだ。

「今」の現状を守る。これ以上悪くしたくない。

　――〝今〟を守る気持ちが強いほど、危機管理の対応が、ウイルス学や公衆衛生学とはまったく別のバイアス下で、先送りされることがあるのだ。そのせいで、後に、数万倍もの大きなしっぺ返しが来ようと、とりあえずの〝今〟を守ることはできる。

〝起こる前に起こりうることを予知して動く〟ということの不得意な、現代の日本社会の負の部分が出ていたのだ。

　こうやって、夏の間に、ローラーで万遍なく広げるように全国に散ったウイルスが、気温の低下で頭をもたげ始めたのだ。気温が20度を下回ると、インフルエンザウイルスは流行を起こしやすくなる。

綾の心に焦燥感が漂い始めた。今までいくら対策を言っても報道されず、オオカミ少年のようにバッシングされてきたことを思い出した。だが、その気持ちを顔に出してはならない。専門家が、テレビで悲壮感を表情に出せば、それだけで国民の気力が萎えかねない。同性の母親たちも、落胆しかねない。綾にできることは、気丈に構えて、国民が今やれる手だてを模索して、わかりやすく繰り返して話す作業しかない。現時点でできることは限られていても、その中で、ベストを探すしかない。春からひたすら、

「新型インフルエンザ対策は事前準備、事前計画が基本です。発生したら、それを懸命に計画に沿って、行っていくのです」

そう訴えてきた綾にとって、ひどくつらい作業になった。

◇市中の混乱、企業の対策

そのころ、町では、ドラッグストアや薬局に人々が殺到していた。病院の処方薬を取りに来ただけではない。訪れた多くの人々が、自宅看護用の水まくらや冷感シート、体温計などの看護用品を求めていた。中には、病院での待ち時間に耐え切れずに、まずは症状緩和の薬

をと、解熱剤や風邪薬を求めに来ていたのだった。

　ちなみに、インフルエンザでは、解熱剤としては15歳未満の小児にはアセトアミノフェンを使う。アスピリンは避けねばならない。ライ症候群という重症な脳症の発生を避けるためだ。薬局薬剤師は、服用する人の年齢までも確かめて、きちんと説明していった。

　一方で、インフルエンザではないらしいが、軽い腹痛や風邪、ちょっとした怪我などで、その治療をするために薬局を訪れる人々もいた。病院は混んでいるし、そこで、新型インフルエンザに感染することはやはり避けたい、そんな考えもあって、市中の薬局を頼るのである。薬剤師は、症状や客の要望を聞き、様子を注意深く見ながら、自宅で対応できるもの、病院への受診を促さねばならないものを見極めて説明していかなければならない。これだけでも、大勢の人が押しかければ、時間がいくらあっても足りないくらいである。

　一昔前ならば、大家族の中で、何人もの子育ての経験を持つ祖父母や両親と相談しながら、症状緩和を目的とした置き薬という大衆薬で、子供を自宅で療養させることも当たり前であった。このセルフメディケーションが、今、崩壊しつつあった。核家族の若い母親だけでは、その判断がつきかねるのだ。それには薬剤師らのサポートが必要だった。

　春夏の新型インフルエンザの発生時期から、秋冬の本格的な大流行を考慮して、マスクなどの予防用品など、自宅療養に必須な商品を事前に大量に仕入れて提供できるようにしていた薬局は、まだよかった。

しかし、そうでなかったところがほとんどだった。すぐに商品が底をついた。いつもは、注文すれば翌日に届くものが、なかなか入ってこない。問屋に連絡しても工面のめどは立たないという。

当たり前だった。大阪や神戸で起こったマスク不足のようなことが、全国的に、しかもマスクだけではなく、当面必要な自宅療養関連商品の全部で起こってきたのだ。たとえば、通常、水枕は、家庭には一つか、換えのもう一つ、それくらいしかないだろう。しかし、一家で新型インフルエンザに感染してしまったら、買い足すしかない。「品切れ」「入荷待ち」のプレートの前で、溜息をつく人々。客に詰め寄られても、目処のたたない答えしかできない店員。

日本は何でも輸入に頼っている。マスクなどはその典型例で、生産工場の多くは中国にある。世界同時流行の新型インフルエンザでは、病欠者による労働力の不足も、新型インフルエンザで入り用な物資の要求も、世界のどこでも同時に起こってくるのがパンデミックだ。海外からの輸入はとっくにストップしており、国内の在庫も底をつくのは時間の問題である。

町には、いろいろな薬局やドラッグストアを回り歩いて、そんな看護用品やマスクを探し求める主婦たちが、たくさん出ていた。

「学校にはマスクをして登校しないといけないから、どうしても要るんです」

「息子が電車に乗るから、させたいんです」

「子供が熱出して、どうしても水枕が要るんです」

そんな切実な声をよく耳にした。ふだんなら、看護用品の貸し借りをできないこともないが、流行時には、とうてい無理な話だ。日本だけ特別扱いの緊急輸入ができるわけもない。それは、あの抗インフルエンザ薬、タミフルでもリレンザでも、ワクチンでも同じことだ。ワクチンや薬、それは世界中で奪い合いにもなっていた。

綾は、テレビでも特に力を入れて、家庭内感染の防止と自宅療養の仕方を、主婦層に向けて、説明した。

「もし、水枕等が足りなくても、ケーキ等を買ったときについてくる保冷剤を凍らせたら、ガーゼやハンカチに包んで代用できますから」

と提案した。さらに、

「すでに全国的な市中流行が始まっているので、できるだけ人ごみを避けて。うがいも手洗いもお願いします」

と繰り返した。

「どこの誰それがかかって、寝込んだらしい」「あそこの病院がすごく混んでて」「あの家では、兄弟3人の子供がかかって、でも今日は奥さんも熱が出て、実家のお母さんを呼んだらしい」……なんていう地域の情報が近所の噂に上り始めると、新型インフルエンザに注意という意識も一気に高まる。感染のリスクも高まり、注意せねばという認識が広まった今、せっぱつまって看護や予防を本格的に説明していかねばならないというわけだ。

しかし、遅きに失したという気持ちがうらめしさを感じさせる。

綾の本心は、今すでに家庭の対策に必要な物品が用意され、ある程度の準備がなされてあればいいがと願っている。現状では、今慌てて必需品を購入に出かけても、すでに品薄で入手できないこともあることを付け加えねばならないのだ。

一方、企業の対策現場は、極端に二極分化した状況で、相反する要望が綾に寄せられていた。

強毒型新型インフルエンザH5N1型を見据えて、粛々と新型インフルエンザ対策をやってきた一部の大手企業は、即座に社員全員への指示が細かに出て、各部署での新型インフルエンザ事業継続計画（BCP）が動いていた。春のH1N1新型ウイルスが出た当初の一時期こそ、強毒型ウイルス対応の計画を弱毒型ウイルス対応へと柔軟化するのに、多少は手間取った。しかし、それも短期間で乗り越えた。

強毒型の厳しい対応計画を準備し、それで実施可能とすることを模索・実践してきた彼らにとっては、これを緩めた方向での軌道修正は、対応可能な作業であった。また、実行する現場にとっても、緩和対応での実践にはほとんど問題がなかった。

それは、春の厚労省のH1N1型インフルエンザ対応の混乱ぶりとは対照的にさえ感じられた。大企業は、普段から世界の同業者との競争社会の中で、荒波を乗り切っている。危機意識も高く、体力にも余裕がある。対策計画の策定も早く、対応も素早かった。

ある電力会社の責任者は、綾にこう語っていた。

「先生、ちょうどうちは、〝行動訓練〟をやらないといけないと思って計画していたところでした。今回は、いい実践訓練になりましたよ。このH1N1型流行の対策を今年度中にも総括をして、問題点の洗い出しを進めるつもりです。そこでの改善点をあぶり出し、H5強毒ウイルスの新型インフルエンザ対策計画を練り直す方針です。今回のことをそうやってポジティブに捉えることで、家庭への送電を滞らせず、確実な事業継続BCPを作成することが当社の責任と考えています」

しかし、と彼は表情をこわばらせて綾を見つめ直した。

「実は、今回、H1N1型の弱毒型ウイルスによる新型インフルエンザごときでも、こんなに対策が予定通りに実施できず、社会が混乱することが明らかになったわけです。医療機関も、個人も家庭も混乱しています。やはり行政の対応が問題なのです。国、厚労省ですよ。ガイドラインや行動計画でもっともなことは言っていましたが、ほとんどが絵に描いた餅で、有効な対策を打てていません。すべて事後対応じゃないですか。努力はしたとのエクスキューズにしかならない。医療への対応にしてもワクチンにしても、すべてが後手後手で、また地域の対応も見えてこない。肝心なところはすべて自治体に丸投げしてますよね。これまで、多くの決定権を国の官庁が持っていたわけで、地方はそれを見て、言われる通りにやってきた習慣が抜けていない。そんな中で、いきなり自治体で対応しろというのは無理な話です。新型インフルエンザのような、時間との勝負のような対策では、遅れがちになりますから、結果的に悪いスパイラルに陥る。少なくとも今回の対応では、もしこれがH５型強毒型ウイルスの新型インフルエンザだったとしたらまったく対応できなかった。手も足も出ないのが、明らかとなったわけです。先生には、今後、やはり、H５型強毒型ウイルス対応の対策を、厚労省はじめ、国にやらせる方向で、急ぎお願いしたい。電気は、われわれが責任を持っても、他の対策を至急火急にお進めいただかねば、H５N１型の新型インフルエンザが発生した場合には、この国も国民も守れないですよ。これは、うちの会社だけでなく、調査会社に依頼して調べた結果も同じでした」

彼の言う通りなのだ。弱毒型のウイルスでも、これだけ混乱している。

今、ほんの一部の検体しかウイルス検査をできていないから、新型インフルエンザによる実際の死亡者の数を断定できていないが、今後、1、2年間の流行が過ぎた後に、歴史人口学の手法で「超過死亡」でその犠牲者数を算出すれば、10万、20万の死亡がこの国で出てくるかもしれない。このような解析は、あくまで概算を推定するものであり、誰がどのようにして新型インフルエンザで亡くなったか、といった個々の症例の詳細は、結局ははっきりしないままに終わるのかもしれない。

そして、「新型インフルエンザは自然災害なのです。新型インフルエンザはこうしてやってくる災害です」と単純に割り切られてしまい、被害を拡大した理由も問われずに終わってしまうのだろう。

新型インフルエンザ対策をほとんど何もやっていなかった多くの中小企業では、この新型インフルエンザH1ですら、現場は混乱を極めていた。十分な予防教育もされていなかったため、個人の予防意識に依存した対応だったのも痛手だった。

流行が始まってから、フレックスタイムの運用も検討されたが、すでに遅かった。通勤電車で感染し、それが社内で広がったのか、欠勤率は2割を大きく超えてしまった企業も続出した。連絡を取れない社員もいる。大手で採用している安否確認システムなど、ほとんどの中小企業には導入されていない。パート従業員の女性の多くから、子供たちの休校に伴って、休暇申請も殺到した。通常業務をどう縮小していくかのマニュアルなどなく、たとえば重要業務の割り出しもされていなかったし、そもそも新型インフルエンザ対策の計画がなかったために、業務への支障も甚だしかった。従業員が200名未満の企業には、従業員の健康を守るための産業医すら置かれていないのだ。

幸いにも今回の新型ウイルスは、弱毒型のウイルスであったから、大きな混乱はあったものの、なんとか事業は継続されたし、結果的には持ちこたえることができてはいるようだ。

取引先も同様だったので、お互いさまの面もあるが、これ以上流行が長引けば深刻な状況に陥るのはまちがいない。もしこれが、致死率の高い強毒型のウイルスであったら、事業継続はまず不可能だ。事業破たんにまで至る可能性大、と現場の経営者も社員たちも実感していた。

強毒性ウイルスの新型インフルエンザが起きていたら、それこそ〝国難〟ではないのかと。

しかし、ある程度の準備と対策がとられている大企業においても、下請け企業や地域の子会社にまで、新型インフルエンザ対策が十分にまわっていなかったばかりに、本社の業績に甚大な影響を受けるところも出た。

新型インフルエンザでは、本社の社員の間でも、人によって理解の差も大きいが、地域間の格差はもっと大きいものがあった。東京と地方といっても、今では飛行機や新幹線で2時間もあれば、移動できるところは多い。それに、電子メールやインターネットが広く普及している。にもかかわらず、これが同じ会社か？　と思うほどの格差があった。

ある製造業の東京本社では、危機管理担当、リスク管理部などの担当責任者が、必死になって新型インフルエンザ対策を練り、社長や会社首脳陣に直接説明に当たって、進めている。そんな本社担当者から、昨年、綾は、分社化した九州の会社での講演をお願いしたいという依頼を受けた時のことを思い出す。

また、東京の日本経済盟友協会の担当者から、今後、東北の支部や近畿、九州等の支部で、新型インフルエンザ対策について話してくれという依頼もあった。だが現実に出向いてみると、綾は、理解と知識のギャップ、それによる危機意識の温度差に直面した。

講演に行って、まず現地の担当社員には新型インフルエンザの危機意識がほとんどないことに驚く。通り一遍の知識は、本社や本部からの資料と説明で理解はしている。しかし、「本社や本部に言われたから一応の対応しますが」という程度のやる気しかない。

「先生には遥々ありがとうございます。当社では対策はまだ白紙です。本社からは連絡、要求とともにありまして、検討をする予定はありますが、来年度になります。よって具体的なことは、来年度、追ってその時の担当者から連絡を差し上げますので、その節はよろしくお願いします」

そんな説明が講演直前に担当者から言いわたされた。

「本部から言われたから、一応、講演会の設定はやってみました。しかし、この地域で新型インフルエンザなどの問題意識をもって、真面目に対策を作っている企業なんてありません。危機意識もありませんし。人材も予算も限られていますしね。ですから、一通り基礎からお話ししていただいて、まあ、とにかく講演をして、問題を提起するということが目標ですから。あまり熱心にやって頂かなくて結構です。それより、今晩は当地自慢の新鮮な魚を用意させましたから、是非ゆっくりとしていってください。東京では絶対に味わえませんよ。社長もちょっと名刺交換に顔を出すと言っていますし」

続けて、彼の上司も同調する。

綾は、こういう担当者に、その場で膝詰めで説明し、その都度、ぶつかりながらも説得して、地方の講演をこなしてきた。綾だけが真剣で、先方の相手は、うるさがったという企業も多い。

ある健康保険組合では、「国の指示によって、メタボ健診でたいへんですからね。新型インフルエンザまでは手が回りません。やりたくないというのが本当のところなんですよ」と、若い男性職員から、パンフレットの配布すら面倒くさがられた。新型インフルエンザH1N

1発生後の6月ですら、そんな調子のところもあった。

やりたくない人は、頑なに易きに流れる。面倒くさい問題に首を突っ込みたくない。そのためには、都合の良い理由や「専門家」のコメントを見つけて、反対する必要があった。

「ブログに書いてありますよ。『新型インフルエンザはめったに起こらないから、そんなに心配することはない。それに、これまで強毒型ウイルスは新型インフルエンザになったことはないのだから、今後もならないと思う』『今年の秋冬、今回の新型インフルエンザは季節性並みだから、流行が来ても、みんな軽症で、流行すら気がつかない』などね」

と言って、なかなか動かない人もいた。ブログや、テレビのコメントひとつでも、流される人が、いかに多いことか。

同じ企業内でも、危機認識や対応方針が、東京と地方の間で大きく乖離しているところも多かったが、その乖離を、自治体が意図的に後押しして作ることもあった。

「御社だけが飛びぬけた対策を進めることは、地域で目立ちますからね」

そう役所の担当者から言われて、新型インフルエンザの啓発ポスターも貼れず、お客様から要望の多い資料も配布もできなかった、と愚痴を言う企業の危機管理担当者もいた。

「まだ、うち（市）が新型インフルエンザ対策をやっていませんから、その前に、一企業さんに突出されるのは待っていただきたい」

そんな依頼を出されると、企業は従わざるを得ないという。「工場の誘致も店舗の開店も、自治体との良い関係がないと、トラブルになりますから」というわけだ。

まさに本末転倒の話だが、地域で企業活動を進めるためには、このような苦労もあるのだと理解できた。しかし、このような社会構造をもつ国では、企業の存続のみならず、国としての危機対応など到底望むべくもないのではないか。いくら本社が対策推進を促しても、子会社や支社では、「予算がついてしまったから、とりあえずマスクだけ30万枚買いました。置き場所がないから、納品は新型インフルエンザが発生してから、必要に応じて順次入れてもらうことにしています」程度で止まっていたりする。しかし、一旦子会社や地方の取引先の混乱が起これば、それは直ちに連動して、事業全体に影響することを忘れてはいけない。

綾は、中小企業に向けた新型インフルエンザの企業対策に関する本を企画したが、それに乗ってくる出版社もなく、ペンディングになった。

◇本格的流行で、中小企業の混迷、各業界への打撃

「体がだるくて、起きると少しめまいもするの」

美恵は、昨晩からの体の不調が今朝になってさらにひどくなった。美恵は、会社を経営する夫を助けて、経理を一手に任されている。でも、今日は月末。

「みんなに給料を出す日だから」

と、なんとしても会社に行き、銀行に出向かねばと、無理して床を離れた。支払いの期日は、絶対に守らねばならない。熱があろうと、必死の思いで出ねばならない。従業員の給与の振込や取引先への支払い。給与が遅れれば、その月の家賃も払えず、とたんに生活費が逼迫する従業員も多数いる。従業員みんなの働きがあっての商売だ。美恵は給料の遅配だけは、何としても避けたいと考えていた。

また、会社の支払いが遅れれば、取引先の会社が困る。支払い期日を守れねば、信用もなくなる。そしてその先の会社への支払いにも影響してくる。従業員と会社をなんとしても死守するためにも、経営者も経理担当者も病気だのなんのとは言ってはいられない。まさに、常にペダルをこぎ続けなければ倒れてしまう自転車操業とは、言いえて妙であると思う。

美恵は文字通り必死になった。企業間において、支払いは、体をめぐる血液と同じことだ。彼等は、発熱しても、マスクをし、薬を飲んで、どうにかこうにか仕事を回す努力をした。

社長の夫は、美恵の熱を心配はしたが、「たかが風邪だろう」と深く考えることもなく、出社した。すると、従業員の欠勤の多いことに驚いた。

新型インフルエンザが、この地域にも流行しているというではないか。

若い従業員に、急きょ、マスクや消毒薬などを近所の薬局に買いに行かせたが、品切れだという。市中を買いに回らせて、どうにか社員に配布したが、とうてい十分な量ではなかった。インターネット上のネット販売は完売。少しいかがわしいサイトでは、定価の数倍の値がついていたが、本当に手に入るかは怪しい。

美恵はなんとか、給料の支払いを終えた。と同時に、気丈に張り詰めていた気持ちが緩んだのか、家に戻るとすぐに寝込んでしまった。病院に行く気力もない。

一方、中小企業の中にも、社長が以前から新型インフルエンザに危機意識を持っていた会社もあった。すでに新型インフルエンザの予防を従業員に徹底し、緊急対応計画を立てたり、必要な原料や資材などの備蓄を行うなど、事前対応もやってきていた。

埼玉にある小さな新聞販売店では、弱毒型の新型ウイルスにあわてふためくことはなかった。社長や従業員の間にも、「強毒型ウイルスでなくてよかった」という空気すら流れて、大きな混乱は起こっていなかった。

それどころか、この新聞販売店では、契約者にサービスとして、新型インフルエンザに関する手作りパンフレットを配布していたくらいだったので、社員も冷静だった。ちょうど1

年前から、社長自らが、社員の前で新型インフルエンザの勉強会を何度か持ち、手洗いやうがいの習慣をつけるように、事務所の洗面台に貼り紙もしていた。若いころは漫画家を志して勉強もしたという社長が、自らペンをとった、新型インフルエンザのパンフレットは、無償で配られ、小学生にも好評だった。従業員の誰もが予防を心がけていたが、同僚が寝込んでも、分担してフォローすることにもなっていた。そのときには、少し配達時刻が遅れることも、手作りパンフレットにあらかじめ書かれてあった。

今回の新型インフルエンザが、H1N1型の弱毒型のウイルスであったから、感染しても極めて軽症ですんだ人もいたし、寝込んでも、解熱した後3日程度安静にすれば、会社に復帰してくることができた。だが、それでも、数日の休暇を必要とする。これが同時に休む社員が増えるとなると、途端に大問題になる。

新型インフルエンザウイルスは、まるで事務所や工場の従業員が、ひとめぐりかかり終わるまで居座り続けたかにも思えた。あらかじめ対応マニュアルを決めていなかった中小企業の社長は、にわか勉強で、感染の予防や対策を徹底させようと、できうることはすべてやろうとした。しかし、現状では、実行可能な手立てはどうしても限られる。古くからの知り合いの医者に、新型インフルエンザのワクチンをすぐにも掛け合ったが無理だった。当たり前だ、ワクチンはまだ供給されてはいない。発生する前には「新型インフルエンザが出たら、あきらめる」との言葉も吐いたことはあったが、今は、心血注いでやってきた会社と家族同然の従業員を守りぬくことしか、経営者の頭にはない。

「ワクチンがない」

それだけで、はらわたが煮えくりかえるような怒りがこみ上げてくる。

「年内に出るワクチンは、１７００万人分だって？　日本の人口のたった10分の1じゃないか」

社長は怒りをかみ殺して言った。

「うちの従業員にはまずまわって来ないな」

国は緊急にワクチンを輸入するので心配はないというが、それらが届くのはいつのことか？　年末、もしくは年明けという報道も出始めた。しかも、海外のワクチンに対する安全性を懸念するコメントも最近のニュースでは報じられている。

「冗談じゃないぜ。もう、うちの会社員には、感染者が出てるんだ。病院だって混んでる。流行は始まってるんだ。間に合わないじゃないか。ワクチンが来るころにはもうみんなかかっている」

テレビには、そんな町工場の映像も流れた。

あるニュース情報番組のＶＴＲには、地方にある某工場からのたった一つの部品の納品が遅れているために、大手の親会社の車の製造全体が滞るという事態が映し出されていた。この車の部品は、日本国内のたった一つの中小企業のメーカーのみが作れるもので、他社では無理なものだった。たった一つの部品で、大手企業の車体製造ラインが滞るという、顕著な例だった。

中小企業が立ちゆかねば、日本の製造業全体が成り立たない。大企業だけ、新型インフルエンザ対策をやっても、ＢＣＰ（事業継続計画）は、成立しえないことが実証された。

また、マスクの不足により、目の粗い粗悪品が流通しているという。繊維をより薄く伸ばすことによって、不織布の品質が落ちているという。「よく見て購入して」と言われても、マスクのフィルター機能など、素人が目で確認するなど不可能だ。

一方、人ごみを避けようと、百貨店などの客足も遠のき、売上も落ち込んでいることが報じられた。もっとも、パートの販売員や警備員の多くも欠勤しているのだが。

同様のことが、外食産業界にものしかかってくる。

さらに旅行業界にも影響が出て、キャンセルが相次いだ。日本国内も海外も、地球上に新型インフルエンザの危険性のないところなどなくなってしまった。今は、どの地域でも感染のリスクはある。安全地帯はないのだ。自分の住む地元でも観光地でも、感染のリスクは同じようにあるが、感染症が流行しているときにわざわざ出かける気にはならない。旅先での病気は避けたいのは当たり前だ。

学校は、相変わらず、あちらこちらで休校や閉鎖が相次いでいる。修学旅行は軒並み延期、中止。生徒の安全を最優先するのは、学校としては当然だ。

さらに深刻なのは、老人介護施設や障害者福祉施設だった。介護士への新型インフルエンザ予防教育がしっかりしていなかった施設では、若い介護士が、入所している老人たちにうつしてしまった。若い介護士はすぐに回復しても、体力の弱っている入所者は重症化しやすい。また、見舞いに来た家族からうつされる老人もいた。流行中には、見舞いや面会を制限したいところだが、それも入所者や家族の気持ちを考えると、なかなか打ち出しにくい対策だった。

ある老人介護施設では、あらかじめ専門家を呼んで、従業員にも徹底的に予防対策を講習させた。施設内は二酸化塩素ガスで空間を除菌してリスクを減らした。入居者の家族にもあらかじめ新型インフルエンザ発生の際の対応を書いた紙を渡してもあった。

しかし、給食を外部業者に委託しているので、その給食業者が食事を平常通り届けてくれるかが、大きな心配の種でもあった。備蓄してある食料品だけでは、長期間の対応は困難である。給食の確保をどう維持するか、流行のおさまるまで、不安は続く。

全国の多くの施設で、「ハイリスク者や高齢者の間に亡くなる人が続出している」と報道が騒ぎ始めると、新型インフルエンザの怖さが、いよいよ国民にはっきりと感じられるようになった。

日本の高齢化社会は、新型インフルエンザには弱い。さらに、折からの医師不足が追い打ちをかけた。

H1N1型新型ウイルスには、高齢者の方の一部には、〝抗体〟、つまり免疫があるという報道もあって、自分は安心と思って無頓着でいた人たちも、一様に新型インフルエンザに対して敏感になり始めた。

一旦、感染が成立してしまえば、肺活量も少なくなり、持病があることの多い高齢者層はハイリスクであるので、重症化する人が多かった。

多くの高齢者が集団生活を営むこういった施設も、病院での院内感染と同様に、新型インフルエンザの被害を大きく被った。

こうして、新型インフルエンザが、黒い重苦しい雲のように社会を覆って、伸し掛かってきた。

◇「柔軟な対応、冷静に行動」への国民の不信感

国民は、春から初夏の〝先駆け流行〟の時の、「季節性インフルエンザと同じ程度の健康被害」ととれる厚生労働省の楽観視した説明を思い出していた。明らかに〝国の説明と現実との大きな隔たり〟を感じ取り、厚労省に対する新たな不信感が、国民の意識の中に強く湧き起こってきた。

「ろくに対策を立てていなかったから、楽観視して、被害想定の過小評価を国民に植え付けていたんじゃないのか？」

「夏の間にも、全国で小さな流行もあったらしいし、感染者はどんどん増えていたらしいけれど、それが国民の目にふれるような機会はあまりなかった。われわれは情報操作されていたんじゃないのか？」

そんな声があちこちで聞かれるようになっていた。

これまで国が言ってきた、

「大したことにはならない。余計な心配をする必要はない。国民は冷静に行動せよ」

という言葉とは、現実は大分違っているようだ。

弱毒型のH1N1型インフルエンザに即して、新型インフルエンザの対策が方針転換をし

て、「柔軟に対応する」ということになった時に、厚労省は国民にきちんと説明すべきだったはずだ。季節のインフルエンザ程度のウイルスであっても、それによる健康被害と社会的影響は季節性インフルエンザとは同じではないことについて、誤解させたままではいけなかったのだ。秋冬に大きな流行となるのは十分に予測されたことだったのだから。

対策が可能であった夏の間にも、国が「今のうちにやっておいて」という内容のCMをつくって、国民に言うべきではなかったのか？

米国や海外の先進諸国では、ワクチンの供給が開始されているのに、日本のワクチン供給量は圧倒的に足りないという事態に至って、国民の不信感は増幅し、強い批判と怒りとなって政府に向かった。年金の時と同様に、国民生活や安全に直結する行政の失態への怒りは、なかなかおさまるものではない。それが、家族の命にかかわるワクチンについてなら、なおのことだった。

実際、季節性インフルエンザで毎年万単位の死者を出しているということも、国民は知らなかった。

そのような甚大な健康被害をもたらす病気ならば、なぜ、以前から、インフルエンザワクチン製造の基盤や薬の国内生産も含め、インフルエンザ対策を充実させてこなかったのだろうか？　まして、日本は高齢者社会でもあるではないか？

季節性インフルエンザでも、高齢者が死亡者の多くを占めている。インフルエンザワクチンや抗インフルエンザ薬の問題は、早急の課題だったはずである。危機が叫ばれてから10年以上も経つ新型インフルエンザ対策が、こんなにも不十分であったのはなぜか？　この間にも、新型インフルエンザによる社会活動や経済への影響は、より深刻度を増し、倒産する中小企業まで出てきた。海外の途上国では、H1N1型インフルエンザの大流行で犠牲者が多発している。海外の生産拠点での感染拡大は、本社の日本企業にも影響は甚大だ。経済成長は、二桁に及ぶマイナス成長を示し、やっと立ち直りかけた経済の足を引っ張り始めていた。綾は、今まで多くの経済学者らが、新型インフルエンザによるGDPの損失の試算などの推定を論文に報告してきたことを思い出していた。

「新型インフルエンザ問題は、経済問題である」

と言ってきたが、今、それが眼前に現実問題として現れてきたのだ。

さらに秋冬の流行では、新型インフルエンザ対策をやっている人、やっていない人の差が大きかったことが露呈された。それは、個人だけでなく、企業も学校も自治体も同じだった。

新型インフルエンザとはどんなものかを、それまで周知させていなかった、厚労省の情報提供のツケもまた、国民に連帯責任として跳ね返ってくる。

ウイルスは、対策の弱いところ、やっていないところにまず入り込み、感染を広げる。そして連鎖的に他の対策を崩していく。新型インフルエンザ問題が、単なる医療問題ではなく、社会の危機管理であることが国民に実感として認識され始めたのだ。

　そんな怒りが国民の中で爆発した。


　今回の新型インフルエンザが、もし、H5N1型強毒型のウイルスであったならば、絶対に感染しないためには、2か月に及ぶ籠城(ろうじょう)が必要だろう。一歩も家から出なくてすむようにしなければならない。それでも、もし感染した場合には、多くの場合、重症化して病休する期間はもっと長引き、亡くなる人の数も夥しくなるだろう。これを打開するためには、多くの国民に新型ウイルスに対する免疫を持たせること。つまりプレパンデミックワクチンの接種だ。

　このことを想像すれば、その社会的な影響は、今回のH1N1型新型インフルエンザとは全く比較にはならないほど甚大なものになるはずだ。

　今回の新型インフルエンザのワクチンは、まだ医療現場にも一部しか回ってこないが、強毒型のH5N1型ウイルスに対しては、プレパンデミックワクチンが国家備蓄されているという情報を、国民は知り始めていた。

　しかし、それは現段階で3000万人分しか備蓄されておらず、その接種対象は、医療従事者やライフライン維持者、国会議員などの社会機能維持者に優先的であって、一般国民の分はないという。

今回は、致死率の低い新型インフルエンザであるし、なおかつ、ワクチンそのものがない状況だから、国民は待つことしか手がない。しかしこれが、致死率1〜2割も想定されるH5N1型の強毒型新型インフルエンザであって、重症化の阻止が見込まれるプレパンデミッククワクチンが、国民の4分の1の人数分しか存在しないという状況下であったなら、と背筋が寒くなる。

そもそも、H1N1型パンデミックワクチンでは、医療従事者の次にハイリスク者に優先順位があった。予期せず発生し、間に合わないワクチン供給の中で優先順位がついたことには、皆が納得できる余地があろう。しかし、H5N1型強毒型新型インフルエンザでは、H1N1型の優先順位とは異なり、ハイリスク者よりも社会機能維持者が優先されたところに、医療というより危機管理上の問題が色濃いことがわかる。しかし、国民にとっては、即座に命にかかわる問題である。発生が予期できるにもかかわらず、命に順位をつけ、平等に全国民の希望者に対してのプレパンデミックワクチンの接種機会を与える対策を行わないことは、憲法にある基本的人権の尊重を損なう行為であろう。

今回のH1N1型ウイルスは弱毒型であったが故に、事前にウイルスを検出してワクチンを作製することは不可能であった。これに対して、強毒型のH5N1型ウイルスでは、鳥や人が発症し、重症化し、死亡している。従って、これらの患者からウイルスを分離して、その性状をモニターし、ワクチンを製造することも可能なのだ。もし、H5N1型の強毒型インフルエンザウイルスの感染を受ければ、患者は重症化し、死亡する可能性も高くなる。予めある程度の基礎免疫を持たない場合には、在宅治療など不可能であり、医療サービスはたちまち破綻するであろう。

そこで、このプレパンデミックワクチンを早期に、できれば事前に接種しておくことによって、ウイルスの感染を予防し、重症化を阻止し、在宅治療を可能にすることが必要なのだ。その結果、死亡者の数も大幅に減らせると考えられる。

健康被害の大きい強毒型インフルエンザの際には、何としても早くワクチンがほしい、それは国民に共通した願望となり、声となる。

◇先進諸国に後れをとった日本

今回の弱毒性インフルエンザの大流行に対するワクチン対策にも、先進諸国の間で大きな対応の差が出ていた。日本が後れをとっているのは明らかだった。GDP世界第2位の日本が、ワクチンの対策が遅れたのはなぜだろうか。その背景には、戦後の日本の予防接種行政・政策の変移があるという。

綾が目にしたことがある、東京大学で行政学の研究に従事している手塚洋輔氏の論文に、その答えの一つを見出していた。彼の研究によれば、戦後の日本の予防接種行政においては、まず「公的責任の拡大」があり、次に「公的責任の縮小」があり、二度の大きな転換があったという。GHQ占領下では強制的な予防接種が実施された。こうした強制措置によって社会全体の得た健康上のメリットはかなり大きかったはずである。だが、同時に副作用問題も生じたはずだが、当初はこうした問題はほとんど認識されていなかった。しかし、その後、予防接種による副作用の被害者が声を上げ、次第に報道でも取り上げられるようになり、政治問題化することで、副作用の補償制度が整備されていった。

しかし、その後、さらにメディアや世論において、ワクチン政策の弊害を示す副作用問題がクローズアップされ、ワクチン政策自体への不信感につながった。こうしてメディアや世論の論調を前にして、予防接種は、「強制接種」から「任意接種」へとシフトしていた。「義務接種」から「努力義務」となったのだ。

つまり、一度目の転換において、行政側は「予防接種政策の根幹を維持するために副作用にも責任を持つ」という形で「自らの公的責任を拡大した」わけであるが、二度目の転換では、従来の政策の根幹を覆し、「自らの公的責任そのものを放棄した」ということである(手塚洋輔著、東京大学博士論文「過誤回避の行政と責任分担の政治――リスク管理行政の構造分析」)。

予防接種は「副作用」という「作為に伴うリスク」と、「予防接種をせずには、流行は防止できない」という「不作為に伴うリスク」の間の、ジレンマに常に置かれる。そして、「感染症の流行など遠い過去のこと」という時代風潮があった中で、世論とメディアの圧力の前で、このジレンマに耐えきれず、行政側がついに公的責任の一部を放棄したという構図が、手塚氏の研究から見えてくるのだ。

こうした戦後日本の予防接種政策の変容を背景に、新型インフルエンザ問題に関して、行政側は集団的に追及される責任の範囲をあらかじめ縮小すべく、「不作為に伴うリスク」を過小評価することに躍起にならざるをえない。「予見可能性」を事前に小さく見積もることで、「こんな被害は想定外だった」と事後的に弁明する余地を極力残そうとしているように思える。

綾は、なぜ強毒型H5N1型インフルエンザの被害想定が、17万〜64万人と、弱毒型のインフルエンザの範囲で見積もられているか、また、なぜ今日なお3000万人分のプレワクチンしかなく、プレパンデミックワクチン政策が牛歩のように進まなかったのか、その疑問は、彼の論文で氷解した。

綾が以前から講演で語り、著作でも繰り返し書いて来たように、新型インフルエンザに対するパンデミックワクチンは、新型インフルエンザが発生してからはじめて製造にかかるので、流行の第一波には間に合わず、二波にも一部の人の分しか間に合わない。国民全員に供給するには1年以上かかり、その間にも新型ウイルスに感染してしまう公算が高い。その危惧が、今回のH1N1新型インフルエンザにおいて現実のものとなった。

母親の多くは、特に10代〜20代に患者が多いこともあって、ワクチンがその子供たちにいまだ供給されないことに苛立った。また、ハイリスクとされる持病を持った人は、病院に行くのさえ、躊躇(ためら)われる。持病の薬をもらいにいって、感染するのではないかと。妊婦は、外出するのさえ怖くなる。日本では、タミフル等の抗インフルエンザ薬に対する不信感も根強い。WHOも、日本産婦人科学会も、妊婦へ抗インフルエンザ薬を投与することで重症化を阻止できると明言しているのに、妊婦本人や、夫などの家族が、薬の投与をためらって、重症化するケースも出ていた。

そうなると若い女性は、妊娠するのを控えるようになる。

国民の誰もが、「もう、新型インフルエンザから解放されたい」「もう、たくさんだ」と音を上げていた。

多くの省庁でも、所轄の事業に大きな影響が出始めた。

9月の政権交代以来、新政権は官僚制度の刷新を目指して、真剣な取り組みを始めた。新型インフルエンザが流行する最中の政権交代は、政治にとっても、国民にとっても、痛手であった。新政権にしても、旧政権下で進まなかった対策のツケを、いきなり払わされる羽目に陥ったが、まさしくそのような挽回を期待しての国民の選択ではなかったか。

公共交通は国交省。企業活動は経産省。経済に及べば金融庁や財務省。学校教育活動への影響は文科省。……という具合に、ありとあらゆる省庁に、新型インフルエンザのトラブルが報告される。

自治体の悲鳴は、総務省にも寄せられる。このように社会全体に悪影響が及ぶのであれば、いかに縦割り行政とはいえ、新型インフルエンザ対策においては、厚生労働省に対して必要な対応強化をさせる手だてはなかったのか？

こうして全国民が、新型インフルエンザの流行を必死で乗りきろうとしている間にも、厚労省からは、ワクチンにも、薬にも、医療の確保にも目立った動きは出てこなかった。

それは、厚生労働省が、頑なに国民の惨状に目を背けているかのように国民には感じられた。

綾は、厚労省が動かないことに半ば呆然としていた。もう少し対策を打ってくれるものと思っていたのに、これでは無責任にも国家の新型インフルエンザ対策を放棄したのと同然ではないのか？

新型インフルエンザ対応の人員も、厚労省で大幅に増員されているはずだ。春の時に対応した主たる職員は、7月いっぱいで人事異動となっていた。春流行の時もそうだったが、それらの新型インフルエンザ対策チームの働きは、国民にはまったく見えていないのだ。

大変なのは、自治体窓口や医療の現場であり、そして何より、感染した多くの国民であった。

秋冬流行にあたっては、春の流行開始時に、当初の計画に沿って各自治体に設置された「発熱センター」も次々に廃止され、発熱外来も自治体の判断に任せるとして、そのほとんどがなくなり、感染者は、医院や病院を直接受診することになっていた。

日本全国の地域を、インフルエンザウイルスは、まるで意思を持って動いているかのごとく、人に連続伝播して感染し、自己の子孫ウイルスを増やしていった。

ウイルスは自分自身だけでは子供を作れない。子供を作るためには他の動物の細胞に侵入し、その細胞をハイジャックして、その細胞の機能をして、ウイルス自身の遺伝情報に沿って子孫ウイルスを作らせる。これが「感染」であり、人間にとっては迷惑な話なのだが、ウイルスにとっては、非常に効率の良い子孫繁栄の手立てなのだ。かかる側の人間も必死にならねば、健康も生活も壊れてしまう。

国に頼れないことは身に沁みてわかった。ならば、自分の生き残りと、家族、地域、会社を守るためにも闘わねばならない。

◇タミフル耐性ウイルスの出現

大田は、すでに4月末のジュネーブでの共同記者会見で、H1N1型ウイルスの抗インフルエンザ薬の効果と問題点について、言及していた。

「現時点、アマンタジンには耐性。タミフル、リレンザには感受性である。しかし、耐性のウイルスが出るのは時間の問題である。さらにタミフルは特効薬では決してない」

このとき、大田らしいはっきりした物言いだと綾は思った。科学的事実だけを明言し、想定される問題についてもはっきり言及しておく。見通しの悪いことも、隠しだてもしない。無責任な楽観視の物言いはしない。

「5月には、すでに、ある県でタミフル耐性のウイルスが出現していた」と報告されたのは、発生後、もう1か月以上経過した6月中旬のことだった。

この時、論文に掲載することを最優先として、県はもとより、厚生労働省へも報告されていなかったことから、「県の公の研究所の公務員でありながら、県民の健康や安全に目が向いていないのではないか？」との批判も多く出た。業績評価を上げる論文を優先したいという目的があったのだろうと、非難されたのだ。公的機関でも目先の個人利益が優先され、公衆衛生の公より、個の利が先になるということが当たり前になっている風潮が現れた、いい例だった。

幸いにも、このタミフル耐性のウイルスが、その県で拡大していった形跡は認められなかった。

インフルエンザウイルスは、遺伝子の変化を起こしやすい。タミフルなどの薬が効かない〝耐性ウイルス〟が出ることは想定内のことだが、問題は、このウイルスが生き残って、人の社会の中で広がっていくかということだ。

ちなみに、現在の季節のインフルエンザのソ連型H1N1ウイルスは、すでにタミフル耐性になっている。このため、季節のインフルエンザに対するワクチンの製造の必要性が増している。一方で、新型インフルエンザが発生している中で、季節のインフルエンザワクチンと新型インフルエンザワクチンの両方を製造せねばならない状況になっていた。

今、新型インフルエンザH1N1型ウイルスのワクチンはほとんど供給されていない。この状況下で、もしタミフル耐性のウイルスが出てそれが広がれば、国民の健康被害を増大しかねない一大事である。

タミフル耐性のウイルスが主流となって、流行を起こすようになると、パンデミック対策の中でも、ワクチンに次いで大事な〝薬〟というカードの一つを失うことになる。特に重症者やハイリスク者に対するタミフルの早期治療は、非常に重要なカードなのだ。

◇耐性ウイルスが拡大した時

11月、紅葉が色濃く日本の美しさを際立て、紅葉前線が南下していく。夏の間の高温多湿の自然の気候は、空間のウイルスを不活化してくれていたようなものだ。空間のウイルスが効率よく不活化されれば、人への感染も起こりにくい。空間でのウイルス濃度を下げることは、感染防止に大きく役立つ。

秋、紅葉の頃、インフルエンザウイルスは、空間でより長く感染力を保って存在していられるようになった。

綾は、そんなある日、早朝に大田からの至急の電話を受けていた。

「君の近々予定している論文や著作の中で、今回の新型インフルエンザでのタミフル予防投与と耐性ウイルスの出現の関与について、項を設けて、至急書いてくれ。予防投与でのタミフル耐性ウイルス出現の報告が増えている。これから、流行がますます拡大すれば、予防投与も増える。耐性ウイルスの出現が心配なんだ。全国の現場の医師たちに、慎重な薬の使用を説明するんだ」

大田は、せっぱつまった声で、それだけを一気に言うと、綾の返事を待たずして電話を切った。

耐性ウイルス……。

綾は、絶望的な気持ちでそうつぶやいた。タミフルの耐性ウイルス、これだけは勘弁してもらいたい。そう思いながら、綾はそれらにかかわる論文の検索を始めた。

日本でも想定より一足早くに流行が大きくなっていた。そして、ハイリスク者を中心とした治療にタミフルが投与され始めていた。そして患者数が一気に増加し、タミフルの使用量も連動して増す。

さらに、ウイルスに暴露されたかもしれないとして、発症前に予防投与をする人々もあった。このようなタミフルの予防投与は、耐性ウイルスが発生する誘因にもなることがあると警戒されており、その予防投与での使用に注意が促されていた。

ウイルスに暴露される可能性があるため、一日1錠の投与をした人間が、数日後に発熱して症状が出たとき、分離されたウイルスは、タミフルの効かない耐性ウイルスであった、という事例が、複数報告されていた。

秋冬の流行がピークに入った頃、複数の国からタミフル耐性のウイルスが検出されたことが、報告されていた。耐性ウイルスが広がらなければいいが、と綾は願うばかりだ。

12月、大田の国立伝染疾患研究所のインフルエンザセンターから、タミフル耐性ウイルスが、複数の県の多数の医療機関から検出されたことが報告された。さらに学校での集団感染事例で、タミフル耐性のウイルスが複数取れているという。

タミフル耐性のウイルスが日本国内で広がりの兆候を見せている、という記事が国内外問わず新聞のトップニュースとなり、テレビの報道でも大きく取り上げられた。

「タミフルがあれば大丈夫」と思っていた国民は大きなショックを受けた。タミフルが効かないとなると、リレンザという吸入式の薬が頼みの綱となる。しかし、このリレンザは吸入式で、患者が自分で吸入器から薬を吸い込んで、服用する形式だ。すでに、重症化し、炎症や感染が肺に広がってしまった患者は、苦しくて深呼吸などは到底できない。息つぎすら、小さくハッハッと小刻みにするのが、やっとなのだ。寝ている方が苦しいからと、上半身を起こして、肩をこまめに上下させながら、浅い呼吸を繰り返すほどになってしまうと、とても吸引式には対応できない。

さらに、国内でのリレンザの備蓄量は、タミフルに比較すると、圧倒的に少ない。

秋冬では、気温の低下に伴って、H１N１の流行は大きくなり、医療体制も混乱してはいたが、重症化する人はハイリスク者のみと考える人が多く、「新型インフルエンザには感染したくない」「早く流行が行き過ぎてほしい」と念願しつつも、恐ろしい生死にかかわる病気だとは、健常な一般国民は考えてはいなかった。


巷にクリスマスソングが流れ、師走という言葉が耳にされ、なんとなく気ぜわしい12月になった。タミフル耐性ウイルスが広まり出すと、死亡者の報告数が増加しだした。

12月初め、新型インフルエンザH１N１の長びく流行で医療機関のスタッフも疲弊の色を濃くしていた。病院には多くの感染者も発生して、入院ベッドも満床状態が続いている。新規の患者数も増加の一途を辿(たど)った。

市中では、10月からの流行で、急に需要の増したマスクはもちろん、うがい薬も、消毒用のアルコールも、品薄となり、供給が追い付いていない。それら予防対策用品の入手困難は、国民に「新型インフルエンザには手立てがない」という落胆と喪失感を与えるばかりだった。

さらに、頼みの綱のワクチンも、なかなか回ってこない。そんな手立てのなさと疲労に、医療現場では気力も萎えてくる。ウイルスと闘う精神がそがれてしまった。その心の萎えが予防の緩みを呼ぶ。

マスクは、ますます入手が困難になった。海外の内陸深くにある工場からの製品は、ほとんどが届かなかった。その他の予防対策製品も、東南アジアを中心とした国で製造していた。生産拠点を海外に移した日本の脆弱さが、巷の品薄に赤裸々に現れてしまった。

普段から便利な生活に慣れている現代の日本人には、一昔か二昔前に祖父母の時代の人々が持っていた、知恵や工夫で乗り切る術が失われている。これらの予防対策や看護用品の品薄も、大きく特集が組まれて報道されたが、それは春のマスク不足とは、比較にならない緊迫した深刻さがあった。

そんな中で、いよいよ重症者が増え、また、犠牲者が増加し始めた。

流行が大きくなって患者数が激増し、院内感染が起こりだすと、もともと医師不足が叫ばれていた日本では、医療サービスの質が低下し始めた。中でも小児科医師の不足は、夥しい小児の患者への治療対応を困難にしていた。

さらに、すでに新型インフルエンザに感染して、細菌性の二次感染を起こしていた高齢の入院患者が、この頃より死亡するケースが多発し始めた。そして日本では、心疾患やぜんそく、糖尿病や透析を必要とする人も多い。

透析患者は、日本全国で27万人を超える。その人々は、新型インフルエンザで、ひどく混雑している病院へ、週に何回か、定期的に透析治療に出向かねばならないのだ。さらに血液の病気やがんで治療を受けている患者は、免疫抑制剤を使用している場合もあり、ウイルスの増殖が起こりやすい危険がある。

新型インフルエンザでは、よく先進国は問題にならないという論調も聞かれるが、ハイリスク者が占める割合を考えれば、日本は決してあなどれない。

そこにタミフル耐性のウイルスが拡大し始めたのだ。日本の致死率が、0・4%と倍増した。途上国では、すでに1%の大台を越えている国々もある。

今まで、日本でたくさんの感染者が出ても、犠牲者や重症者が少なくて済んできたが、それは、医師によって薬が投与されていたことも大きい。もちろん、栄養状態や衛生的な居住環境も、途上国のそれより恵まれていたことも事実であるが。

タミフル耐性ウイルスの拡大に伴って、タミフルを使うべきハイリスク者にこの薬は効かなくなってしまった。その結果として、重症者が増え、犠牲者が増えたというわけだ。

その中に、メキシコでこのウイルスが発生した当初から危惧され、WHOで繰り返し問題視され、大田が日本のマスコミのインタビューでも再三強調してきた、「基礎疾患のない健康な若い世代でのウイルス性肺炎での犠牲者」も含まれていた。

　ウイルス性肺炎であるから、季節のインフルエンザによる、細菌の二次感染での細菌性肺炎とは異なる。H5N1型鳥ウイルスでの急速に進行するARDSといわれる、重症なウイルス性肺炎にも似た症例もあった。

「現代は、抗生物質があるからパンデミックは起こらない」

　という信じ難い発言をする専門家もいるが、細菌に効く抗生物質は、ウイルスには効果はない。このようなウイルス性肺炎の患者にこそ、抗ウイルス薬の使用が不可欠であるはずだった。

◇救えるはずの命のために

このころ、ウイルスのPCR検査は、医師、学校長、福祉施設などの経営者からの依頼を受けた検体を、県の衛生研究所が、そのキャパシティーの範囲内で症例を選択して検査していた。耐性ウイルスの動向や流行把握に力点が移行していた。

7月半ばから、全数調査から一部を検査する方向に転換されていたが、そうはいっても、もともとそれ以前も、「全数調査が行われウイルスの疫学的調査がなされていた」とは、とうてい言い難い。

厚労省は、ウイルスの疫学調査を積極的にし、それを国民に継続的に情報提供してこなかった。そのために、夏には国民の多くが新型インフルエンザへの興味も意識も失くした状況だった。

その気の緩みにつけ込むように、春夏に、まんべんなく全国にウイルスが拡大し、秋に火を噴いた流行の先の冬にやってきたタミフル耐性ウイルスの前に、ワクチンはまだ国民のごく一部にしか届いていない。

タミフルが効かないなかでの肺炎併発は、人工呼吸器管理を必要とする患者の激増につながったが、この人工呼吸器装置（＝レスピレーター）は、大きな病院でも数は多くない。さらに、一台のレスピレーターの管理に数人以上の医療スタッフを必要としている。すなわち、人工呼吸器の使用にも、順位がつけられたのだ。

普段ならば救える命が、新型インフルエンザ流行の医療現場で、亡くなっていく状況がさらに増加してきた。

街の小児科クリニックでも、多くの子供たちが長い順番を待っている。その待ち時間の中で、乳幼児の容態が急変していく。痙攣（けいれん）を起こす子供に母親が半狂乱になって、看護師に取りすがるといった場面もあった。時に子供は熱にうかされ、焦点のさだまらない目をして、意味不明な言葉を繰り返す。

インフルエンザには、季節のインフルエンザでも主に6歳以下の小児で脳症などの重篤な症状を呈する患者が出ることがあった。新型インフルエンザH1N1では、すでに7月に、日本でも小学生や中学生のインフルエンザ脳症が報告され、以来、小児の脳症の報告が相次いでいた。もっとも、当時は夏の盛りで、ほとんどのマスコミは選挙や政治の話題に夢中で、あまり大きくは報道されなかった。

インフルエンザ脳症で後遺症を残したり、亡くなる子もいる。インフルエンザ脳症は、解熱剤との関係があるとされ、「15歳未満ではアセトアミノフェンでアスピリンは使用しないこと」とされている。綾は、テレビで繰り返し繰り返し、「解熱剤の小児への使用を注意してほしい」と呼びかけていた。

いろいろなテレビ番組で、新型インフルエンザの薬の使用方法や看護方法などを紹介する特集がたくさん放映され、多くの専門家や医師が説明をした。お粥の作り方から、自宅療養の基本まで、ていねいに紹介した番組も流行下の国民の助けとなった。

しかし、受診のための長い待ち時間に耐えられず、やむなく、子供に大人の薬や手持ちの薬を飲ませたり、家族全員で寝込んだことで看護する人もなく、マンションの一室で衰弱してしまう様な事例も出てきた。一人暮らしのマンション生活者の感染も、大きな問題だった。

このような犠牲者を出さないためにも、ワクチンが強く望まれるのだ。タミフルは効かない、ワクチンは不足。ワクチンがいつ具体的に自分たちに回ってくるのかもわからない惨状が報道され、綾は、それを目の当たりにしながら、大田に直接電話を入れた。

「これから出向きます、お時間をください」

大田も超多忙なら、綾も企業の新型インフルエンザ対策で多忙を極めている。それまで要件は、メールと電話で済ませてきた。互いに時間を合わせて取るなどというのは、スケジュール的にも困難を極めていた。

しかし、今回の綾の申し出に大田は即座に時間を作った。これから大田が綾のいるオフィスにやってくるという。綾は大手町のオフィスの会議室を取り、大田を待った。大田は霞が関の本省の会議の前に、こちらに駆け付けることになっている。

ＷＨＯの実質の新型インフルエンザ対策トップ、学者としての信頼の厚い、あの世界の大田がやってくるという情報が広まり、会議室の前には、せめて名刺交換だけでもと、多くの企業の危機管理対策担当者が列をなしていた。ちょうど、下のフロアーで新型インフルエンザの業界横断の緊急会議が予定されていたのだ。

大田がやってきた。

綾は大田に、直接ふたりだけで話したいと申し出ていた。

久しぶりに直接見る元の上司は、ここ1年でずいぶんと白髪も増えた。多忙からの疲労が顔にも表れているようにも思う。

綾が心配そうな表情をすると、

「君がいなくなってから、両手をもがれたようなもんでね、仕事もますます激務だ」

と笑ったが、綾には上司がこんなにも〝老け〟た理由は、厚労省との新型インフルエンザ対策の内戦だろうとわかっていた。

何が何でも、新型インフルエンザ対策を打たねばならぬ。大田は、一番に国民の生命と社会防衛を考えて、対策推進を強行しようとしていた。反面、本省は不作為と取られないこと、責任を取らされないことに最大に留意し、非難をかわすことが優先だというような、場当たり的な対策しか打っていない。そして、都合の悪いことは公表しない。

また、大田の意見が厚労省の上層部のどこまで伝わっていたかも疑問である。どのレベルまで上がり、どの部署の誰のところで消えたのか？　本省とは軋轢も多かったに違いない。WHOでは通じる正論が、日本では全く〝話にならない〟ことを、大田はいつもストレスに感じていた。

大田は、春から国の新型インフルエンザの諮問委員にはなっていたのだが、大田の不在中に会議が開かれ、

「その議事録に了承するサインだけを要求されていたこともあるんだよ」

と苦々しい表情で語った。

「この諮問委員会はどんな権限で、誰の責任下で、組織されているのか？　と厚労省に何度

も問いただしていたんだよ。だが、その返答は今もない」

綾が研究所にいるときには、サイエンティフィックに問題点を共有できて、議論することで、ガス抜きもできたろうが、今の大田はそのほとんどを一人で内に溜め込むしかなかった。

一方、綾は、経済界で企業の担当者と新型インフルエンザ対策をやるようになってから、その類(たぐい)のストレスは激減していた。企業の危機管理担当者は、理論立てて思考し、独自でも十分に情報収集していた。

役所は、「責任を取らされるかどうか」で判断するが、企業は、「下手をしたら潰れるかどうか」であるから、危機管理、リスクに対する基本的な考え方が異なる。国際競争社会で生き残っていかねばならない企業にとって、新型インフルエンザ対策は、まさに典型的な危機管理対応の案件であったのだ。

綾は、大田の疲れきった表情を見ながら、大田にすまないという思いが去来していた。

しかし、綾は今、大田に聞きたいことがあった。いや、陳情に近い。

「先生、今、H1N1のワクチンもまだ供給されてきてはいません。優先順位によっては年明けになるかもしれないことも知っています。ましてや、一般の人の分はないことも。今、問題は薬です。タミフル耐性が広がっている今、あの前々から承認申請が出されている新薬K305の薬の承認を急いでもらうことはできないのでしょうか？」

綾の切羽つまった声に、大田は、

「今日の話はそのことだと思った」

と前置きをしてから、

「ワクチンは1700万人分程度をこの年内にも供給しつつあるが、圧倒的に足りない。急きょ、輸入ワクチンという話にはなっているが、輸入ワクチンをどういう基準で、どうやって安全性を担保して輸入するのか？　その安全性にどこが責任を持って、国民に提供するのかが、いまだにはっきりしない。日本の国産ワクチンならば、国の国家検定があり、安全性と有効性を担保して出せるが、海外のワクチンでは、その基準には適応しない。製造方法も異なるし、アジュバンド（免疫増強剤）も国内で使用されているものと異なる。日本のワクチンは、自社試験、国家検定をクリアして市場に出るが、輸入ワクチンにどう対応していくかは明示されていない。国民への安全性の確保が問題となっているんだ。すべては特例承認となる可能性が高いが、輸入後にどう国民に説明して実際に接種していくのか、が大問題だ。輸入するならば、早くにそれらの議論を詰めておくべきだったんだ」

綾は、昨年まで、国家検定のいくつもの試験の責任者をしていたのを思い出した。

「ワクチンの次は、薬だ。承認は、本省の意向次第で、わからない。まったくわからないのが現状だ。こちらからの発言権もない。しかし、新型インフルエンザ対策は、君も理解している通り、これという切り札は存在しない。あえて言うならば、パンデミック後に作られるパンデミックワクチンだが、その供給は今、苦労している通り、大かたの人間がかかる流行にはまず間に合わないということだ。ならば薬を、といっても、タミフルには耐性が出た。だから、薬のカードを増やしておくことは肝要なんだ。〝これには耐性でも、こっちが使える〟とね。それにK305はまったく異なる機序で、薬効を出す薬であるし、インフルエンザウイルスそのものを殺す薬でもある。増えるのを抑える薬ではなく、ウイルスそのものを殺す。つまり、感染が進んでも治療に使えると考えられる」

「だから、ぜひ、K305の審査を早くやってもらって、もし、有効性安全性が検証されれば、なるべく早くに市場に出していただきたい。国民の中には重症の患者が増えていますから、治療薬が必要です」

「だが、それは本省が決めることだ。どうにもならん」

「ですから、その本省に説明をして。どの部署の誰が責任者なんでしょうか？」

「新型インフルエンザ対策だけでなく、さまざまな懸案事項、すべてがそうだが、多くの所轄に跨るんだよ。どの部署の誰が責任者なんて明解にはわからないようになっていて、広く責任が分散化されているのが、現行のシステムだ。すなわち、何かあっても、責任の追及から逃れるようにできるシステムが構築されている」

「以前、新型インフルエンザ対策のとき、どこの誰に決定権があるのかがわかりませんでした。誰がH5対応の対策をやらないと決めたんだって、怒ったことがありましたよね」

「薬害エイズがあっただろう。本省に逮捕者が出た。その時の本省の教訓は、責任の所在の分散化だった。分散化することで責任を希釈して、何かあっても省内に逮捕者を出さないようにするってことなんだよ」

綾は、「責任の分散化」という言葉を聞いて、気持ちが悪くなった。

「そう、だから何でも暖簾に腕押しなのだ。さらりとかわされて、もとに戻る。結局、問題の打開の目処はない」

「だから、新型インフルエンザH5型強毒型のプレワクチンはなかなかできなかったんですか？　本予算にも入らず、川北先生らが補正予算に懸命に組み込んで、政治力で毎年1000万人分ずつ作って増やしてきた」

「そうさ、新薬の承認だけじゃない。今回のH1N1の流行でわかったろうが、とうていワクチンなんて、流行には間に合わん。組織培養のワクチン製造システムができたって、ぎりぎりだ。だが、日本の組織培養のワクチン生産は、ようやく昨年の与党PTで計画推進が決まったが、どんなに早くたって、あと5年以上かかる。奥沢さんのところで、頑張って工場を建ててるのを君も知ってるし、見ただろう？　今、あの段階なんだ。この間にH5N1型の強毒型ウイルスの新型インフルエンザが出たら、またワクチンは間に合うかどうか？　だから、今はプレワクチンを用意するしかないんだ。H1型の弱毒型だって、これだけ大きな影響だ。君は企業で行動計画を作っているが、1割や2割も致死率が出るH5型の新型インフルが流行したら、行動計画が、どこまでもたせられる？　結局、プレパンデミックワクチンを強毒型のH5型ウイルスでは打っておいて、基礎免疫を国民の大半につけて、重症化を阻止して致死率を大幅に下げるしかないだろう？　そして大流行を回避して、はじめから季節のインフルエンザ程度に抑えることだろう？　プレワクチンを打てば、全身感染を起こさないと考えられる。プレワクチンを打って初めて弱毒型ウイルスの病態程度になる。そして、大半の国民が基礎免疫を持てば流行規模も小さくできるから、社会を維持できるだろう。その程度にまで落とし込んで、それで行動計画によって、企業も学校も自治体も社会を守るっていうことに初めて着手できるんじゃないか？　経産省もそう考えているんだろう？」

「それは、先生が一貫して言ってこられたことです。本にも書いてきました。H5N1型強毒型新型インフルエンザのリスクは減ってはいない。いや、増しています。だから、経済界でもH5対応をすべきだと言い続けてきた。でも、現状、ワクチンは、経済界とはいえ、自由意思で作れないんです。先日、奥沢先生のところへ、行ってきました。彼らは独立した公益法人です。でも、意向に沿わねばならないから、勝手には注文を受けて作れないって。国が作らないだけでなく、民間が自分の会社の予算で受注して買って、社員に打つ、国民が任意で打つ。それすら、許されないというのはいったい何なんでしょうか？　同様の任意接種のワクチンは、他にたくさん、あるじゃないですか？」

「それが、厚労省の影響力のためのカードなんだよ。強毒型ウイルスの、プレパンデミックワクチンは命に関わる。Ｈ５の新型インフルが出たら、必死にワクチンを欲しがる人間が出てくる。だから、さまざまな影響力、発言権を行使するために、プレパンデミックワクチンのカードは本省が握っておきたいんだ。カードなんだよ。命に関わるワクチンは、Ｈ５Ｎ１の危険性が増して、それが目に見えるようになれば、あらゆる権益を自由にできる。土下座しても欲しいのが人間の心情だ」

綾は返す言葉を失って、大田の顔を見た。大田の顔に深い孤独が滲み出ている。絶望感なのだろうか。

「僕は、ＷＨＯでの議論が、なぜ本省で通じないのか？　研究所で、研究者の集まりのはずの部長会でも、陳腐な議論しかされないのはなぜなのか？　そう思うと、馬鹿らしくなってくる。いい加減、馬鹿らしくなっているんだ」

綾は大田が初めて、あからさまに見せた弱さに当惑していた。

ちがう、大田先生はこんなことを言う人ではなかった。……弱音を吐くような人間ではない。まして、部下にそんな弱さを見せる人ではなかったはずだ。よほど、厚労省とのやりとりに嫌気がさしているのではないか？　もうどうやっても本省は動かないんだ、とあきらめ始めているのではないか？

海外からも引き抜きの話の多い大田に、ここでなんとしても、日本の新型インフルエンザ対策のメンバーとして残ってもらわねばならない。大田以外に、世界に通用し、WHOで信用される研究者などいようはずはない。

そんな大田が、日本では、時に無視され、言論が消されそうになっていた。国内のワクチンメーカーの信頼も、大田に一身に集まっている。「ワクチンは国防」。それは、大田が繰り返し言ってきたことだ。食料保障と同じように、ワクチンは医療保障なのだ。

あの奥沢が語っていた。「大田先生が決めたワクチン株だから、みんな安心して作れる。ウイルスもワクチンも臨床もわかる大田先生だから、メーカーも頑張れるんです」と。

「先生、先生が今、あきらめたら、日本のH5N1新型インフルエンザ対策は頓挫（とんざ）します。このまま、これ以上ワクチンもできない。今、巷は、H1でもこれだけ混乱しています。これがH5ならば、どうなるのか。先生は国民のワクチンを供給する職責があります。先生と奥沢先生、このお二人が揃ってなかったら、いいワクチンはできない。H1もH5もお二人のワクチン製造にかかっていますから」

綾が立ち上がってぼろぼろと涙を落とすのを、大田は黙って見ていた。だが、いくら綾が何を言っても、ワクチン政策を積極的にやろうとしない本省の姿勢に変わりはない。

もう、時間だ。大田も綾もそれぞれに過密スケジュールで動いている。大田は、黒い仕事バッグの中から、A4のファイルに入った英字のプリントを出して綾に手渡した。

綾はその英文に目を落とした。新型インフルエンザH1N1型とH5N1型強毒型鳥インフルエンザに二重感染した患者から、遺伝子の混じった交雑ウイルスが検出されたとある。つまり、H5N1がH1と混じって、次なる新型インフルエンザとなる可能性が出てきたということだ。

綾は顔を上げた。

「そうさ、こんなH5とH1の交雑体はどこで出てもおかしくはない。H1N1のウイルスはパンデミックだし、H5N1型鳥ウイルスは、世界の広い地域で人への感染事例には事欠かないんだから」

大田がつぶやいた。

綾は、資料を見つめながら、考えていた。こんな事例が増えてくると、H5N1型新型インフルエンザ発生のリスクは当然上がる。H5N1の新型インフルエンザは、時間の問題ということだ。

今まで、世界中で、H5ウイルスに感染した鳥を殺して、処分して、人への感染を止めてきた。そうやって、人工的に新型インフルエンザになるのを必死で留めてきた。遺伝子が変異にしろ交雑にしろ、変わった時に新型インフルエンザはやってくる。そのウイルスの変化は、私たちがH1N1の弱毒型ウイルスに気を取られている間にも、静かに進んでいるのだ。

「このままでいけば、《フェイタル・ディレイ＝致命的な手遅れ》になる。それがH5N1の新型インフルエンザだ。時間だから」

そう言い残して、大田は、霞が関の本省の会議に向かっていった。

「フェイタル・ディレイ」――これは避けねばならない。

ではどうするのか？

綾の中に芯のような決心が芽生えていた。綾は携帯電話を開いた。

「いつでも、電話していいのよ。夜中でも朝でも。感染症は大変ですものね。何かあったら電話を」

そんな声が綾の耳に甦ってきた。川北ミチルだ。綾はミチルに電話をかけた。

◇嘆願

このままでいったなら、国民はどうなる？　1億人の命がかかってるんだ。まだ、何か手があるはずだ。

そんな切迫した思いにかられた綾の電話の声に、ミチルは何かを感じとった。

長く国会議員の妻として、大臣まで経験した夫を支えてきた勘が働く。

この案件は、夫に伝える。これは秘書に。これは自分の胸に留める。……さまざまな経験を重ねながら、国会議員の妻は、物事を整理する能力を身につけていく。それができなければ、政治家の妻の重責は務まるはずがない。

ミチルは決心すると、明るい声で、綾に声をかけた。

「永谷さん、ごはん、家に食べにこない？　お夕飯。私、腕振るっちゃう。明日？　どうかしら？」

ミチルは、川北家の夕食に綾を招くことにした。

その翌日の朝、綾は川北の秘書の根岸から電話を受けた。

「永谷さん、いつも新型インフルエンザではお世話になって、ありがとうございます」

優しい声に綾はほっと息をついた。いつも、そっと気持ちを和らげるような配慮をしてくれるのが、根岸だ。根岸に連絡するとき、綾はいつも切羽詰まって困り果てていることが多かった。顕著な例は、数か月前の、国立伝染疾患研究所を辞めようとした時だったろうか。いつも根岸の声に癒される。

「あのう、今夜は川北も、たまには自宅で、ゆっくりするかなあと言っています。まあ、そんなことで、永谷さんとお会いするのを楽しみにしておりますから、はい。ところでね、永谷さん、何か食べ物って、お好み、これはダメとかありますか？」

これは、綾の食べ物の好みを聞くための電話などではない。

「川北元大臣がいるからね、だからそのつもりで」と知らせてくれたのだ。国会議員は、たいてい夕食も会食が多い。それも仕事の一環だ。家に帰れば、電話で肝心なことを話すのだ。

「おや、永谷さん、いらっしゃい。ようこそ」

リラックスした部屋着で、川北はダイニングルームのテーブルの前にいた。綾はスーツ姿でない川北を見るのは初めてだった。今夜はミチルと川北、綾の3人だ。秘書もいない。本音を話せるように、綾がリラックスできるようにとの心配りだろう。

「永谷さん、お鍋にしたのよ。お野菜もとれるでしょ。それにね、良いお魚もあったの、ほら、ここは市場も近いでしょう」

ネギに白菜、しいたけ、いろいろな野菜に、どっしりとした豆腐、美しい白身の魚の切り身にほたてや蛤（はまぐり）も盛られている。本物のカボスの緑色のきれいな珠（たま）が、ミチルの細かな気配りを感じさせていた。

川北が、

「今夜は、夕食だからね、少しお酒もいいでしょう？　永谷さんはワインかな、うちには旨い日本酒もあってね。地元の蔵元から取り寄せてるんだよ」

と笑顔を見せた。

ミチルがまず、食前の乾杯に出してくれたのは、その蔵元の日本酒の発泡酒だった。３人で乾杯すると、何か気持ちも和らいでくる。

ミチルは、「今日は私が鍋奉行よ」と、綾に笑顔を向けると、川北も「僕の好みの具合をよく知っててくれてね、まあ、うちの鍋は女房の独壇場だ」と豪快に笑って、場がなごんだ。

「どう？　新型インフルエンザは？　Ｈ１も今、大変だけど、やっぱりＨ５なんだろう？　大田さんも苦労してるのかな？　この頃、何も連絡がなくってね。少し心配してます。まあ、忙しいんだろうけど」

と、川北がさっそく口火を切る。

綾は決心して明言した。国民のために今頼むしかない。

「先生、どうか国民の１億人のプレパンデミックワクチンを、Ｈ５Ｎ１のワクチンを積み増ししてください」

綾はまっすぐ川北を見つめて、続けた。

「本省の対策は、強毒型H5には対応できていません。まず、感染する重症患者に医療がもちません。ワクチンなしでの自宅看護は、強毒型ウイルスでは不可能です。また、私も企業の事業継続計画を作って来ましたが、もし想定されている強毒型のH5N1の新型インフルエンザ発生となれば、プレワクチンなしには、対策を作るにも難しい。1割の致死率で、会社に出て仕事せよ、とは言えませんし、第一来てくれるでしょうか？　現実には社会機能の継続も無理になるかもしれません。このままですと、国民の命と生活と、この国を守ることができません」

「そうだよな。H1のワクチンもいろいろ八方手を尽くしたが、結局1700万人分しか作れなかった。まあ、卵で増えにくいって話だったね。今、国民は、みんな大変だ。結局、H5N1対策としてはプレワクチンを希望者全員に用意する、これしかないんだろうな」

綾は、すでに元大臣が問題の本質を理解して、手を打っているのを感じとった。

「魚、そう、魚入れといて、うんふたっつ、永谷さんも食べる」

川北は口もとを動かしながら、綾にもすすめる。

ミチルが、

「永谷さん、まずは、しっかり食べないとね」

と笑みを浮かべて綾の取り皿に白身の魚を入れてくれた。鯛だ。

「おいしい」

綾の口から思わずそう漏れたとき、川北が言った。

「学者にも、いろいろ言う人間がいてね。厚労省も今まで副作用問題だのなんのって、そうとう苛められてきたからね。内部だけじゃあ、難しいんだよ、いや、僕も手をつくして結構苦労してやってきたんだが……。しかし、今だよね。国民にも霞が関にも永田町にも、今ならワクチン政策のコンセンサスは得やすい。新型でこれだけ、国民が苦労してるんだ。国民みんながだ。ここで動かにゃあ、後がない。外から意見をさせれば、行けると思う。永谷さん、経済界でプレワクチン政策の提言を出せないかな？」

綾の目が輝いた。ミチルがやさしく綾に微笑んだ。

「まずは、経済界の業会団体の常任理事会レベルで、H5N1の説明をやるんだな。ま、根岸に言っとくから。私も協会に出向いて事務総長に話をしよう。会長にも会って話します。そこで君がプレワクチンや新型インフルエンザ政策の必要性を理詰めで経営者トップらに説得できれば、動くだろう」

「ありがとうございます！」

綾が思わず、大きな声で叫んで頭をさげた。

「わかってもらえた」「チャンスを与えてもらえた」……そんな安堵感が心にひろがって、綾に笑顔が戻った。

「ははは、永谷さん、笑顔は久しぶりじゃないか？　いろいろあったものな、これからも大変だぞ、まだまだだ」

川北が笑うと、ミチルが、

「さあ、腹拵え。よーく煮えてきましたよ」

「うちの奥さんは、鍋のときは市場にまで行くんだよ。いっぱい食べなさい」

川北とミチル夫妻に励まされるようにして、綾は決意を新たにしていた。これでワクチンの確保に向けた政策や、新型インフルエンザ対策の推進の突破口ができれば、大田や奥沢に本当の舞台を用意することができる。国民のワクチンの希望につなげることができる。

◇日本経済界のトップが集まった常任理事会

綾は、自分宛に送付されてきた日本経済盟友協会の会長からの、常任理事会での講演の依頼状を見つめていた。

「私は厚生労働省を守ろうなんて、思っちゃいないよ、国民だ、守るべきは国民の生命、生活だ。頑張ってきてくれ」

あの夜の川北の言葉が綾の胸に刻まれている。

川北の行動は素早かった。翌朝、根岸に連絡を入れさせ、日本経済盟友協会の会長、事務総長と直接話して、次回の常任理事会での綾の講演を実現させていた。綾の手元に来たのはその依頼状で、そこにはすでに当日の会の進行スケジュールまでもが細かに記載されている。

綾は朱印の押された依頼書に、日本の誰もが知る日本経済盟友協会の会長の名前を見てまず驚いた。その会長が進行役をやる。

そして、当日の講演者は、二人だった。世界を席巻するコンピュータソフトウェアの巨大企業、デジックス社の会長ハロルド・ナイツ氏がもう一人の講演者であることを知って、綾は度肝を抜かれてしまった。

ナイツ氏が、世界の感染症対策に巨額の援助をして、特に発展途上国の対策に乗り出していることは、感染症の専門家なら誰でも知っていた。さらに、彼の国際協力や途上国への支援は、WHOや国連では、有名な話である。

大田から、以前、

「ハロルド・ナイツ氏が、巨額な資金を寄付して、米国でインフルエンザセンターが設立され、そこでウイルス研究からワクチン開発までを一手に手掛けられるようになったんだ」

と、その素晴らしさを聞いたことがあった。

そんなナイツ氏と共に、新型インフルエンザ対策を話すことが出来るのだ。きっと、うまく行く。いや、やらねばならない。国民のために、米国並みのインフルエンザワクチン政策をこの日本で実現させるのだ。必死でやるしかない。

綾は、常任理事会に出席する前の晩、都内の安ホテルに泊まった。定刻前に余裕を見てホテルを出る。今日、会館には、ハロルド・ナイツ氏の他に、中国の国家主席も来るという噂を聞いた。警備が厳しくなるかもしれない。

案の定、会館の近くには警察官が配備され、厳戒態勢がとられている。綾は、身分証明書を携帯しているのを確かめ、依頼書も鞄に入れて、緊張気味に歩いていく。会館の前では、3本立ったポールに3つの旗がひらめいていた。経済盟友協会の旗、真っ赤な中国の国旗、そして、日の丸だった。晴れ渡った真っ青な空をバックに、3つの旗を綾は見上げた。行こう。

服は黒のワンピースに決めた。そして薄いピンクのパールのネックレス。手元には原稿とペン一本。これが綾の当日の会場入りの出で立ちだった。

誘導された席は、250席の理事のメンバーと対面式に、会長。演台を挟み、ハロルド・

ナイツ氏と綾が隣同士で並ぶという。

綾が着席すると、目の前には日本の名だたる企業の社長、会長が列席している。その中に綾を見て微笑む社長たちがいる。そっと片手を上げてくれる会長もいる。

「ああ」綾は思い出した。ここ1年間、綾はたくさんの企業家たちと新型インフルエンザ対策を話し合ってきた。今、ここで微笑みかけてくださる方々は、そこでお会いした人たちだ。

綾が講演した会社は、みな新型インフルエンザ対策を「強毒型H5対応」で躍進的に進めてきた。その対策には、会社トップの理解があることが必須なのだ。

「頑張れ！」そんな声が心に届いてくる。その精神的な後押しで、綾の緊張がここで消し飛んだ。そこへハロルド・ナイツ氏が入ってきた。

ナイツ氏は、隣の演者が女性で比較的若いことに驚いたようだった。綾は挨拶をする。ナイツ氏も応じてくれた。

「私は、公衆衛生の専門家です。パンデミックインフルエンザの対策提言に来ました」

「なるほど」

と納得したように大きくうなずくと、

「そのテーマは緊急かつ重要だ。あなたに私が話す分の10分間をあげるから、使いなさい」

と言った。

ナイツ氏の講演の内容も、途上国の支援、感染症対策への今後の取り組みがメインとなっていた。

人類にとって、感染症との闘いの繰り返しは、歴史にも刻まれている。ペスト、コレラ、結核、天然痘、マラリア。その時代にはその時代を象徴する伝染病、感染症があったのだ。そして今、21世紀、我々は人口過密社会、高速大量輸送時代の中で、新型インフルエンザ、H5N1の強毒型ウイルスのパンデミックに直面しているのだ。

ナイツ氏の講演が終わった。会長から綾の紹介があった。綾は与えられた時間をまっとうするのだ。時間の超過は許されない。隣の部屋では、次に話す国家主席が待機しているのだ。

◇日本を救う！　永谷綾の主張（以下は、二〇〇八年五月に、実際に著者が経団連常任理事会で行った講演録です。一部、固有名詞は変えてあります）

本日は、新型インフルエンザ問題につきましてお話しします。特に世界中に拡大し、日本でも過去に養鶏場で発生、先月には十和田湖などでの白鳥、つまり野鳥での感染事例が報告されております。Ｈ５Ｎ１型鳥インフルエンザの本質、さらにそこから発生することが確実視されている新型インフルエンザＨ５Ｎ１型ウイルスの病態、そして、至急にとるべき対策は何かをご説明申し上げます。

さらに本日、申し上げます内容は、ＷＨＯ世界保健機関のコンセンサスではありますが、残念ながら日本の行政のコンセンサスとはなっておりません。２つの食い違った意見があるのではなく、ウイルスの遺伝子解析や症例を直視した科学的論拠を伴った一つの正論と、それを無視した、しかしながら日本国内では流布している暴論（楽観論）があることを、きょうは日本経済界を牽引していらっしゃる方々に認識して頂きたいと思っております。

新型インフルエンザは、いったん発生してしまえば、高速大量輸送時代の現代では、世界のどこの地域であろうと、短期間に必ず新型ウイルスが侵入、上陸してくるものと存じます。また、海外のさまざまな国々で、社員を派遣し、または工場を建設し、グローバル化した経営を展開されている中では、この新型インフルエンザ問題は、発生したら、その直後から、緊急な行動を取ることが肝要となります。

では、そのための準備対策はどうあるべきか？　さらには一社だけで、それは可能なのか？　私は日本経済盟友協会という企業の連携と、そこからの国への提言、さらには国を動かし、アジアでの新型インフルエンザ対策の主導、牽引をすることが、人命を守り、さらに経済を守り、国を守って、社会機能を維持することになり、被害を最小限度にするものと信じております。そのためのウイルスの正確なご理解と、世界のトップのウイルス学者大田信之の、ＷＨＯの新型インフルエンザ問題の最高決定機関、ＷＨＯパンデミックインフルエンザルースター会議でのコンセンサスをご説明申し上げることといたします。

１　新型インフルエンザとは何か？　その本質は安全保障問題

新型インフルエンザ、鳥インフルエンザ、季節のインフルエンザ、この区別をいたします。季節のインフルエンザは、日本ですと12月終わりくらいから、３か月くらい流行いたします。この季節のインフルエンザですら日本国内で１０００万人の患者が出、１シーズンで少ない年で６０００人、多い時で３万人の死亡者が高齢者を中心に発生します。さらにインフルエンザウイルスは、遺伝子変異を起こしやすい性質を持ち、人が１０００万年かけてやる進化を１年でやります。そのスピードで、マイナーチェンジをすることで、過去の私たちの体内にある免疫記憶をすり抜けて、流行を繰り返します。そのために、私たちは、ワクチン株を毎年選定し、毎年ワクチンを作って接種しなければなりません。

しかし、このように遺伝子の変化を繰り返して流行し続けると、これ以上変化しても、人の社会の中で流行できないとなると、インフルエンザウイルスは、代替わりをいたします。これが、実は新型インフルエンザの発生で、車でいうと一種のフルモデルチェンジでございます。

この新型インフルエンザの発生のメカニズムは、ここ10年の間にかなり解明されてきました。鳥インフルエンザは鳥の間で流行したり、人に偶発的に感染したりします。思い出してください。インフルエンザウイルスは、非常に遺伝子変異を起こしやすいウイルスですから、人にも親和性を持つ遺伝子変化を起こして、必ず、人から人に連続的に感染伝播するウイルス変化を成し遂げます。

これが新型インフルエンザウイルスであって、もともとが鳥のウイルスですから、人は誰一人として免疫を持ちません、ですから、ウイルスに暴露されれば、確実に感染します。

さらにそもそもインフルエンザウイルスは、接触感染、飛沫感染、乾燥した室内で空中を漂ったウイルスを吸い込む空気感染の最強ルートで感染を起こす性質を持っていますから、感染を防止することが極めて難しい。しかもこのウイルスは、発熱などの症状が出る前にすでに軽い咳や話をする度に体外にウイルスを出します。そのため電車、会議室などでの感染防止は困難。さらに新型ウイルスの場合は過去にかかった免疫記憶がない分、初感染で重症化しやすいことになります。

結果として、同時におびただしい数の患者が発生し、多数の欠勤者が続出します。

H５N１型が新型インフルエンザとして発生した場合、通常の季節のインフルエンザとは違って、10代、20代、30代という若い世代、つまり会社の労働力の基盤を担っている方々に、より強い生体防御過剰反応が起きて、病態が悪化することがほぼ確実であることがわかっています。

医療機関は麻痺し、医療従事者にも感染者が続出するでしょう。このような医療問題とともに、病欠者が米国における大規模訓練ですと、2週間目には49%の欠勤率となり、この状況下でいかに事業継続をし、企業の社会的機能を維持継続していくかが、主眼となります。

つまり、新型インフルエンザ対策は、医療問題にとどまらず、社会機能維持、安全保障危機管理の問題でございます。

この理念は、2005年9月に米国のブッシュ大統領の国連演説にあります、テロと同格、新型インフルエンザ対策は、安全保障問題とし、大統領直轄のホームランドセキュリティーの問題と明言されています。

2　H5N1型強毒型ウイルスの本質

実は、過去にも新型インフルエンザは出現しています。20世紀には3回出ましたが、1918年のスペインかぜ、57年アジアかぜ、68年香港かぜでございます。いずれも当時の新型インフルエンザです。

１９１８年のスペインかぜは、当時の日本人口が５５００万人でしたが、感染率が日本国内で42％、45万人という莫大な人数の方々が１、２年の内に亡くなりました。当時の新聞記事からは、大阪駅や上野駅に棺おけが山積みになった様や、医師の感染のための病院閉鎖、さらには福島での全村惨死、といった悲惨な状況を知ることができます。

このとき世界では８０００万人から１億人が亡くなったと言いますし、第一次世界大戦を終結させました。一方、アジアかぜでは、世界で２００万人死亡、香港かぜでは、世界で１００万人が亡くなりました。

このように、新型インフルエンザとは申せ、十把ひとからげにしてよいものではございません。病原性、病態、致死率には大きな差がございます。

では、なぜ、今、ブッシュ大統領（当時）までが安全保障問題だと言い、ＷＨＯや国連が対策を急げと申しておりますかと言いますと、今度の新型インフルエンザの元になる、親の鳥インフルエンザウイルスが過去とは違うという点に理由がございます。過去の新型インフルエンザは、すべて弱毒の鳥ウイルスから発生してまいりました。一番被害の大きかったスペインかぜですら、死亡率２％、また、季節のインフルエンザは致死率０・１％未満、インフルエンザは悪くても肺炎、の呼吸器感染症でした。

しかし、現在、鳥の中でパンデミック（大流行）となり、人への感染を繰り返しているＨ

5N1型ウイルスは強毒型ウイルスなのです。弱毒型のウイルスは鳥の呼吸器と消化器にしか感染せず、しかも鳥に病気の症状を起こさず、共存いたします。鳥インフルエンザのほとんどが、弱毒ですが、一方このH5N1型ウイルスは強毒型で、鳥に全身感染を起こし、血液中にウイルスが回り、ニワトリを100%、1〜2日で殺します。H5N1ウイルスで鶏舎で死んだニワトリの映像が、2004年の京都の時にも流れましたが、あれが強毒型ウイルスの典型で、感染鳥は融けるように死んでいくのです。H5N1型ウイルスとは、このような強毒ウイルスで、別名家禽ペストとも呼ばれています。さらに、現在、人の感染事例は、世界14か国で380人程度、241人が死亡しており、これは氷山の一角でしかないのですが、致死率は人でも6割を超えます。

ここで、大事なことは、人での感染の症例報告のデータでございます。これはすでに多くがWHOに報告され、論文にもなっておりますが、H5N1型ウイルスはヒトでも全身感染を起こし、多臓器不全、急速に重症化する肺炎、頭でウイルスが増える脳炎、消化吸収ができなくなり、血性の下痢もある腸管感染、これは糞便の中に莫大なウイルスが出ます。さらに妊婦ですと、胎児、胎盤感染を起こしております。H5N1型ウイルスは、確かにウイルス学的にはインフルエンザウイルスですが、起こしてくる病気は、私たちが今まで知っているインフルエンザの呼吸器感染症ではなく、重症な全身感染のまったく新しい疾患です。

実際、H5N1型鳥インフルエンザの患者の血液から、ウイルスの遺伝子と感染性ウイルスが分離されているのです。この強毒型ウイルスから新型インフルエンザが発生した場合には、過去の新型インフルエンザとは比較にならない致死率と被害、これは人命も社会もこうむるでしょう。だから、安全保障問題として至急対策を取らねばならないということなのです。

ここでご質問が出るといたしましたら、新型インフルエンザとなった場合、この強毒性を保持するのか？　過去になかったんだから、弱毒の呼吸器感染症でしか、人の新型インフルエンザとはならないのではないか？　ということでしょう。これらは内科のご専門の医師の方からも聞かれました。

結論から申しますと、H5N1から新型インフルエンザウイルスになった場合には、全身感染の性質を引きずる可能性は極めて高いということです。つまり、次の新型は全身感染を起こすウイルスを想定した対策が必要となります。これは、のちに詳説いたしますワクチン対策と直結いたします。

3　日本の被害想定、米国の被害想定

危機管理といいますと被害想定がカギになります。この被害想定を間違えると危機管理の根幹を揺るがすことになります。では、日本（厚生労働省試算）の被害想定を米国のそれと比較してご説明いたします。

日本の新型インフルエンザの感染率は、25%となっておりますが、５５００万人で交通機関の発達していなかった1918年のスペインかぜの時でも42%の感染率でございます。また、17万人から最大64万人の犠牲者とされておりますが、17万はアジア、香港風邪それ以降の季節性のインフルエンザで試算した数字であり、64万は、スペインかぜで試算、現在の感染率25%にあてはめたものです。強毒型のウイルスが流行しているのに、弱毒型で試算している。危機管理としては、すでに理論破綻した想定でございます。米国はどうかと申しますと、米国では感染率は30%想定、米国の行動計画では軍まで導入して自宅待機を強いるとございますが、それでも3割の感染率。さらに致死率は20%を想定しております。

よく、日本で専門家と称する方々が、致死率２%くらいに下がった時に新型インフルエンザの流行が起こるとコメントされますが、これには科学的論拠は全くありません。厚労省の被害想定が致死率２%を想定しているための、数合わせ的なニュアンスが感じられます。ＷＨＯの議論と厚労省の試算は、一桁異なるのです。米国では、強毒株Ｈ５Ｎ１の新型インフルエンザは、危機管理のカテゴリー5の最上級に位置づけられております。日本でこの米国保健省パンデミック演習で計算いたしますと、６５０万人が亡くなることとなります。東京で、満員電車を運行し続けた場合、２週間後の市中感染率は66・４%との研究者の報告もございます。この数字は、国勢調査に基づく平均的家族構成と個々の通勤や通学での他人との接触度に感染率を掛けて、東京都の人口密度を想定したコンピューターシミュレーションから出されたものであり、決して当てずっぽうではない無視できない数字です。

また、致死率があまりに高いと、ウイルスが他者へうつっていく機会が減り、むしろ大流行にならないという説があります。しかし、WHOは「現在の6割の致死率をもってしても、人口密度があがり、高速大量輸送の現代では、大流行を起こすことは否定できない」と2006年11月に発表しており、20％の致死率では、感染しても無理すれば動ける、会社に行ける、など、感染者の分母が莫大になり、最悪の健康被害、人命損失、経済混乱、社会機能崩壊が起こることが十分に想定されます。では、これを回避するには、どうしたらいいのでしょうか？

4　新型インフルエンザ対策の根幹はプレパンデミックワクチン

私はこれまで、社会機能崩壊によるパニックの回避と国民への教育を念頭に、家庭で2か月間籠城できるだけの食糧備蓄を国民にお願いしてまいりました。こういった家庭での対策はマスコミ・ジャーナリズムのご理解を得て進むとして、本日は日本経済盟友協会に是非力を発揮していただかねばならない次の最重要課題を訴えに来ました。

まず、対策の一番のポイントは、重症化を阻止する、致死率を下げることが肝心です。これには、薬とワクチンということになります。

タミフルという薬は、ウイルスの増殖を抑える薬ですが、血中にも入ることから、使いやすいですし、今現在では有効です。

しかし、H５N１型ウイルスは全身感染なので、一人あたり４錠を８日間連続服用と、現在季節のインフルエンザで処方されている２錠５日の３倍の投薬量が必要となるというデータがあります。現在政府が行っている備蓄ではまったく足りません。また増殖を抑える薬ですから、可能な限りの早期投与が肝要となる、それがパンデミック時にできるかどうか。

また耐性ウイルスが出てくることも想定されます。

現在、企業でのタミフル備蓄は厚労省の薬事法の縛りの中では不可能な状態です。しかし、タミフルの企業備蓄は、十分な量が必要です。

さて、新型インフルエンザワクチンには、パンデミックワクチンとプレパンデミックワクチンがあります。

パンデミックワクチンは、新型インフルエンザ発生後、その患者からウイルス分離して、ラインにのせて、生産されますが、発生後少なくとも半年、約１年後にならないとワクチンはできないのが、日本の現状です。さらに何人分できるのかははっきりしません。これができれば最善の策ですが、パンデミック発生時には1週間もすればウイルスは世界を駆け巡ると思われますので、まったく間に合いません。国会でも、新型インフルエンザのパンデミックワクチンは第一波には間に合わず、二波にも難しいとの内容の答弁があります。

そこで大事なのは、プレパンデミックワクチンです。これは、現在流行中の鳥インフルエンザウイルスであらかじめ作って備蓄してあるもので、またの名を備蓄ワクチンと言います。もちろん新型ウイルスを基にして作ったワクチンではないので、まず発症は阻止できませんが、全身感染を阻止し、致死率を下げる効果が期待できます。

ここ3年ほどの間にワクチンに免疫増強剤を入れる研究が非常に進み、ウイルスの遺伝子変化に対しても、広い交差免疫を誘導する可能性の高いワクチンが開発されています。実は日本のワクチンはこの点で世界に誇れる有効性を持っています。

プレワクチンを打った段階で、人の体内にＨ５に対する基礎免疫ができ、その人間にとってはＨ５ウイルスは、新型ではなくなるのです。さらにこのプレワクチンの基礎免疫は少なくとも今のデータでは接種後10年持続しています。動物実験では、このプレワクチンは全身感染を防いでくれることがわかっています。

ワクチンというのは、新しいウイルスに対して、体の防御機能である免疫抗体反応をすべてON状態にして臨戦態勢にしておくことに他なりません。

このプレワクチンは、スイスでは全国民分を備蓄、アメリカでは公式発表はされておりませんが、WHO会議で3億1000万人分のワクチンウイルス抗原を備蓄済みと報告されています。

数理モデルでの論文では、国民の7割にプレパンデミックワクチンを接種した場合には、新型インフルエンザのパンデミックはその国では起こらず、季節性の毎年のインフルエンザ並みになるという報告も複数出ております。これにのっとり、プレパンデミックワクチンの国民全員分の備蓄が進められています。

日本では、現在、2000万人分（当時）が備蓄、今年6000人程度に接種し、その結果をもって、社会機能維持者や医療従事者1000万人を接種するか否かを具体的に検討することになっております。全国民へのプレパンデミックワクチンは、いまだ生産するかどうかすら検討課題となっており、予算も計画も具体的対策は存在しません。

プレワクチンを生産するには、約1年前からの鶏卵の確保、つまりヒヨコからの計画が必要です。6000人の接種でのデータを取るだけでなく、国民分のワクチン生産の準備を同時並行でなさねば、H5の新型に間に合わなくなります。

ここで明言いたしますが、企業、社会の新型インフルエンザ対策の根幹は、プレワクチンです。まず、致死率を下げ、全身感染を阻止することが、生き残りのために必須です。新型発生時には、国民はそのほとんどが、自宅療養を余儀なくされます。しかし全身感染で自宅療養など不可能です。まず、全身感染を阻止し、致死率を下げ、罹患しても自宅療養できるまでにする、これこそが是非にも必要と考えます。

これは会社でも同じことではないでしょうか。重症化させず、たとえ感染しても復帰できる、会社の事業継続には、人、社員の人命が最重要ではないでしょうか。さらに検疫法が変わり、流行時には飛行機が止まることも考え、海外在住の従業員とその家族をどうするのか？

海外で新型インフル発生時には、棄民にすらなりかねません。国内であっても、従業員の家族が罹患し、重症化した場合には、その看護で仕事継続は困難となります。

そして、このH5N1型鳥ウイルスの人感染のデータでは、現在、特に若い世代の10代、20代の致死率が高く、この次世代を担う方々への優先的なワクチン接種の議論も、他の先進諸国ではございますが、日本ではありません。少子化、人口分布、社会人口構造を大きく揺るがしかねない重大なこの10代、20代の致死率が全く議論されていないのは、禍根を残しかねません。

5　H5N1の新型インフルエンザは時間の問題

H5N1ウイルスは世界の広い地域で野鳥にも土着。ウイルスはすでにアフリカにまで入っています。この中で、WHOは新型インフルエンザH5N1は、ifではなくwhenだと言っています。今、原価600円のプレワクチンがなぜ、国民分できないのか？

現在の日本のプレワクチンは、安全性有効性が治験でも得られ、その成績は世界トップレベルです。たとえば、2億人分を作り、国民で打ちたいと希望する人には打たせ、残りを他の近隣アジア諸国に供与するくらいのことがなぜできないのか？

インドネシアのメンバーは、WHOの会議で、プレワクチンを欲しい、すぐにでも打ちたいと強く要望していました。真のODAとは、こういうことではないかと思いますし、そうすることがパンデミックの発生抑制という意味でも、日本を含む世界の共通の利益にかなっています。

備蓄ワクチンはタンクでございますので、製剤化に6週間、打ち始めから、免疫獲得まで4週を要します。つまり、免疫獲得まで10週間かかります。備蓄だけでなく、事前接種、プライミングが必須なのです。H5N1の病原性、強毒性の性質と予想される致死率、全身感染などの病態を説明し、プレワクチンのリスクとベネフィットも公表しながら、国民の打ちたい人には打てる政策が、必要です。

どうぞ、日本の一流企業のトップの皆様に、この大疫病から国民をお救い願いたく、本日は申しました。

20世紀までの感染症の流行は、突然降って湧いたように発生し、ある意味、平等に世界中が苦しみました。しかし、今は、このウイルスが次にパンデミックを引き起こすだろうと予見できるようになり、ワクチン、薬、行動計画しだいで、流行を抑制することもできるはずです。

ある方から言われたことがあります。まだ発生していないことをあれやこれや大騒ぎすることは軽蔑されるんだよ、と。日本のこの感染症に対する不感症は、日本がヨーロッパで人口を半減させたといわれる黒死病ペストを経験していないからとも言われます。原子爆弾に対する日本人の敏感さとはまったく裏腹です。

ヨーロッパ各地にはカタコンベといわれる地下墓地があります。パリにもモンパルナスの地下20メートル、かつての採石場を利用した広大な地下通路に600万体の骸骨が整然と並べられております。これらの多くは、ペストの時代、毎日辻々に放り出される死体を死体回収人が鍵棒で集めて集団埋葬された無縁仏だそうです。十分なワクチンや薬がない中での致死率20%というのは、こういう世界なのです。

21世紀の科学の叡智は、こうした悲惨な感染症の大流行を未然に防ぎ克服できる一歩手前まで来ているのです。

　今、必要なのは、国民みんなで、世界すべてで生き残ろうとする決意です。食糧備蓄、検疫強化、タミフル、プレワクチン、すべて切り札ではありません。社会機能維持にしましても、電気、ガス、水道、食糧を止めないように企業の皆様にお願いしないといけません。

　しかし、これらの対策は相乗的に効果を発揮するものです。その中で全国民を対象としたプレワクチン政策を軌道に乗せること、これは対策の根幹となるものです。このH5N1パンデミックから国民を救うための重要な最初の一歩を日本経済盟友協会の皆様に後押ししていただきたいのです。

　川北元大臣を中心とした与党のプロジェクトチームは、厚労省を相手に必死で現状を打開しようとしております。厚労省を中心とした官僚の対策では現行の法律の範囲内の対応で手遅れになります。米国同様、首相直轄型とし、さらにそれを強く牽引する民活で、新型インフルエンザH5N1から国民をお救いください。

（以上、講演原稿より）


　――最後の一言は、原稿にはなかった。すっと綾の口をついて出ていた。

「女性や子供まですべての国民に向けた新型インフルエンザ対策を、どうか、会長、そして皆様、どうぞお考えください。よろしくお願いいたします」

会長が立ち上がった。

「今後は永谷先生のご指導のもと、新型インフルエンザ対策を当会でもやっていく所存です」

会長の言葉に拍手喝采が巻き起こった。その中で、綾は深く頭をたれていた。

エピローグ

「先生！　柴崎先生！　お願いします。困ったことになっています」

街鐘市立病院では、柴崎が看護部長から助けを求められていた。

「620号室の退院予定の山田さん、ご家族が退院は困るって拒否されています。今、ご家族がいらしてますから、先生にご家族と直接お話しいただきたいんです」

「えっ？　退院を拒否？　何で？」

柴崎の病棟で、慢性の疾患で入院していた62歳の男性の家族が、退院を拒んでいるという。

柴崎はそのまま看護部長と、山田の病室に急いだ。主治医の柴崎の顔を見ると、妻はすごい剣幕で言い放った。

「先生、うちには、まだ小さい孫が2人もおるんです。新型インフルエンザが、じいちゃんからうつったら大変やないですか。もう少し、病院においてください」

妻は孫かわいさに、夫の退院帰宅は、新型インフルエンザの流行が収まるまで認めないと、頑として譲らなかった。困りはてた看護部長が柴崎の顔をじっと見つめる。

「なんてことだ、新型インフルエンザに感染しないように、退院させてくれっていう患者とは逆か」

柴崎に、苦々しい思いが込み上げてきたが、腹におさめた。初めから、こっちが喧嘩ごしでは、患者家族とのトラブルが大きくなるだけだ。家族から帰宅を拒否されている患者も辛かろう。柴崎は、病室の家族にできるだけ自然な笑顔をつくって声をかけた。

「もう、検査のデータもいいですし、退院されてもよいですよ。お家でご家族とゆっくりなさってください」

その柴崎の言葉を、彼の妻と実の娘が、きっぱりと遮った。

「いいえ、ダメです。家にいる子供たちに新型インフルエンザがうつったら困りますから」

「はあ？　新型インフルエンザですか？　患者さんのご病気はご存じの通りですね、インフルエンザとは違いますよ」

「でも、ここの病院は仰山、新型インフルエンザの患者を受け入れて、爺ちゃんがかかっているかもしれない。爺ちゃんは年で、抗体があるから大したことなくても、孫にうつったら困るんですよ」

テレビで、年寄りには免疫があるらしいと聞いたようで、自分の夫のことは全く心配していない様子だ。妻は、『孫を守るためにはやむなし』と、腹を決めて病院にやってきていた。

「先生、先生は爺ちゃんが新型インフルじゃないって、断言できますか？　だって、国は調べてないんでしょ？　ここの病院だって、新型インフルの検査はやってないでしょ？　どうして、かかってないって断言できるんですか？　困るんですよ、子供にうつされたら」

と娘の方も強硬だった。

ベッド脇で妻と娘が主治医に食ってかかるのに嫌気がさしたのか、男性患者は「もう、ええわ、うるさいし」とそっと壁に向かって寝返りを打った。

柴崎の顔から職業スマイルはもはや消えていた。

ようやく退院となったのに、この患者は、新型インフルエンザの院内感染のリスクの高いこの病棟から、解放されることすらできないのか。

柴崎は、それ以上、病室を騒がせるのは避けようと思い、

「あとで、ご家族の方はナースステーションにお寄りください。また、私がご説明をいたしますので」

と言って、白いカーテンの仕切りの外に出た。

新型インフルエンザの流行が続き、患者にも患者の家族にも余裕がなくなっている。感染の恐怖に加え、家族が感染したり、自分が病気になったりで、精神的にも肉体的にも経済的

にも疲労が積み重なっている。

新型インフルエンザの診察料に加え、パートの従業員などは、発症して仕事を休んだりしたら、すぐに給料に響く。そんな状況下だから、生活そのものが崩れている患者家族もいる。

医師やナースも、すでに限界に近くなっていた。

パンデミック、そう、新型インフルエンザの流行にみんな疲れていた。パンデミックは、あとどれくらい続くのだろう？　早く解放されたい。元の生活を取り戻したいと思う。

しかし、新型インフルエンザの影響は、2年程度に及ぶという。あと、15か月！　とうてい耐えられはしない。柴崎の病院では、退職を希望する看護師も出始めている。

新型インフルエンザは、社会レベルでは、国民の6、7割が免疫を持つまで繰り返し波のようにやってくるという。個人的には、感染するか、ワクチンで免疫を持つか、とにかくどちらかで免疫を持たねば解放されない。そのワクチンを、いつ自分が接種できるのかは不明だ。とにかく感染はしたくない。そんな思いが渦巻き、感染者を疎外するような、そんな風潮が現れていた。

病室から医局への廊下を柴崎は俯きがちに、足早に歩いていた。看護部長が小走りに追いつき、声をかけた。

「先生、恒例のクリスマスコンサート、ピアノコンサートは、今年は中止ですよね？　楽しみにされている長期入院の患者さんもおられますが、新型インフルエンザで、病棟もこんな状況ですし……」

「ああ、ピアノコンサートか……。そうだな、院内感染も広がっているしな」

柴崎は立ち止まって、窓の外に目を向けた。灰色のどんよりした曇り空にチラチラと風に飛ばされるように雪が舞っている。その中を外来の患者さんが、傘を斜めにさして帰っていく。

柴崎は立ち止まって、その細雪(ささめゆき)の舞う姿を目で追いながら考えた。

恒例のクリスマスコンサートか。難治性の疾患や長く入院されている患者さんらが、このコンサートをとても楽しみにされている。ひととき和んで、そして、中にはこんな病気に負けてはいられないと、病と闘う気力をまた持ちなおす人もいる。そんな姿に幾度となく、医師である自分が励まされていた。

ふと、柴崎は、「今、この新型インフルエンザの苦難の時であるからこそ、開催するべきではないのか」と思った。

そうだ、そして、あの綾にピアノを弾かせるのだ。新型インフルエンザ対策に疲れた綾も、ひと時ピアノの世界に浸れば、本来の彼女を取り戻すだろう。そして、綾のピアノなら、きっと患者さんも勇気づけられるはずだ。中止せずに、なんとか開催しよう。

柴崎は看護部長を振り返った。

「部長、やりましょう。クリスマスのピアノコンサート。みんなにマスクはさせて」

「えっ？　やるんですか？　こんな時に？　でも、感染が広がったら……」

部長は、予想だにしていなかった柴崎の提案に驚いていた。

「イスの間隔をあけて、換気を良くして、そうしたら、かなり防げるでしょう。今、新型でみんな落ち込んでいるんです。だからこそ、今ウイルスに勝ってやるって、みんなを励ます会をやりましょう。患者さんだけじゃない、俺たち医療スタッフにも、もう一度そんなウイルスに立ち向かう気持ちが、ここでまた必要なんです」

部長は、当惑気味に、柴崎に言葉を返した。

「でも、院内の感染が心配ですし。院長にも相談しませんと……。それに、この新型インフルエンザの流行期に病院コンサートに来て、ピアノを弾いてくれる人なんているでしょうか？　いつもの音大の先生は、たぶん、来てはくれないと思いますよ……」

柴崎は、右手でその部長の言葉を押しとどめた。

「大丈夫、心当たりがあります。彼女は絶対に来てくれる。ピアニストは僕が責任を持って連れてきます。一番適任の女性をね」

柴崎は部長に微笑むと、急いで医局へ戻った。永谷綾にメールをしよう、いや、直接電話をしようか？

海音寺。遠浅の海に、今日は海風が強い。松林がごうごうと音を立てて枝を揺らし、ビューッと強風に煽られて、波が白く立ち上がっている。

奥沢は、白のカローラを砂浜近くの駐車場に入れ、足早に研究所の建物に急いでいる。

奥沢の研究所は、すでに新型インフルエンザH1N1型ワクチンをすべて出庫させた。工場長からは、インフルエンザワクチンの製造ラインの清掃に入ったことがすでに奥沢に報告されていた。これから、製造ラインの消毒に入るという。無菌的な製造空間を要するワクチン製造では、ラインの清掃、滅菌消毒におよそ2週間を要する。

新型インフルエンザH1N1が出て8か月あまり。自分も従業員もほとんど休みが取れていない。季節のインフルエンザワクチンを製造し、その後、すぐに新型インフルエンザH1N1型ワクチンの製造を開始した。奥沢にも工場長にも、疲労が色濃く現れはじめ、このところ、体調もよくない。恰幅のよかった工場長もずいぶんと痩せたようだ。

「メタボが解消されました」と笑う部下のことを、奥沢は医師としても心配している。だが、今、自分も彼も、ワクチン製造に邁進するしかない。

胸ポケットの携帯電話が鈍い音を立てて震えだした。

電話の相手は、綾だった。

「綾さん」

奥沢の声がなごむ。しかし、綾からの電話は、いい情報ではなかった。東南アジアでH１とH５に重感染した患者が出て、その患者から分離されたウイルスに２つのウイルスの交雑体が見つかったというものだった。

「奥沢先生、やはりH５の新型インフルエンザが心配なんです」

綾が心細げにつぶやく。

奥沢は、とうとうこんなウイルスが見つかってきたかとは思いながらも、綾を励まそうとした。

「綾さん、こんな交雑体が出るのを、私は予測はしてました。それは、綾さんも大田先生も同じだったと思います。H５は相変わらず、世界の鳥ではパンデミックですし、H１も人でパンデミックです。当然、交雑は起こってきますよ。それにもっと、別のところで、遺伝子変異も進んでいるかもしれない。今、うろたえてはだめです」

そう言いながら、奥沢は、とうとうH５の新型インフルエンザ、来るべきものが近づいているという予感を感じていた。

ああ、本当にH５N１の国民全員分のプレワクチンは間に合うのだろうか。しかし、ここで綾にそれを問えば、綾がますます苦しくなるだろう。

　奥沢が振り返ると、灰色の空に鼠色の海がうねりを上げている。いつだったか、綾と見た和やかな夕暮れの海とは、似ても似つかない。

「すみません、聞こえていますか、今日は波が荒れて、風も強い。今、インフルエンザのラインを洗っとります。そのあと、正月明けになりますが、H5N1型鳥ウイルスでプレパンデミックワクチンを1000万人分作ります。今年の国の備蓄分です。これが完成すれば、国内のH5N1強毒型ウイルスのプレワクチンは4000万人分になります。まあ、3年の期限が切れた1000万人分も含めて、ですが」

「奥沢先生、私、今年度には、国に1億人分作らせたかった。H5のプレワクは全国民分希望者全員分が基本です。でも、すみません、私も全力でやっていますが。この1000万人分も川北先生のお力でやっと補正予算に組み込んだんです。一昨日、日本経済盟友協会の常任理事会で話してきました。なんとか、経済界で理解をいただこうと、講演をやってきました。精一杯、私も動いてるけれど。まだ、希望者の国民分には及ばない。先生、すみません。やってるけれど、まだ……」

　綾が言葉に詰まると、奥沢は綾を気遣った。

「綾さん、まず、これから1000万人分の追加ができるよう、私たちが、年明けにH5のプレワクチン作りをやりますから」

・奥沢は電話を切ると、グレーのコートの襟を立てて歩きだした。

まず、なんとか目の前の仕事を成し遂げねばならない。現状、従業員も疲弊している。初歩的なミスはこんな時に起こりやすい。正念場だ。

大田の選んだプレパンデミックワクチン株ウイルスは、これまで製造してきたワクチンに、新しいバリエーションを加える。大田が責任者としてワクチン株を決めていることで、奥沢は大きな安心感があった。

Ｈ５Ｎ１鳥インフルエンザウイルスも、変異を重ねていくつかのグループに分かれてきている。しかし、アジュバンドという免疫増強剤を加えることによって、奥沢のワクチンは、ウイルスが変異したとしても、同じ亜型Ｈ５であれば、交差して効果が出ると考えられる。このアジュバンドの使い方についての長い地味な研究結果の蓄積が、今、国民の命をより多く救える技術となって結晶化していた。

プレパンデミックワクチンを接種しておけば、10年以上、基礎免疫を持続することができると考えられる。だからこそ、大田はずっと、致死率の高くなると想定される強毒型のＨ５Ｎ１のようなウイルスには、プレパンデミックワクチンの国民希望者全員接種を提唱してきたのだ。正月明けから、そのワクチンの１０００万人分を製造にかかるのだ。

綾は、

「1000万しか、国からのゴーサインが出せず、少なくてすみません」

と詫びた。だが、このH1N1の流行時に、このH5N1対応ワクチンが追加製造されるのは、H5N1の危機の理解が進んだことでもある。

そんなことを考えているうちに、奥沢の中に公衆衛生を担うワクチン製造者としての誇りが、ふたたび漲(みなぎ)ってきた。

40年前、香港かぜのときのことだった。香港かぜは、弱毒型のインフルエンザウイルスで、当時の新型インフルエンザではあったが、大した被害は出さなかったため、病原性の低いウイルスとされている。

しかし、その時、研修医だった奥沢の救急夜間診療を待っていた幼い子供が、待合室で3人、事切れた。奥沢ら医師が診る前に亡くなってしまったのだ。順番を待っている間に死んだ赤ん坊。泣き叫ぶ母親の声が響いてくる。

H5N1のプレワクチンを、俺はなんとしても作るのだ。

砂混じりの海風が吹きつけてくる。奥沢の目の前に白い壮大なワクチンプラントが出迎えてくれていた。

大田はWHOの新型インフルエンザ会議に出席し、ジュネーブからドイツのフランクフルト空港を経由して帰国する予定だ。

フランクフルト空港のレストランで、クリスマスの赤いリボンのついたリースを見た時、ふと、同じようにドイツに留学していた綾のことを思い出した。そうだ、クリスマスだ。シュトーレン（クリスマスのドイツ菓子）を買って帰ろうか。ドイツのクリスマスを懐かしんで、きっと綾も喜ぶだろう。

大田は、フランクフルトの空港の地下の大きなスーパーの中のパン屋で、特製のシュトーレンを買い、ついでにレープクーヘンも買い足した。グリューワインのエキゾチックな香料が漂っている。

空港のラウンジに着くと、大田はコーヒーを注いで、ソファに腰を降ろした。チケットのゲート番号を確認し、腕時計を見る。

日本の新聞が置いてあった。国際版ではあるが、久しぶりに日本の新聞に目を通すか。

大田が、何気なく手にした、その経済新聞の一面に〝日本経済盟友協会、政府へ要望〟と大見出しがあり、〝新型インフルエンザ、プレパンデミックワクチン国民全員分要求〟とあるではないか！

大田は、コーヒーカップを乱暴に置くと、その紙面にかぶりついた。日本経済盟友協会は、政府に対して、全国民分の強毒型H5N1型鳥インフルエンザウイルスからのプレパンデミックワクチンを要求する。同協会でその費用の一部を供出する、とある。

綾から、常任理事会で講演することになったとメールが来ていたのは、出国前であった。2週間くらい前になるであろうか。

「行けるかもしれない！　経済界からの圧力と支援で、全国民分のプレパンデミックワクチンが実現するかもしれない。経済界からの圧力となれば、厚生労働省も無視はできまい。政治にも大きな発言力を持つ団体だ。この手があったのか！」

大田は、全身が震えるような興奮に襲われ、紙面を凝視しながら、思わず立ち上がった。

全面ガラス張りのラウンジの窓辺で、大田は携帯電話を開いた。日本は夜中の3時だが、今日はいいだろう。

綾にコールする大田の眼前を、ジャンボが次々と離陸して飛翔していく。高速大量輸送時代になった現代では、地球の一地域で発生した新型インフルエンザが、瞬く間に世界を席巻していくのだ。

その象徴的な光景の中で、大田は、一縷の光を見出して、青い空を仰いで見ていた。

この作品は書き下ろしです。原稿枚数558枚（400字詰め）。

幻冬舎文庫

●好評既刊
新型インフルエンザ完全予防ハンドブック
岡田晴恵

家族や自分を新型インフルエンザから守るために必要なのは、正しい理解と適切な行動だ。新型インフルエンザの基礎知識、今からできる準備、発症後の対策、正しい看病の仕方までを徹底解説。

●好評既刊
H5N1
強毒性新型インフルエンザウイルス日本上陸のシナリオ
岡田晴恵

強毒性新型インフルエンザが日本に上陸した途端、わずか一カ月で街の機能は破綻し、道端で息絶える人が続出した——。ウイルス学の専門家による完全シミュレーション型サイエンスノベル。

●好評既刊
奈落のエレベーター
木下半太

悪夢のマンションからやっと抜け出した三人の前に、さらなる障害が。仲間の命が危険! 自分たちは最初から騙されていた!? 『悪夢のエレベーター』のその後。怒濤&衝撃のラスト。

●好評既刊
母なる証明
竹内清人
原案 ポン・ジュノ

ヘジャは女手一つで純真無垢な一人息子・トジュンを育ててきたが、ある日、トジュンが殺人事件の容疑者として連行されてしまう。母は真犯人を求め闘いを始める。ヒューマン・ミステリの傑作。

●好評既刊
クヒオ大佐
吉田和正

荒唐無稽な口上とパイロットの扮装で次々と女性たちを騙し、推定総額一億円を貢がせた稀代の結婚詐欺師・クヒオ大佐。女たちはなぜ騙されたのか? そして、その驚愕の手口とは? 映画原作。

隠(かく)されたパンデミック

岡田晴恵(おかだはるえ)

平成21年10月25日　初版発行
令和2年3月20日　2版発行

発行人――石原正康
編集人――菊地朱雅子
発行所――株式会社幻冬舎
〒151-0051東京都渋谷区千駄ヶ谷4-9-7
電話　03(5411)6222(営業)
　　　03(5411)6211(編集)
振替00120-8-767643
印刷・製本―中央精版印刷株式会社
装丁者――高橋雅之

幻冬舎文庫

ISBN978-4-344-41386-3　C0193　　お-33-3

幻冬舎ホームページアドレス　https://www.gentosha.co.jp/
この本に関するご意見・ご感想をメールでお寄せいただく場合は、
comment@gentosha.co.jpまで。